三國很有本事的一個人

說三國、說奸雄，必說曹操！

任[illegible]／著

目錄

第1章

執法英名初聞

01

漢桓帝劉志即帝位十幾年了，心情從來沒有暢快過。

劉志壓抑所為何事？全怪大將軍梁冀把持朝政，搞得天翻地覆。

梁冀出身世家大族，從他的高祖梁統協助成立東漢，便世代與皇室關係密切。梁冀的父親梁商在漢順帝時，因為女兒梁妠被立為皇后的關係，成為輔佐朝政的大將軍，是公忠體國的老臣、大將軍，家世顯赫。

但是在漢順帝劉保駕崩後，梁妠的哥哥梁冀開始以外戚的身分干政，立了個小皇帝劉炳，也就是漢沖帝。

劉炳才兩歲半，年紀太小。但是對於外戚來說，年紀越小越好，才便於控制。再加上劉炳的母親是虞美人，沒有背景和勢力，因此受益的外戚是梁太后及其娘家梁氏家族。

在陰險狡詐、兇暴殘忍的梁冀手握重權的情況下，虞美人能保住性命就算好運了，想從小皇帝劉炳的身上分得半點利潤？門兒都沒有！

梁冀說：「還當什麼美人，她就省省吧！」於是虞美人的封號就此省略，虞家自然也沒有得到任何封賞。

梁冀的專橫跋扈，明目張膽——妳虞貴人的一幫家人，哪兒涼快哪兒待著去！小皇帝歸我掌握！太后永遠是我的妹妹，往後，咱們就走著瞧吧！

誰知道，梁冀的陰謀未能得逞，小皇帝不足三歲就死了。幼兒當皇帝，對外戚來說最有利，可以為所欲為，無往不利，可惜這幼兒皇帝即位次年正月就去世。不想朝臣們成心和梁冀作對，太尉李固帶頭，提出擁立「年長有德」的清河王劉蒜。

李固出身貴族，卻毫無紈綺子弟的習氣。他自少年時代起就胸懷大志，雅好讀書，常不遠千里，跋山涉水，尋訪名師，研究學問，結交四方有志之士。很多人慕名向他求學。他不急於功名，當時地方官三番兩次推舉他為孝廉，他都推託辭謝。

漢順帝在位時，一度政局不穩，加上天災頻仍，導致人心惶惶。於是朝廷下詔，要求人們指出時政弊端，提出良策。在鄉民的慫恿之下，李固提出了奏議。

這份奏議的開頭，直接指出：「古時候當官靠品德，而今當官憑財力。」且毫不避諱地陳述，外戚梁氏不應該壟斷朝廷權力，並結合歷代史事提出：「自古以來，后妃家族之所以難以維持長久，主要是因為他們爵位高，權柄重，卻又不知克制退讓。不須溯及久遠，在此之前，外戚閻氏專權受禍，就是一例。」

李固還將矛頭指向宦官，建議罷減宦官，奪其重權：「設常侍二人，小黃門五人，使內朝與外朝同出一門，合為一家，如此可天下太平。」

漢順帝讀了這份奏議之後，便拔擢李固為議郎。

但是漢順帝並未減弱外戚梁家的權力，梁冀就是在那時候升為河南尹的。

李固見此憤而欲辭去官職，梁冀的父親梁商支持敢於諫言的李固，建議皇上提拔他為從事中郎。然而李固並沒有因為外戚梁商幫他升了官，就放棄反對外戚專權的鬥爭。

梁商死後，梁冀繼承父職為大將軍，藉故把李固調去擔任泰山太守。

李固治理地方也是把好手，政績突出，聲望很高，多位大臣要求他回朝執事。梁冀迫於壓力，不得不同意將李固調回朝廷，官任太尉。自此，李固與梁冀在朝廷內的鬥爭越發激烈。

李固帶頭贊成立清河王劉蒜為帝，稱劉蒜「年長有德」。

梁冀對此自然是堅決反對，他怒道：「年長，年什麼長？有德，有什麼德？我倒是覺得劉纘比較好。」

劉纘是渤海王劉鴻的兒子，年僅八歲，正在其祖父劉寵家中跑著玩兒呢！梁冀和梁太后強勢，不聽李固一幫人的建議，決定立這個孩童為帝，並派遣使者持節把劉纘迎入洛陽南宮，即帝位。

劉纘在東漢宗廟的祀臺上被尊為「質帝」，這個孩子的內心質地確實非同一般。

梁冀擁立劉纘，完全是為了自己專權，他沒有把這個八歲小孩放在眼裡。

梁冀在朝中專橫無道，為所欲為，大多數人不敢吱聲，只有李固等少數老臣敢與之爭辯，但也總以失敗告終。

漢質帝劉纘每天專注觀察，發現了朝廷的癥結所在，但他終歸是個孩子，藏不住心裡的想法。一日，在朝堂上，劉纘看著大將軍那副橫行無忌的傲慢嘴臉，實在按捺不住，便目視著梁冀，對群臣說：「此跋扈將軍也。」

劉纘說這句話的聲音儘管很小，但還是傳進了梁冀耳中。

梁冀吃了一驚——這個八歲的小皇帝也太早熟了，竟然有他自己的主意！哪兒能當好一個傀儡啊！梁冀決定除掉劉纘，他預備了毒藥，吩咐手下心腹伺機投放。

東漢時期，小米仍然是百姓的主食，但已經開始小麥種植，顯貴人家開始食用小麥粉做的白餅。劉纘喜歡吃餅，梁冀便私下差人把老鼠藥下在餅裡。

劉纘吃了麵餅，肚子裡火燒火燎，極為難受。小皇帝知道李固是忠臣，就派人快快召李固來。李固連忙進宮。此時劉纘已經快不行了。

李固趕緊問：「陛下得了什麼病？這是怎麼回事？」

劉纘強撐著，說了句：「吃了餅，肚子痛。如果有水喝，應該還能活。」

小小的漢質帝專門召見李固，向他要水，說明這個早慧兒童已經猜出是身邊人下了毒。如果讓身邊的人救自己，肯定不行。李固是忠臣，或許肯救自己一命吧！

梁冀當時站在旁邊，聽小皇帝說「如果有水喝，應該還能活。」他擔心小皇帝真的喝了水能得救，就插話說：「肚子疼了，還能喝水？那不越喝越疼嗎？不要喝了。」

身邊的人聽了，當然就沒有人敢找水給劉纘了。李固匆忙進宮，當然沒有帶水，在這爭論不休的情況下，他也沒有權力決定在宮裡找水給小皇帝喝，只有眼看著漢質帝活活痛死了。

《後漢書》記載這日的情況，評論為「質弒以聰」，質帝是因為太聰明了，才會被梁冀殺害。

02

梁冀淘汰了漢質帝劉纘，東漢王朝的皇帝寶座再次空了下來。梁冀又跑進內禁，跟妹妹梁太后商議立誰家的兒子做皇帝。

梁太后有個妹妹，叫梁女瑩，十三歲了。梁太后正在張羅著把梁女瑩嫁給十五歲的蠡吾侯劉志。這時候，劉志已經從封國趕到了洛陽城北的賓館，準備迎娶新媳婦。

梁冀和梁太后一合計，不如乾脆就讓劉志當皇帝吧！一來這孩子歲數不大，容易控制；二來他馬上就要娶自己的妹妹。他當了皇帝，妹妹就是皇后，梁家的外戚身分不就更硬朗了嗎！

看來蠡吾侯劉志是對梁家最有利的人選！梁冀決定立劉志為皇帝，他立即召集群臣，宣布立即擁立劉志為帝。

可是，朝臣們還惦記著「年長有德」的清河王劉蒜，仍無法接受「擁立蠡吾侯為君」這個決定。大將軍梁冀和太尉李固各有一群支持者，他們在朝堂上爭論不休。結果爭執不下，只好暫時散會，隔日繼續討論。

梁冀在府邸裡，苦思著對付李固的對策，直到深夜，一位重要人物前來拜訪。此人是中常侍曹騰。

梁冀見曹騰來了，就問他，誰適合做皇帝。梁冀這一問，是為了了解中常侍的立場，以探明宦官陣營對立君之事的態度。

曹騰的回答說到梁冀的心坎裡。他說：「將軍累世為皇后至親，統攝萬機，且賓客人數眾多，又頗多過失。清河王嚴明，假如他即位做皇帝，那麼將軍大禍臨頭的日子必定不會遠。不如立蠡吾侯，可以保富貴。」

梁冀長長地吐出了一口氣。這下他知道，朝中閹公公的頭領跟自己站在同一艘船上，這下子可以放心大膽地扶持劉志，什麼也不用怕了。

第二天，梁冀當即宣布立蠡吾侯劉志，說：「沒有什麼可商量的餘地。」大臣中的胡廣、趙戒原本反對立劉志，看到梁冀的態度，不敢再堅持己見，連忙改口附和：「我們都聽大將軍的！」其他大臣也都附議。

只有李固和杜喬等人堅持立劉蒜。梁冀不給他們發言的機會，大吼一聲「散會」。話音未落，一扭頭就走了，這便算是立劉志為皇帝的過程。

隨後，梁冀用青蓋車將劉志接入洛陽南宮，領著群臣三叩九拜，皇帝便於此刻即位，史稱漢桓帝。梁冀仍然恨透了李固，認為李固一直在跟自己作對，欲除之而後快。沒過多久，便串通了梁太后，誣陷李固和杜喬等人陰謀政變，將他們全部處死。

漢桓帝劉志娶了梁冀的妹妹梁女瑩，梁冀仍不服從於桓帝。因為擁立有功，獲得了太后的封賞，獲得了更大的權勢，後來他連梁太后也不放在眼裡。

前大將軍梁商的能耐，都搞不定這個兒子，梁太后一介女流，能擺平自己的哥哥嗎？梁太后只不過是擁有與皇帝當面接觸的權力，還可以對宦官們直接發號施令罷了。

至此，天下大權，盡歸梁冀。好在漢桓帝劉志適時擴大了後宮的男女僕役隊伍，宦官多了，成為抗衡梁冀的一堆小砝碼。

為了開創新局面，帝王們喜好改元。歷代許多帝王都有這個偏好，漢桓帝劉志更是不斷地改，西元一五〇年改元和平，大概是期望天下和諧、宮內平靜。誰知才剛改元，梁太后就走到了生命的盡頭。梁太后臨終，牽掛家族大事，下詔歸政於桓帝，並交代桓帝與梁冀，搞好團結，雙方「好自為之」。姓梁的女人畢竟偏袒自己的娘家，她也不希望桓帝對梁冀使壞。

梁家人圍繞在漢桓帝身邊，真的是權傾朝野，富貴滿門。三皇后、六貴人，家族女子全都安排於宮中。七侯、七誥命夫人和女封君、二大將軍、三駙馬，炙手的權位都攬到自家手中。

漢桓帝劉志是抱定了「好自為之」的主意，甚至花了不少血本，對梁冀禮遇之優，封地之廣，賞賜之厚，超過了歷史上所有建立奇功的人物。

在朝廷，梁冀權力多大？官員被任命，必定去拜見梁冀，而無須朝見漢桓帝劉志，反而桓帝日常的飲食起居，必須按時傳達給梁冀知曉。

梁家若在梁冀的帶領下「好自為之」，不禍害社會，也行，可梁冀是個「好自為之」的貨色嗎？梁冀豢養了很多走狗，禍害民間。宛縣令吳樹將梁冀的一些不法走狗按律治了罪，就引禍上身了。梁冀說，吳樹有公心，要提拔吳樹為刺史，以此為由，召吳樹到梁府喝酒。吳樹喝至第三杯，就喝到毒酒，一會兒便毒發身亡。

郎中袁著，年僅十九歲，年少氣盛，大著膽子給漢桓帝寫信，建議讓梁冀告老還鄉，免得「功高震主」，招致災難。

按說，袁著的建議，對梁冀並無傷害。可梁冀偵知此事，馬上派人逮捕袁著。

袁著嚇壞了，一面假裝自己病死，用蒲草捆紮起來，假作「屍體」下葬；一面改名換姓，遠逃他鄉。可惜袁著仍舊逃不出梁冀手心，還是讓梁冀查明蹤跡，抓到洛陽，活活打死。

郝絜是位文人，是袁著的朋友，也受到牽連，未能逃出梁冀布下的天羅地網，無奈之下，只好叫人抬著棺材，在梁府門前服毒自盡，唯求梁冀放過自己的家人。

東漢後期的洛陽，商業已十分發達，富有商賈很多，這些商賈都成了梁冀的斂財對象。南宮西邊有個「金市」，專做鐵匠們鑄造器具的買賣；東門外和南門外有馬市和羊市；城東還有個很大的「粟米」市場，全是糧店和糧攤。

當時不僅有不少洛陽人棄農經商，也有不少外國人到洛陽經商。城南的賓館「蠻夷邸」和「胡桃宮」常常住滿了高鼻子黃頭髮的胡商。

有位來自西域的商人，在洛陽經商，住「胡桃宮」覺得悶了，出來散心，在草地上抓到一隻兔子，想掂回去加菜。這位胡人剛離開草地，手中的兔子就被說是梁家的。

梁冀不僅殺了這位西域客商給兔子償命，而且大加株連，血洗了這位西域老闆的所有財產，得到不少汗血寶馬及奇珍異寶。

本來，梁冀也「多遣賓客車騎出塞，交通外國」，販運貨物到洛陽銷售，進行聚斂，但在如此長途販運之下，造成成本的大量消耗。於是有了敲詐外國商賈的壞心眼，不斷地到處找碴、斂財。

梁冀胡作非為，無法無天，漢桓帝都忍住了，不便發作——不管怎麼說，他劉志是梁冀擁立的，梁冀也沒有廢掉甚至殺害他的意思。

漢桓帝想消滅梁冀，奪回權力，可惜幫手難找。自李固、杜喬被害以後，梁冀以殘酷的手段打擊政敵，清除異己，朝中幾乎全是梁冀的人了。

當然，劉志可以利用宦官。梁太后生前即曾倚重過宦官，如今後宮裡的宦官更是為數眾多。問題是梁冀也深知宦官的重要性，當年他就是跟宦官站在同一陣線上，才擁立劉志為帝的。所以宮中很多重要的宦官，即使不是梁冀同黨，至少也不反對梁冀，甚至有很多人，早已被梁冀視為心腹，成了監視桓帝一舉一動的眼線。

直到有一天，梁冀做出了讓劉志再也無法容忍的事情，迫使劉志鋌而走險。

03

西元一五九年，皇后梁女瑩去世，漢桓帝開始寵愛貴人梁孟女。既然寵幸梁孟女，梁孟女家族就受到了優待，劉志將梁孟女的母親晉封為長安君。

封梁孟女的母親為長安君，梁冀無法忍受。深怕梁孟女的母親一族羽翼豐滿起來，會影響自己家族專權，於是梁冀差人刺殺長安君。結果長安君機智靈敏，刺客沒有得手。長安君調查出實情之後，就跑去對桓帝告發梁冀。桓帝一聽之下，下決心除掉梁冀。可惜漢桓帝劉志扳著手指頭，數來數去，找不到可用之人。

梁冀大權在握，黨羽眾多，生殺予奪都在他的一念之間。要想除掉梁冀，需要非常謹慎，不能有一絲的疏忽，一旦出了紕漏，別說是皇位，恐怕腦袋也得搬家。

劉志想遍了周圍的每一個人，覺得宦官唐衡還算忠於自己，於是準備邀請唐衡來執行自己的大計。雖然屬意唐衡，劉志也不敢隨隨便便地開口。梁冀安插在劉志身邊大量耳目，劉志的一舉一動、一言一語，都在梁冀的掌握之下。

漢桓帝認真尋找適當時機。有一天，他藉口上廁所，要求唐衡服侍。進了廁所，桓帝觀察四周牆壁上確實沒有竊聽設備，就壓低聲音問唐衡：「你知道咱們周圍的人裡，有誰跟梁冀有矛盾嗎？」

漢桓帝這一問真是有備而來。這個問題巧妙得很，一併考驗了唐衡。如果唐衡不可靠，劉志可以搪塞是關心梁冀的安危；如果唐衡可靠，就可以啟動漢桓帝的計畫。

唐衡還真挺可靠，立即回覆劉志：「稟告陛下，中常侍單超、徐璜、具瑗、左悺，都對梁冀十分不滿，只是敢怒而不敢言。」

漢桓帝覺得自己召集太監們開會多有不便，就說需要捶腰，先把單超和左悺叫進了自己的密室。

劉志說：「梁冀把持朝政，架空了朕，內宮和外朝都是他在控制著。這樣的奸臣，你們說該如何除掉？」

單超和左悺一聽陛下這話，想都沒想就回答說：「梁冀奸賊，早該除掉了。只是小的們沒什麼智謀，不知道陛下的想法為何？」

劉志說：「我的意思很明確，你們密謀一下，把梁氏消滅掉就是啦！」

單超說：「如果陛下真的要滅掉梁氏，我們就要採取果斷行動。小的們只怕陛下中途猶豫。」

劉志說：「奸賊理應除掉，沒有什麼可猶豫的！」

漢桓帝又悄悄召見具瑗和徐璜。桓帝用牙咬破了單超的手臂，六個人歃血為盟，共謀大計。隨後，五個宦官以桓帝的名義召見司隸校尉張彪，組織部隊，由單超親自指揮，突然圍住了梁冀的大將軍府。

梁冀權傾朝野，作惡太多，只是從前沒有人敢公然地反抗他，現在有人奉朝廷之命要誅滅他，人們立即倒向宦官一方，沒有人為梁冀賣命。

單超很快拿下梁府，沒收了梁冀的大將軍印。

在世人眼中，梁冀憑藉自己的權勢，強占無數民田，洛陽近郊到處都是他的房產。梁冀私底下的強取豪奪還不只如此，他逼迫良民做自己的家奴，數量近萬人之多。從他府邸抄出的家財，竟相當於當時全國財政收入的一半。

梁冀知道自己罪孽深重，必死無疑，就和老婆孫壽一起自殺。其餘梁冀家中族人，衛尉梁淑、河南尹梁胤、屯騎校尉梁讓、越騎校尉梁忠、長大校尉梁戟等，以及其他宗親數十人，皆被處死。梁家的女婿——當然除了桓帝劉志——也全數鋃鐺入獄。

這一年，漢桓帝劉志已經二十七歲。從十五歲即位起，他足足當了十三年的傀儡皇帝。一朝下定決心，動用宦官，梁氏外戚集團便隨之灰飛煙滅。若不是為了梁孟女，還真不知道劉志要當傀儡到什麼時候。

長期受到壓抑的漢桓帝劉志，藉助宦官的力量清除君側，滅了外戚梁冀一幫，獲得了無上權力，成了「權力暴發戶」，他開始擴張後宮美女人數，在全國大規模徵召美女入宮，把後宮女子數量擴張至五、六千，創了東漢的紀錄。

劉志藉由縱情聲色來填補自己心裡的空虛，成了個變態狂。這傢伙如何縱情？自己累軟了，竟然把數千嬪妃集中起來，命她們全都脫光衣服，讓自己的寵臣們在廣場上亂紛紛地跟她們進行肉體「遊戲」。

劉志則端著酒，一邊喝，一邊轉悠，瞪著充血的眼睛，到處參觀，時不時還放聲狂笑。

漢桓帝的嬪妃大軍浩浩蕩蕩，但依據封建禮法，只有皇后才算是他真正名義上的老婆。劉志現在的皇后是大司空、安豐侯竇融的曾孫女，城門校尉竇武的女兒竇妙。

不知道竇妙參加沒參加令桓帝興奮不已的五千人大會戰，但有一點她明白：劉志壓根兒不喜歡她。

竇妙雖然十二分的不滿，但也只能把自己的醋罈子封起來，不敢露出一點兒酸味，她唯恐像以前的幾任皇后一樣遭了厄運。

當年幫助漢桓帝殺外戚、收大權的宦官，主要有五人，單超、左悺、徐璜、具瑗、唐衡，因立功而受封，很快成了氣候，被稱為「五侯」。

「五侯」後來也腐敗了，開始濫行淫威，跟他們除掉的權臣梁冀一樣專橫霸道。他們所到之處，人們連大氣都不敢吭一聲。

後來「五侯」中的單超死了，剩下的四侯仍舊到處作惡，無論是內廷還是外朝，都得向他們臣服。人們為這四條惡虎起了綽號：左悺是「左回天」；具瑗是「具獨坐」；徐璜是「徐臥虎」；唐衡是「唐兩墮」。東漢朝廷此時完全落在他們的手裡。

當宦官的罪惡超越了外戚時，漢桓帝才發現問題的嚴重性。

桓帝以「請托州郡，聚斂為奸，賓客放縱，侵犯吏民」的理由，逼左悺自殺；具瑗被貶為都鄉侯，之後死於自宅；徐璜和唐衡則是相繼過世。自此之後，與「五侯」親近的宦官，也多被免除了爵位。

宦官中，唯有一個叫曹騰的地位不受影響。

為什麼？在擁立桓帝的事情上，曹騰立有「不世之功」。

04

當初劉志能當上皇帝，是因為曹騰對梁冀說過的一番話，而起了直接作用：「將軍累世為皇后至親，統攝萬機，且賓客人數眾多，又頗多過失。清河王嚴明，假如他即位做皇帝，那麼將軍大禍臨頭的日子必定不會遠。不如立蠡吾侯，可以保富貴。」

正是這一番話，促使權臣梁冀竭力排擠大臣李固、杜喬等人，擁立劉志即位。

劉志後來輾轉知道了曹騰說的話，認為曹騰是自己的大貴人、大恩人，於是對曹騰恩寵有加，晉封曹騰為「費亭侯」，並且讓他出任長樂太僕之職，後來又升為大長秋——也就是宦官總管。

漢桓帝在收拾「五侯」的時候留下了宦官曹騰——他，正是東漢王朝的掘墓人！

掘墓這「偉大」的功勞，是曹騰自己也始料未及的。

曹騰是宦官，沒有生育能力，收養了一個兒子，取名曹嵩。

曹嵩娶妻，生了一個兒子，取名曹操，字孟德，小名阿瞞。

東漢王朝即將面臨存亡之秋。在未來的亂世之中，曹操將會「奉天子以令不臣」，為他的兒子曹丕建立魏朝，打下了堅實的基礎。

沒有眼光的漢桓帝，如果能未卜先知，預知結果，應該會早早就把曹騰給宰了吧。

曹操性格倔強，素不多言，但好思索，常常在同輩孩童中居於統領地位。

曹操家附近有條小河，河邊楊柳茂密，水草豐茂。五歲的曹操，會在夏天炎熱的時候，偷偷跑到小河洗澡，同樣年紀的小朋友都不敢像他一樣下水，其他敢於下河洗澡的，年齡都比曹操大，至少也有七、八歲，大多數是十來歲的孩子。

曹操並不畏怯大孩子，他肆無忌憚地撲濺水花，大喊大笑，大孩子們對他反而有些畏怯。

曹操的母親病了，吃藥也不見好轉，他的心情有些沉重。天性貪玩的阿瞞不再往外跑了，整日守在母親的房間門口，寡言少語，老成了許多。父親叫他出去玩，他也不去。有時即使出去了，不一會兒又轉回來，依然守在母親的房門口。

阿瞞聽著母親的咳嗽聲，目睹著為母親端藥送水的侍女，大氣兒也不敢出。

母親彌留之際，把阿瞞叫到床前，緊緊握著他的一雙小手，淚如泉湧。阿瞞堅強地站立在踏臺上，抽出一隻手來，緊緊握住母親的手，好像要以自己的力量，來阻止母親的痛苦和悲傷。母親真正咽了氣，阿瞞才大哭起來，聲嘶力竭地呼喊，釋放著鬱積的悲傷。

失去了母親，阿瞞只有父親可依附。但父親總是有疏忽的時候，大處約束，小處忽略，漸漸養成了阿瞞放縱不羈的性格。

少年曹操愛以彈弓打鳥，後來發展到以弓箭射獵。

父親雖不允他去和野獸較勁，但放縱不羈的性格既已形成，已經無法約束。十三、四歲時的曹操，已非常沉迷於狩獵，不時偷偷地邀請三五好友前往。

曹操騎在馬上，左弓右箭，既瀟灑又豪邁。

當然，若是讓父親知道了，他會受到責罵。責罵是小事，而是責罵之後，父親會交代下人看守阿瞞，禁止外出。

有一次，曹操在狩獵途中撞見了叔父，叔父問他怎麼不聽話，又出來撒野。

曹操說：「我剛來。」說完，騎著馬離開。

曹操擔心叔父會向父親稟告，便先騎馬返家，換過衣服，出門到村口迎候叔父。當叔父走過來時，曹操假裝在土丘上跳躍，忽地栽倒在地，呻吟不止，並且臉部抽搐，狀若中風。叔父見狀嚇壞了，忙叫曹操躺著別動，自己回家叫人。

一會兒，曹嵩及幾個家人趕到，曹操卻不見了。四處尋找，原來他在村裡和幾個小孩玩耍。

曹嵩問兒子方才是不是在路上昏厥倒地了，曹操一臉無辜，茫然搖頭。

曹嵩說：「你叔父說你好像中風了，怎麼回事？」

曹操說：「沒有的事。叔父不喜歡我，就愛胡說我的事。」

從此，曹操把叔父打小報告的路子給斷了，父親便不再相信叔父的話了。

其實，人們認為，曹操在成長的道路上，還是知情達理的。

西元一七四年，青年時的曹操被地方推舉為「孝廉」。孝廉是孝順父母、辦事廉正的意思。當時，有了孝廉資格，就即可任官職。

尚書右丞、京兆尹司馬芳推薦曹操出任洛陽北部尉，相當於現在的派出所所長，走上仕途，管理一方治安。

東漢洛陽城，北依邙山，南跨洛水，四周有十一座城門，南三、北二、東三、西三。除了北面，其餘三面都是三座城門。四個城門區域，設立四個尉官，跟其他地方的縣尉一樣的級別。

南部尉，管事不少，是各地官員覲見皇上的必經之地，轄區內還有辟雍、靈臺、太學，都是重要

---

1 《三國志注》及《晉書》則記載名防，自建公。

的設施、機構。這個區域居民的文化素養較高，治安良好，但有個日常交易的南市，從四面八方湧入各類人士，常發生吵嘴打架的糾紛，因此一天到晚忙得不可開交。

西部尉，轄區內多是平民百姓，他們每日入城做工或是做買賣，早晚需要盤查，遇上有通緝任務，更是不敢懈怠。

洛陽城東，從永和裡到郊外，全是高官顯貴的府邸，城外又常年設有馬市，所以東三門一帶，多是官僚及家僕的活動區域。但也大意不得，當東部尉，即便處理爭端，也得低三下四，必須處處留意，避免得罪了貴人。

北門外，比較簡單，出了北門不遠就是連綿起伏的邙山。這裡幾乎沒什麼民宅，只是依山有些草廬，多半是老臣閒居避暑、讀書消遣的地方。

曹操思忖，與南、東、西相比，北門是清閒點，但是這樣的地方難道就做不出政績嗎？事在人為，曹操相信只要主動進取，肯定還是會有作為。

05

年方二十的曹操，為了安定地方秩序，集資修繕了洛陽城的北門，準備了若干五色大棒，掛在城門兩邊。然後申明禁令，凡是擾亂治安者，不管是平民百姓還是豪紳權貴，一律以五色棒加以懲罰。

曹操每日率領部下操練，早晚巡視兩趟轄區，沒有發生異狀的時候，部下難免會鬆懈倦怠。

這一日，例行操練完畢，曹操看著眼前東倒西歪的衛卒，歎了口氣，板著一張臉，站在校場上一言不發。衛卒們目不識丁，大多年長於曹操，不過知道軍令不可違，沒有聽見曹操宣布解散的命令，自然不敢離去，一個個交頭接耳，議論紛紛。時間慢慢流逝，太陽越爬越高，校場上的聲音越來越小。

曹操刻意等待著，衛卒們的目光漸漸集中在曹操的身上。曹操眼見眾人終於不再竊竊私語，便向前猛跨了一步，挺直了腰桿，大聲嚷道：「你們跟著我幹，想不想要謀取富貴啊？」

長官一語驚人，衛卒們被這麼直白的話語震懾住了，一時間，無人敢回應。

曹操深吸一口氣，再次大聲問道：「怎麼了？沒聽清楚嗎？那我就再問一遍！你們跟著我幹，想不想要想謀取富貴？」

衛卒們第一次見到說話這麼直白的長官，嚇了一跳，但捫心自問：雖說自己只是個地方衛卒，沒有職權，但若是只要跟著長官，就能取得富貴，誰不想要？於是全體激昂地齊聲答道：「是！」

曹操滿意地大笑起來，說：「你們要問，富貴在哪兒？我現在就告訴你們！富貴就在我們手中！自今日起，曹某就與爾等同甘共苦，我們一起闖出個局面，給百姓們瞧瞧！」從此軍紀嚴明，社會治理有方，清明氣象展現於北門口。

然而，還是有高官權貴不理會曹操，直往槍口上撞。

漢靈帝寵信一位名叫蹇碩的宦官，其叔父經常依仗權勢，為所欲為，京城裡沒人敢碰這位蹇老頭一根汗毛。

蹇老頭到處橫行慣了，某一晚帶著兩名家僕遊蕩到了北門外，在一家民房前站住了。家僕上前敲門，喊道：「快開門，老爺駕到，出來迎接！」

屋裡沒有聲息。家僕猛起一腳，把大門踢開。蹇老頭和家僕一擁而進。一會兒，屋裡傳來婦女的哭喊聲。

這一切，被曹操和他的衛卒們看得真切，當下直接進門將蹇老頭抓了。當下一問，方知這位老翁是宦官蹇碩的叔父。曹操心想今日放過這種人，日後怎能做到令出必行？他決心一下，就斬釘截鐵地下令：「嚴加看押，明日處理。」

第二天清晨，北部都尉衙門前，萬頭攢動。人們得知蹇碩的叔父被抓了起來，都想來看看曹操這位年輕都尉如何處置這位老太爺。

衛卒把蹇碩的叔父押到衙門前。曹操站在臺階上喝問：「你可知罪？」

蹇老頭抬頭看了看曹操，見這陌生都尉是個年輕人，不由得冷笑一聲，反問道：「你可知罪？」

曹操如此被反問氣得火冒三丈，他指著門旁懸掛的五色棒，喝道：「你看清楚，這是什麼？」

蹇老頭不屑一顧地應道：「那是小孩子耍的玩意兒。」他料定這個芝麻小官不敢把他怎麼樣。

曹操向四周掃視了一眼，只見圍觀的人群都在注視著自己，於是大聲喝令：「打！重重地打！」

話音剛落，幾根五色棒向蹇碩的叔父劈頭蓋臉地打去。不一會兒，這個惡霸經受不起，就癱在地上，一動也不動了。

圍觀人群立即騷動了起來——一個小小的北部都尉，竟棒殺了皇帝身邊大紅人的叔父！這個消息一傳十、十傳百，立即傳遍了全城。

老百姓無不拍手稱快，地主豪強和紈絝子弟不得不收斂行跡，至少已不敢在曹操管轄的地區違犯禁令。這件事只有一個人是不開心的，那就是蹇碩，他對曹操已是恨之入骨。由於曹操是依法執令，人人讚揚曹操的行事，蹇碩沒有辦法從中挑錯，再加上曹操在宮中有靠山，所以蹇碩也無法報復。

後來漢靈帝把曹操升為頓丘縣令，他於西元一七五年新春離開洛陽，前往頓丘。

06

頓丘為今日的河南清豐縣。當時這個地方的民風喜鬥，人人尚武好勇。三十多年間，一共更換了四十二任縣令。其中四任死於非命，二十二任申請調離，十任被撤換，還有六任半夜棄印脫逃。

頓丘境內，除了自然災害不斷之外，人為災害亦是頻仍，舉凡官民衝突、集體械鬥、殺人放火都是稀鬆平常，搶財越貨事件更是家常便飯。

在頓丘，只有兩種人，那就是富人，或已經是或即將是富人的窮人。

曹操到達頓丘後，暗中派人去外鄉招募一百名民兵。之前帶領衛卒，從事軍事訓練的經驗正好可以派上用場。曹操為這群民兵制定明確的訓練內容，打算在短時間內，訓練出一支有效的執法隊伍。

地方豪強們觀察曹操一個月以來的行徑，紛紛感到疑惑——他沒有像在洛陽北部時那樣四處遊走，維持治安，而且不巡遊、不問案、不走訪貴戚，更未見發號施令！

於是，豪強們原本收斂起來的尾巴，又漸漸顯露出來，違法亂紀之事再度出現了。

事實上，曹操沒有閒著，他在這一個月之內查點官庫財物，翻閱陳年舊宗，研究當地特產、民風、名士、回鄉貴戚名錄，還研究累積未結的案件檔案，清點每月支出的用度。

三月陽春，天氣回暖。曹操在後院檢閱民兵們的實戰經驗，覺得是時候了。他根據大漢法律制定了十條暫行規定，謂之「十誅」，專人抄寫，貼滿城鄉，並鳴鑼告知，如有犯者，殺立決：

殺人放火者，誅！
強買人口者，誅！
聚眾械鬥者，誅！
挑起禍端者，誅！
窩藏罪犯者，誅！
知情不報者，誅！
姦淫擄掠者，誅！
欺壓良善者，誅！
妨礙公務者，誅！
私自圈地者，誅！
發令人：頓丘縣令曹操

豪強們看著手下抄寫回來的「十誅」全文，紛紛憤恨地咒罵。有人出主意，應該把所有布告當眾撕個稀巴爛，給那個不懂事的小孩兒縣令一點顏色瞧瞧。沒想到手下前來報告，說每個布告前面都有兩名凶神惡煞般的差人把守，根本無法下手。

雖然布告上說得真真切切，百姓還是不敢相信。曹操對此心裡有底，一開始的情況會跟洛陽時差不多，縣衙門口沒有敢前來告狀的窮人。沒人敢前來告狀，就把前任丟下不管的案子拿來辦。

城南孫莊的孫陂一家大小十一口，半夜被縱火燒死。受害者孫陂竟然被前任定罪為誣告，關押在頓丘大牢。

曹操從牢中提出孫陂，透過一個多月的偵查，人證、物證到位。他親自帶領一百名民兵，悄悄包圍頓丘北街杜家宅院。

後來，主犯杜德不得不交代作案動機，是因為想要搶奪孫家靠著河沿的三十畝良田。

曹操對此怒火中燒！竟為三十畝良田殺掉孫家十一口！最小的死者是孫陂的孫子，才兩歲！

「十誅」中有一條，妨礙公務也是「誅」。真凶杜德一五一十全部交代，乞求曹操寬大處理。簽字畫押之後，他下令連同從犯十二人，全部綁於頓丘縣東市。在捕快鳴鑼之後，一條條列舉杜家罪行：巧取他人財產、殺人放火、窩藏罪犯、欺壓良善等。

曹操下令將十二名犯人斬首示眾，再依順序審問杜家管家、僕人、妻妾、兒女。

最後，從杜家掌管禮尚往來、人情接待的帳房之處，搜到一本人情簿，上面明明白白地寫著所有往來帳目。

曹操從人情簿中過濾出十幾戶豪強，每晚親自帶兵搜捕一家。

每搜捕一家，放榜放文：「今有某某家犯法被捉，現徵詢受害者，只要證據確鑿，可發還被霸占的土地和人口，可贖身自由，可得被占良田。」又令「不得誣告、誤告，違者斬。」

曹操此舉，激勵了頓丘全縣縣民，曾經被打擊、壓迫、剝削的窮苦百姓們奔相走告，紛紛結伴到縣衙告狀，訴說積壓多年的冤屈。

但是豪強們也不是等閒之輩，曹操這樣鬧騰，他們不願意坐以待斃。

然而，曹操有百十號訓練有素的民兵，違拗不得。豪強們不是逃跑到他郡，就是寫快件給在朝為官的友人、族人、親人，說曹操煽動貧民鬧事，瓜分他們祖輩積攢的田宅，草菅人命，擅自虐殺。字字血淚控訴曹操的罪行，要求將曹操殺無赦，將曹操家族夷滅。

在豪強奔忙的當口，曹操正忙於肅清沉冤舊案，根本沒時間顧及自身安危。某個深夜，曹操突然接到父親曹嵩的四百里加急信件：「頓丘豪強已有數十封密告至朝，恐我兒性命堪憂。若我兒念在為父與幼弟及妻兒苦苦擔憂，見信速掛印辭官，諸事再作商議！切切！」

曹操手捧竹簡，在房內踱步，這下該怎麼辦？如果此刻停止辦案，一走了之，所有曾經來陳述冤屈的苦難百姓，將會遭遇滅頂之災。

曹操心一橫，決定繼續留在頓丘，將曹嵩寫來的竹簡翻過來，在背面寫上：「父親在上，兒意已定，不除殘暴，誓不甘休。」

曹操一夜未眠，連夜擬好奏摺和案宗。第二天一早，派人呈報上級官府。數日後，斬首十七名主犯，其他家屬無罪釋放，如有再犯，定不赦免。

從頓丘的上級部門到朝廷，都在議論頓丘縣令的作為。身為光祿大夫的橋玄在皇帝面前力薦曹操，盛讚曹操在頓丘揚皇威、樹國柄，實乃「國之棟樑，帝之輔弼」。

尚書令曹節和大宦官王甫，因為曹嵩的關係，也站在曹操這邊，稱曹操並非濫殺無辜，只是懲治有罪之人。

狀紙從頓丘紛至沓來。曹節發狠查辦了替豪強告狀的騎都尉張胤，各方告曹操黑狀的勢頭才算遏制。曹操得以繼續做頓丘縣令。

經過兩三年的用心整治，頓丘民風好轉。曹操頻頻給朝廷和上級官府上書，陳述革除時弊、重振地方農業、招撫流民發展經濟的辦法。

這些奏摺到了漢靈帝劉宏手裡，經過橋玄解讀、讚賞，劉宏開始喜歡這位名叫曹操的年輕縣令，以至於看到橋玄就會問：「曹操最近有沒有奏摺？」

曹節也很高興。曹操在頓丘的表現如此出色，除了頓丘縣令之外，又給了他一個新頭銜，和昔日恩師蔡邕同為議郎，可直接對皇帝及朝廷上書諫言或參議國事。

曹節輔政期間，善待士人，黨錮之禁悄然化解。起用橋玄等名士，蒐羅鄉間士人效命朝廷，讓蔡邕刻石經，建立專門以「六藝」為教學綱要的最高藝術學院。

三年前的曹操是個初出茅廬的官員，三年後，頓丘百姓送給他一個尊稱——「曹青天」。這一年，曹操的頓丘縣上繳給朝廷五千斛小麥、五百斛黑豆、五百斛蠶豆、五百斛蕎麥、五百斛黍，另有地方特產若干。

漢靈帝嘉獎曹嵩教子有方，致贈金匾。從此曹家門頭上多了一塊御賜金匾，上面寫著「教子有方」。

07

話說漢桓帝是當時世界上擁有最多女人的人，他日日夜夜在女人肉體上輾轉騰挪，不顧一切地放縱自己。三十六歲這年他又改元「永康」，想永遠健康，但是為時已晚，改元不久，他就病了。

東漢王朝的首都洛陽，來了一群金髮碧眼、高鼻深目的白人，他們自稱奉大羅馬帝國皇帝的差遣，不遠萬里，從歐洲來到中國，向漢桓帝獻上了象牙、犀角、玳瑁等稀奇古怪的禮物。

東漢朝廷裡沒有翻譯人才，聽不懂洋人的話。漢桓帝不明白這些洋人的真實身分，但相信至少是一些遠道而來的友好商人吧！於是「有朋自遠方來，不亦樂乎」，桓帝招待洋人飲酒作樂。

當晚桓帝喝醉了。後來一連數日，恢復不佳。後宮玉體橫陳，酥手輪番邀約劉志腰下操作，無奈他是怎麼也發動不起來，最後駕崩了。

桓帝駕崩！當前馬上出現了一個嚴重的問題——在劉志浩浩蕩蕩的妃嬪軍團中，沒有一個女人為給他生了兒子。

於是，劉志的老婆竇皇后做主，從皇族宗室裡尋找繼承人，扶立新皇帝。

按照外戚的心思，只能立幼，不能立長。立幼好操縱，立長是給宦官辦好事的。

竇皇后跟自己的父親竇武商量，選了年僅十二歲的劉宏做皇位繼承人。竇皇后升格成了竇太后，竇武則以大將軍資格輔政。

劉宏是劉志的堂侄，在東漢太廟的謚號曰「靈帝」。劉宏本來的爵位，連個縣侯都不是，只是一個解瀆亭侯，屬於貴族的最末級別。如果再往下降，就跟開國皇帝劉秀他老爸一樣，成地方人士了。只是因為漢桓帝劉志沒有兒子，這個遠房侄子劉宏就交了鴻運，一躍而登上天下第一寶座。

僅僅是當上皇帝，還不算是運氣太好，沖帝、質帝也都當上了皇帝，但一當上就死掉，是壞運氣。桓帝劉志當皇帝的時間也很早，那時候是別人在掌權。等他滅掉外戚，開始真正掌握朝廷大權的時候，已經二十八歲了。

十二歲的漢靈帝劉宏是個難搞的眼中釘，常常把竇太后氣得一愣一愣的，惹得外戚、宦官對咬。劉宏沒費什麼勁，外戚陣營與宦官陣營就狗咬狗，一嘴毛，應聲而倒了。

劉宏是個極端頑皮的孩子，常常令竇太后和竇武苦不堪言。竇武不把十二歲的劉宏當回事。雖說皇帝是打不得的，但有時劉宏做得太過分了，竇武就會揪住他的頭髮，扭過他的臉來教訓。

劉宏覺得自己是皇帝，老是被人揪頭髮，不僅傷自尊不說，頭皮也疼啊，於是他就找機會報復竇武。他趁著宮女幫自己梳頭的時候，把一些繡花針塞在頭髮裡，針尖朝外。這些針從外觀看不出來，但每一根都處於待命狀態。

這一天，劉宏祐當著竇武的面故意胡來。竇武急了，走上前去抓著劉宏的頭髮，當場一把抓住了無數鋼針。

若是梁冀遇到這樣的情況，早就翻臉，把劉宏處理掉了。竇武雖是外戚權臣，但屬於士大夫集團，他注重自身德行操守，被公認是一個正人君子。結果這位君子架不住劉宏「略施小計」，整隻手血肉模糊，後來就不敢再揪劉宏的頭髮了。

在竇武看來，國家現在的形勢這麼糟糕，全是宦官造成的。他在政治立場上，嫉惡宦官，同情與宦官對立的黨人。竇武掌握權力以後，希望通過重用黨人來打擊宦官，達到復興大漢王朝的目的。他重新起用被罷免的陳蕃等黨人，將他們召回朝廷，委以重任，形成了外戚與士大夫聯合對抗宦官的「反宦官聯盟」。

竇武、陳蕃聯合起來，與宦官鬥爭，精神可嘉，可惜他們選擇了愚蠢的鬥爭手段。竇武提拔了一個忠於自己的小宦官山冰為黃門令，要求山冰做偽證，誣告大宦官鄭颯。鄭颯被抓進監獄之後，遭到嚴刑拷打，供出了曹節、王甫等人的許多罪行。竇武決定趁此機會，剷除宦官。他命人寫了根治宦官專寵的奏章送給太后。不料，管理奏章的宦官把奏章送給了朱瑀。朱瑀何人？宦官公公們的首領，是其中最有能耐的一個。朱瑀看了竇武的奏章後，立刻召集宦官開會，公布了竇武的奏章。

朱瑀極力煽動宦官對黨人的仇恨，他們推選曹節為「平叛」指揮長，先把漢靈帝和竇太后控制住，然後關閉大內，以靈帝的名義下詔，殺山冰，救鄭颯，調兵逮捕竇武、陳蕃。

竇武得知風雲變色，急忙集合部隊，力圖收復失陷的皇宮。七十多歲的陳蕃也積極行動，發動了百十個太學生，手舉傢伙，奔向南宮，還邊衝邊喊：「大將軍忠君愛國，閹人謀反害朝廷！」結果，陳蕃的人一口氣全被宦官集團俘虜了。

陳蕃老夫子還想跟宦官理論，宦官們可不吃他那一套，擁上去連踢帶罵，折騰到半夜，把陳蕃活活折騰致死。

竇武則更倒楣，碰到的竟然是剛剛從西北邊疆回來的大將張奐。

張奐尚不了解局勢，宦官假傳平定竇氏叛亂的詔令給他。信以為真的張奐，遂與少府周靖率五營士兵，加上大宦官王甫所率千餘虎賁軍、羽林軍，收拾竇武。

張奐帶的是虎狼之師，而被重重圍困的竇武率領的禁軍則是一群京洛少爺兵，兩下打了一夜，竇武一方損失慘重。

第二天一早，宦官們決定加上攻心戰，由王甫喊話。只見王甫尖聲尖氣，對竇武的軍隊喊道：「禁軍兄弟們，你們的家都在洛陽，你們的責任就是保衛皇宮，你們怎麼可以攻擊你們所保衛的皇宮呢？放下武器，趕快投降吧，投降的有賞！」

在反覆喊話之下，竇武的軍隊慢慢被瓦解了。竇武無奈，拔劍自盡。

外戚與士大夫聯手發動的「反宦行動」，以失敗告終。但馬蜂窩被捅了一下之後，閹公公們被激怒了，開始瘋狂地報復。

宦官們大肆搜捕黨人，李膺、杜密、翟超、劉儒、荀翌、范滂、虞放等一百多名黨人被拉了出來，處死。

然而慘禍仍未平息，此時竟還有人趁著夜黑風高，在洛陽外城的朱雀樓上書寫抗議標語，指責宦官罪惡，導致宦官集團再次瘋狂反撲，大肆搜捕黨人和太學生，又抓了一千多人。

宦官還操縱漢靈帝下詔，規定黨人的門生、故吏、父兄子弟及五服以內的親屬，一律免官禁錮，終身不得解脫。

外戚集團和士大夫集團遭到了嚴重大吉，東漢皇權遭受重創。後宮的閹人集團開始在靈帝一朝專擅獨大，漢末宮廷更是亂象百生。

最有權勢的宦官有十二人，簡稱「十常侍」，分別是張讓、趙忠、夏惲、郭勝、孫璋、畢嵐、栗嵩、段珪、高望、張恭、韓悝、宋典。

張讓、趙忠等閹人，把小小的漢靈帝玩弄於股掌之中，哄著靈帝，要求他說：「張常侍是我爹爹，趙常侍是我媽媽。」

之後，宦官們賣官鬻爵，橫徵暴斂。他們的父兄子弟遍布天下，橫行鄉里，禍害百姓，同樣無官敢管。

宦官血洗外戚和士人集團的事變，發生於靈帝劉宏繼位元八個月的時候，竇氏家族如同流星般徹底殞落，退出了歷史舞臺。竇太后因為擁立劉宏當上皇帝，受到特赦免死，但從此再也沒有權力控制劉宏與後宮。

劉宏的生母被接到洛陽北宮，成為董太后。

第2章

漢宮末世慘變

08

董太后來到洛陽，親自充當漢靈帝劉宏的監護人，讓小皇帝天天在親媽的羽翼之下健康成長。

這位十二歲的皇帝，在位僅八個月，就擺脫了外戚，「收回」政權，這件事雖非劉宏本人所為，但論及他的運氣，還真不是一般的好啊！

只可惜，劉宏的個人運氣雖好，卻沒有把好運帶給東漢王朝，反倒製造了很多鬧劇，醞釀了最大的禍殃。

沒有了像竇武那樣的外戚束縛，漢靈帝劉宏徹底放開了手腳，不怕做不到，就怕想不到。

劉宏趕過集，覺得熙熙攘攘的市集十分有趣，於是，命人在後宮建起市場，讓宮女、嬪妃和宦官們開商店、擺地攤，大家從事銷售或消費。劉宏混跡其間，有時買進，有時賣出，玩得好不快活。

漸漸地，後宮市場允許外人進入，算命的、賣藝的，甚至連小偷都來了。

眼見劉宏少年經商有成，每天挖一桶金，董太后這當媽的打心眼兒裡高興。

董氏是由灰姑娘變成皇太后的，雖然已經母憑子貴，富有四海，可還是想把普天下的真金白銀都攥在自己的手裡，於是就跟劉宏商量。

董太后說：「兒子啊，宮裡開大市場，雖然好玩，可歸根結底是在賺咱自己的錢。如果再算上建市場的投資，那咱就賠了。」

劉宏說：「媽，你說怎麼辦呢？總不能真的把東西賣到宮外去吧？」

最後娘兒倆一合計，有些東西還真是可以賣到宮外去的，那就是自由和權力。於是，東漢王朝開始賣「自由」，準確地說就是賣贖罪權：凡是犯了罪的人，只要花一定的錢，就可以免罪。

花錢贖罪，在漢代本是常例，但有一定的限度，一般僅限於官員的失誤性犯罪。可漢靈帝是無限制的惡搞，連殺人放火的惡性刑事案件也可以彌補，只要花錢，一律免除刑罰。但是犯法的人畢竟是少數，犯法而且有錢的就更是少數了，所以這個市場很小，賺不著大錢。

真正有潛力的盈利項目應該是「權力」。任何有錢的人，都渴望權力，這個市場相當的大。於是漢靈帝開始做起了其祖宗都做不出水準的盈利項目——賣官鬻爵。

漢靈帝劉宏在洛陽西園建立了「官爵交易所」，將上至三公、關內侯，下至虎賁、羽林，乃至郡守、縣令，各種官職一律開出價格，公開銷售。他還別出心裁，實施拍賣：一個官職，大家競價投標，誰出的價最高，誰就可以獲得。拍賣的官職，成交後，可以現金交易，也可以交個首付，餘款分期分批慢慢付清。當然，這是要付利息的。

官職的價格是「雙軌制」。三公九卿一類高官，公開價格極高，可以賣到一億錢，一般人買不起。但是那些跟皇家有特殊關係的人，能用內部價買到。宦官曹騰的養子曹嵩，曹操他爹，就花了一億錢，買了個三公之一的太尉。

像曹嵩這樣，買「三公九卿」之類高官的，主要是為了妝點門面，混個「三公之家」的榮譽，臉上有光彩。可是那些買郡守、縣令一類的，十之八九是為了撈錢，想要加倍地賺回來。

因為官位可以任意買賣，劉宏也就對官員全無尊重之心，甚至在玩狗的時候，給自己的狗戴上文官平時戴的進賢冠，把狗兒喚作「愛卿」，帶著到處取樂。

漢靈帝把賣官鬻爵當成生意，卻沒有想過將導致怎樣嚴重的後果。花錢買官的人上任之後，為了收回成本，拚命地盤剝百姓，使之「寒不敢衣，饑不敢食」，從而加快了東漢王朝社會經濟的崩潰速度。

東漢中期以來，豪族地主拚命兼併土地，外戚和宦官輪流把持朝政，官場越來越黑，加上自然災害不斷，農民瀕臨死亡的邊緣。百姓苦不堪言，被逼上了死路，沒有辦法，只有起來拚命。

從做盡壞事的漢安帝即開始埋禍根，發生了各種民變，也有邊疆部族入侵，雖說規模都較小，持續時間也不算長，但都是積累。其後數十年間，冤民上訴不斷，全國起義連綿，到了靈帝的時候，東漢王朝已經腐敗得發臭了。

話說四月十五，是溫德殿例會日，漢靈帝劉宏主持召開常委擴大會。剛要升座，殿角狂風驟起，只見一條大青蛇從樑上飛落下來，盤踞在寶椅上。劉宏嚇得暈死過去，左右急救，百官俱避。

劉宏因懼致病，腹瀉多日。御醫忙著用藥，還沒治療康復，洛陽又發生地震，毀壞房屋無數。東南沿海發生了海嘯，沿海居民多被大浪捲入海中。

異象報告更多。山體崩裂、冰雹如拳、母雞打鳴、黑鼬上殿……種種不祥，非止一端。漢靈帝驚恐中下詔問群臣災異之由。

議郎蔡邕說：「蜺蛇墜落，雌雞化雄，乃由婦人干政，或由非男非女之人弄權所致。亟待陛下進行改革，拯救萬民於水火。」

蔡邕是多才多藝的名士，去年還在儒生們的請求下，在洛陽太學講學。之後還因應太學之邀，奉靈帝之命，為太學書寫「石經」——以隸書書寫《詩》、《書》、《易》、《禮》、《春秋》等典籍，然後刻在四十六塊石碑上，立於太學報告廳門外，以供閱讀。一天到晚，觀看和摹寫者，你來我往，絡繹不絕。

婦人干政，不祥之兆叢生，情況之緊急，搞得連名士都顧不上含蓄措辭，句句吐實。

聽聞蔡邕的真切率直之言，漢靈帝連連歎息，說：「此言，此言……朕要上廁所，上廁所。」閹人們向來有「隔幕聽會」惡習。這天是宦官曹節在偷聽，聽了蔡邕的言論，立馬跑回去告與同類。

於是宦官們設毒計陷害蔡邕，讓劉宏罷了蔡邕的官。

09

東漢王朝賣官鬻爵、閹佞弄權，以及空前的高稅賦，將貧富差距拉到有史以來的新高，終於激起了大規模的「黃巾之亂」，這場民變的領導人名叫張角。

張角，河北鉅鹿人，信奉黃老學說，是個道教人物，對東漢當朝流行的讖緯之學深有研究，又是個兼修巫醫的術士，擁有很多信徒。

西元一八〇年前後，疫病流行，張角帶著他的兩個弟弟——張梁和張寶，前往災情特別嚴重的冀州一帶，藉治病之名進行傳教活動。

張角用法術、咒語四處為人醫病，許多生病的百姓來喝他的符水之後，四處鼓吹他的法術靈驗。

張角培養了八個心腹，謂之「八使」，並讓這些心腹分赴各地，如法炮製。於是追隨者越來越多，信徒越來越眾，遍及青、徐、幽、冀、荊、揚、兗、豫八大州，幾乎占了當時全國四分之三。人們聽說張角神靈，不惜變賣家產結伴投奔，千里迢迢，蜂擁而至。成了「活仙」的張角，信徒漸漸發展到了幾十萬人，便自稱「大賢良師」，創建了「太平道」。

張角跟五斗米道的張天師張道陵不一樣，張角對天下有想法。

張道陵會率領著教眾，於每年五月、臘月的吉日祭祀祖先，二月八日祭祀灶神。稼穡之外，也就是個祭祀。張角不同，是搞革命的。

張道陵為了統領眾多教眾，把「天師道」分為「二十四治」，相當於二十四個教區。

張角則把自己的信徒編為三十六方，大方萬餘人，小方六七千人，相當於三十六個師團。每方有個心腹做頭目，全由張角控制。

張角眼看著時機一天天成熟，決定在甲子年秋收季節發動起義。

張角處心積慮地想出了十六字口號：「蒼天已死，黃天當立，歲在甲子，天下大吉」，並隆重公諸於世。他同時派人在洛陽的寺門及州郡官府的牆上，到處寫上「甲子」兩個大字。

甲子年是西元一八四年，張角命令他所封的大方長馬元義帶領南方的數萬名起義群眾前往鄴縣，準備配合京城洛陽及各地的大起義。

在此之前，馬元義已多次潛入洛陽，祕密邀約宦官徐奉等為內應，約定在這一年的三月五日一同起義。

但是在二月間，起義軍內部出了叛徒。張角的一個門徒唐周，把馬元義的起義計畫向東漢朝廷告了密。

朝廷立即採取措施，在洛陽展開搜捕。結果馬元義被捕後受車裂之刑，信奉太平道的一千多名官兵、百姓，也都犧牲了。東漢朝廷並下令冀州官府搜捕張角等逆黨。

張角知道事情已經洩露，便連夜派人通知各方，立即舉行起義。起義軍頭上都裹著黃巾，是為標記，因此稱之為「黃巾軍」或「蛾賊」。

這一次的起義提前在早春二月爆發，張角自稱「天公將軍」；他的弟弟張寶稱「地公將軍」；張梁稱「人公將軍」，天、地、人統一指揮戰鬥。

張家三兄弟，攻打州郡，焚燒官府，殺害吏士，四處劫掠。一個月內，全國七州二十八郡都發生了戰事。

黃巾軍到處沒收豪族財物，許多地方官吏聞風逃竄。全國各地百姓紛紛響應，參與起義。京都洛陽為之震動。

有的官吏看出了弊端。一位名叫張鈞的郎中表奏皇帝，明白指出，黃巾起義是外戚、宦官專權逼出來的。

張鈞說：「張角之所以興兵作亂，萬人之所以樂於附庸，病根兒在『十常侍』。」所謂「十常侍」，就是讓父兄、子弟、三表哥他四舅、七姑子八大姨，親朋好友們都當上一個個州郡的官員，把持權力，魚肉百姓。百姓不能上訴，上訴了也沒人管。為百姓做主的牌子僅僅是書法作品，吊在那裡欣賞時，百姓只好聚起來，揭竿起義了。

漢靈帝斥責道：「時至今日，找原因有個啥用啊，朕要計策，計策！」

眾臣見太平道如此厲害，無不建議調兵遣將，加強洛陽的軍事防禦。

劉宏的大舅子何進本來是個屠戶，他的同父異母的妹妹何氏被選入宮廷，被靈帝喜歡上了，何進於是棄商從政，官拜郎中。何氏在宮內進一步被寵幸，成了皇后；何進進一步升官，成為虎賁中郎將。現在國難當頭，靈帝就拜何進為大將軍，率左右羽林軍五個營的士兵，於都亭，負責保衛洛陽。

何進覺得出力的時候到了，他有責任挽救社稷。漢靈帝和何進又在函谷、大穀、廣城、伊闕、轘旋門、孟津、小平津等八個京都關口，設置都尉駐防，加強守衛。

幾乎在同時，漢靈帝劉宏下詔各地，嚴防死守，命各州郡擴招軍隊，鑄造兵器，準備作戰。

全國各地，家有資財的富人，也都插起招兵旗，收攏吃糧人。商人蘇雙、張世平就資助了一支軍隊，劉備就在這支小部隊裡。

黃巾軍將士皆係赤貧百姓，活不下去了的，扛起槍參了軍，入伍後吃飽了飯，打仗極其厲害，南陽、潁川、汝南、邵陵各郡，相繼被黃巾軍攻占。

黃巾軍還在北方的廣陽郡（今天的北京一帶）殺掉幽州刺史郭勳和廣陽太守劉衛。

10

黃巾軍節節勝利，讓東漢朝廷驚恐萬狀，頻頻討論，研究對策。

漢靈帝劉宏連聲詢問：「都說啊，說啊，該怎麼辦？」

中郎將皇甫嵩上諫，說道：「政權已經到了最危險的時候，趕緊把黨禁解除了，讓他們戴罪立功。」

皇甫嵩還建議把西園的良馬牽出來送給部隊，把皇宮裡的錢財拿出來獎勵功臣，這些劉宏都同意了。

大臣呂強對漢靈帝說：「黨錮之事積怨日久，如果他們與黃巾合謀，恐怕就無救了。不要叫他們戴罪立功，而是請陛下大赦他們，解除全社會的後顧之憂，全民動員，討伐逆賊。」

劉宏接納了呂強的提案，大赦黨人，全面招納軍事人才，要求各公卿捐出馬、弩，推舉眾將領的子孫及民間深明戰略的人士，招募了大批將士充入政府軍。

漢靈帝劉宏遣盧植、皇甫嵩、朱俊率領政府軍，進攻黃巾軍的主力。盧植負責北方戰線，與張角主力周旋；皇甫嵩及朱俊各領一軍，共四萬多人，討伐潁川一帶的黃巾軍。

朱俊又上表，招募下邳的孫堅為佐軍司馬，帶同鄉少年及募得各商旅和淮水、泗水精兵，共千餘人，合軍作戰。

漢軍首戰並未得勝，朱俊被打得跑了回來，皇甫嵩被圍，士氣低落。黃巾軍並未因漢室的撲滅動作而有敗退的跡象。

朝廷見皇甫嵩被圍，需要軍事人才救援，漢靈帝劉宏自然想到了曹操。於是給了曹操機會，拜為騎都尉，受命進攻，率部與左中郎將皇甫嵩等人合軍，鎮壓潁州黃巾軍。

一開始，朝廷軍與黃巾軍互有勝負。後來，皇甫嵩、朱儁率軍，在長社與張角的弟弟張梁、張寶帶領的黃巾軍對峙。

黃巾軍的帳篷是以草結成，當日正好刮起大風，皇甫嵩便命令軍士每人束草一把，暗地埋伏，於二更以後，直撲黃巾軍陣地，大聲呼喊，一同縱火燒營後，皇甫嵩和朱儁各引兵攻入黃巾軍陣地。只見黃巾軍大營裡，火焰衝天，士兵驚亂，馬不及鞍，兵不及甲，四散奔逃。

曹操又引兵前來，合軍之後再次攻擊黃巾軍，大殺一陣，斬首級數萬，朝廷軍宣告勝利。

黃巾軍落荒而逃，參與作戰的南陽太守秦頡斬殺了黃巾軍司令張曼成。

黃巾軍改選趙弘為司令，占據宛城。皇甫嵩與朱儁繼續進擊汝南的黃巾軍，把黃巾軍都打進了宛城。孫堅破城攻入，大獲勝利。

勝利後，朝廷封皇甫嵩「都鄉侯」，曹操也升遷為濟南國相。

曹操在官階上邁了一大步。這時候他的祖父曹騰已死，萬貫家財已歸其父曹嵩所有。曹操身為曹嵩的唯一合法繼承人，對於富有的老家並無興趣，躊躇滿志地前往濟南上任了。

漢朝的王國、侯國，實際上相當於一個郡，其王或侯，只能享有封區的賦稅收入，沒有行政權力。而國相是中央政府派到王國管理政事的官吏，職位與郡太守相同。

當時，濟南國王是河間安王劉利之子劉康。按照漢朝制度，國相等同於一郡的太守，封王僅僅「衣食租稅」而已，封國的一切政務俱掌握在由朝廷委任的國相手中。因此，出任濟南國相，正是年富力強、銳意進取的曹操所夢寐以求的，因為有其位才能謀其政，他可以藉此大顯身手。

曹操於西元二一〇年的回憶錄《十二月己亥令》中提到：

孤始舉孝廉，年少，自以本非岩穴知名之士，恐為海內人之所見凡愚，欲為一郡守，好作政教，以建立名譽，使世士明知之；故在濟南，始除殘去穢，平心選舉，違迕諸常侍。以為豪強所忿，恐致家禍，故以病還。

曹操自己認為，他一生的事業是從濟南起步的。

當時濟南國的首府在東平陵，即今天的章丘境內，下轄東平陵、鄒平、曆城等十多個縣。濟南相的官職已經是部級了。曹操決心運用手中掌握的實權，按照自己的理想，大幹一番，將這一地區治理出個樣子來。

曹操到任做的第一件事，就是大刀闊斧地整頓吏治。

東漢後期，地方吏治敗壞非常普遍，濟南國尤為嚴重。屬縣長吏，攀附貴戚、宦官，朝中有人撐腰，所以膽敢巧取豪奪、貪贓枉法，歷任濟南國相聽之任之。

有鑒於這種狀況，曹操上奏朝廷，該免職的免職，該拿下的拿下，一舉罷免了八個縣令，挑選德才兼備的人才為王國屬吏。

在曹操的處置下，十分之八的長吏遭到整治，肩頭扛有罪責的紛紛逃竄，一時間「政教大行，一郡清平」。

曹操在濟南國相任上幹的第二件大事，是一舉搗毀六百餘座城陽景王祠。

東漢時期，城陽景王神崇拜盛行，祠廟林立，祭祀圈無限制地擴大，僅濟南境內就有六百多座祠廟。

鑒於祭神迎神活動奢侈日甚，同時也為了整飭社會風俗、整頓吏治、清除地方上的不安定因素，曹操禁斷淫祠[2]，致使奸宄[3]逃竄。

曹操擔任濟南國相不足一年，在整頓吏治、禁斷淫祠的舉措方面已大見成效。

---

2 淫祀是指不合適的祭祀，或是祭祀不在國家祀典當中的神明。

3 違法作亂的人。

11

漢獻帝初平三年（西元一九二年）四月，青州百萬黃巾軍攻打兗州，殺害兗州刺史劉岱。兗州吏民迎請曹操為兗州牧。曹操於是率兵前去抵禦黃巾軍。

同年九月，曹操追逐黃巾軍到濟北，黃巾軍敗降。曹操接收降卒三十餘萬，男女百餘萬口。青州黃巾軍驍勇善戰，不過曹操當時尚無養軍條件，便去弱留強，將他們收編為「青州兵」，就地安置，開荒生活。「青州兵」是曹操一生所依賴的主要軍事力量，而上百萬的黃巾軍隨軍家屬，也成為曹操推行屯田制的基本勞動力。

「青州兵」感念曹操安置，讓他們獲得安定生活，後來在曹操招兵時踴躍參軍時，成為日後橫掃中原的骨幹班底。曹操於此後占領徐州、豫州，迎漢獻帝於許都，力抗群雄，統一中原，克承大業，追本溯源，實皆肇基於此。

曹操在濟南，娶了卞氏為妻子。

在賢慧的卞夫人照顧之下，曹操順心如意，家和萬事興，政績自然突出。

有一得，必有一失。在濟南任上，曹操的所作所為，為自己樹立了名聲，也觸犯了濟南當地豪強以及宮廷裡當權的大宦官的利益，不斷地有人去御前打小報告，告曹操的刁狀。這讓曹操感到官場難混了。

關鍵的問題是，漢靈帝賣官鬻爵，導致官場極端黑暗。曹操感覺到大漢王朝已江河日下，這個政權也行將就木，他做的任何努力都無濟於事，只會給自己招來災禍。他已漸漸不打算為黑暗的朝廷效力了。

他明白，自己之所以沒有惹出殺身之禍來，是因為有大後臺。

他的父親曹嵩官居太尉，也就是當時名義上的三軍總司令，權貴們有點忐忑，一時不敢把他怎麼樣，但是長此以往，是註定沒有好果子吃的。

因此，曹操謝絕了級別兩千石的任命——東郡太守，藉口自己有病，回到家鄉譙縣，隱居下來，打算等天下太平了，再出來做官。

曹操這一大膽反常的舉動，讓朝中人士大為不解。一個三十三歲的幹部，風華正茂，仕途亨通，正可大展雄才，居然辭官不做，實在不可思議。

其實曹操的這一舉動，如上所述，是經過深思熟慮的。

曹操回到家鄉，沒有居住在老屋，而是在譙縣城東五十里僻靜處，一條叫泥水的小河旁邊，蓋了一座幽雅的草舍，春夏讀書，秋冬射獵，文武並進，累積能力，觀察局勢，以俟良機。

這一年，在譙東，他的妻子卞夫人生下了曹丕。

中平五年（西元一八八年），曹操屏居鄉里。當冀州刺史王芬等圖謀趁漢靈帝北巡時，以兵力威脅，誅宦官，立合肥侯為帝，前來徵求曹操的意見時，他分析了當時的形勢和條件，予以反對。

曹操說：「更換君王，是天下最大的災難。古時候的人有權衡成敗、計算利害而這樣做的，那就是伊尹、霍光了。伊尹、霍光，滿腔忠誠，身為宰相，手握大權，又出於百姓願望才能順利達到目的。而今，各位只看到他們當初輕而易舉，忘記了我們當今的重重困難，竟想用非常的舉動，希望一擊而中，豈不危險！」

果然被曹操言中。不久，王芬等終因事跡洩漏而身死。

這年八月，漢靈帝為了對付全國軍閥混戰的局面，加強守護京師、保衛皇室的力量，組建一支新軍，在西園成立了統帥部，下設八個校尉。

西園新軍，可以說是洛陽的禁衛軍團，職責是隨時應付可能出現的動亂局面。組建西園新軍，靈帝選中了宦官蹇碩、武官袁紹，也選中了曹操。

曹操被任命為八校尉之一典軍校尉之職。其他幾個校尉是上軍校尉蹇碩，中軍校尉袁紹，下軍校尉鮑鴻，助軍左校尉趙融，助軍右校尉馮芳，左校尉夏牟，右校尉淳于瓊。

典軍校尉這一職位，對曹操極具誘惑力，他結束隱居生活，懷著激昂的心情，到洛陽就職了。

進入皇室核心並任要職，連大宦官蹇碩也要同他共事，這說明他又邁上了仕途中的一個新階段。

然而不久之後，曹操卻發現自己正捲入一場逐漸嚴重的政治鬥爭中。

大宦官蹇碩有意以新編的軍團來對付何進，中軍校尉袁紹反而靠向何進陣營，助軍左校尉趙融及右校尉淳于瓊也都傾向於袁紹的立場。

身為宦官後代的曹操，面對一場不得不表明立場的抉擇。

雖然曹操一再反對盲目的流血政變，但仍義無反顧地站到他的同鄉少年夥伴——貴胄子弟袁紹的陣營，和宦官展開了一場政治鬥爭。

曹操的處境一度非常尷尬。因為曹操的父親曹嵩過繼給大宦官曹騰為子，曹操也是宦官的後代。雖然身為宦官後代，曹操卻非常反對漢末擅權的宦官，他有著滿腹革新救國的理想，初入官場便成了反宦官陣營的主角。

可是，反宦官的士大夫階層，對曹操這個宦官後代卻很不信任，常以異樣的目光看待他，經常莫名其妙地懷疑他，對他冷嘲熱諷。

因此，曹操在這次鬥爭事件中，充滿著無奈和無力感。他反對宦官，但又不主張搞成大屠殺似的鬥爭，他擅長採用政治手段解決政治問題。

他的主張，極有可能被以異樣目光看待他的士大夫階層理解為「有二心」。曹操因此常常搖頭歎息。

堂兄弟曹仁和曹洪，對曹操非常敬重，對曹操的處境十分理解，隨時跟在左右，宛如私人保鏢一般。

曹仁，字子孝，精通槍刀，擅使弓箭，能在萬馬軍中射殺指揮官。此外，也頗諳兵法，善於韜略，頗有大將器宇。

曹洪，字子廉，擅使雙刀，臂力過人，膽量奇大，以勇猛見稱鄉里。少年時代，曾有盜賊襲擊曹家莊，壯丁紛紛走避，曹洪卻打赤膊，使雙刀，由內庭躍出，瞬間斬殺數人，盜賊鼠竄而去，鄉里人甚奇之。

12

再說到北方戰線。盧植，是一文武兼備的大將，數戰得勝，大破張角的黃巾軍，斬殺萬餘人。逼得張角部隊最後撤到廣宗城4據守。

盧植率軍設置鹿寨，挖掘壕溝，製造雲梯，強攻城池。攻城是困難的任務，漢軍雖然精銳，但是數量少於黃巾軍，幾經變換攻城戰略，卻遲遲未能攻下廣宗城。

漢靈帝劉宏派宦官左豐視察軍情。閹人愛財，有人勸盧植賄賂左豐。盧植生性剛正，拒絕賄賂。督軍宦官回洛陽後，向靈帝誣告盧植作戰不力，是個無能之輩，而且還有叛變可能。

漢靈帝大怒，派了一輛囚車，把盧植帶回洛陽治罪，改派董卓領兵去河北鎮壓。

董卓圍攻廣宗兩三個月，廣宗依舊巋然不動。

東漢政府再次更換人馬，撤了董卓的職，調鎮壓老手皇甫嵩北上。

皇甫嵩到達廣宗時，張角不幸病死，形勢轉為有利於官軍了。

儘管如此，當時由張梁統率的廣宗義軍，依然英勇善戰。漢軍束手無策，皇甫嵩不得不緊閉營門，伺機而動。

十月間，皇甫嵩深夜出兵，突襲黃巾軍。黃巾軍倉促應戰，結果張梁在陣前犧牲，三萬多名黃巾

---

4 現在的河北省威縣東部。

軍戰死，五萬多名黃巾軍被逼入河中，死於激流。

緊接著，皇甫嵩攻破張寶據守的下曲陽城，屠殺了十多萬黃巾軍。黃巾起義就此大致平息，但漢室統治也遭受了嚴重的創傷。

漢靈帝沒有記取教訓，仍繼續享樂。於是，各地依舊不斷發生小型叛亂，出現許多零散的軍事勢力。

黑山、白波、黃龍、左校、牛角、五鹿、羝根、李大目、左髭丈八、苦蝤、劉石、平漢、大洪、白繞、司隸、緣城、羅市、雷公、浮雲、飛燕、白爵、楊鳳、於毒，這些都是黃巾之後的新杆子。，勢力小輒數千人，大輒有百萬人。

這時巴郡大山裡的「五斗米道」也坐不住了，組織了「五斗米師」，攻打郡縣，殺人越貨。西元一八八年，黃巾軍餘部死灰復燃。二月，攻陷太原郡、河東郡等地。四月攻陷汝南、葛陂，十月攻陷青州、徐州，黃巾軍再起，復占郡縣。

東漢王朝派遣鮑鴻進討聲勢最大的葛陂黃巾。雙方大戰於葛陂，鮑鴻的政府軍吃了敗仗。黃巾各部，此起彼伏，聲勢雖然沒有第一波黃巾起義盛大，但也夠讓漢室感到棘手了。

太常劉焉對漢靈帝提出建議，請求將部分刺史改為州牧，由宗室或重臣擔任，並允其擁有地方軍政之權，以便加強地方政權的實力，有效進剿黃巾餘部。漢靈帝准予執行。

然而，下放權力的負面效應，是助長了地方軍閥的氣焰。他們擁兵自重，逐鹿中原。甚至是朝廷為無物。

此時期因為亂事，大赦黨人，許多原先遭遇禁錮的官員得以重新受任。與宦官集團有著累世刻骨之仇的黨人，趁此重見天日的機會，大多或投身於軍閥，或將自身發展為軍閥。

因此，最終將各地紛亂的起義鎮壓下去的，不是東漢朝廷官軍，而是各地方勢力。分別開創了魏、蜀、吳三國基業的曹操、劉備、孫堅，都是在這一時期靠鎮壓反政府軍起家的。

地方軍閥鎮壓反政府軍的方式也與官軍大不相同，不是一味「屠殺戰俘」，而是「整頓收編」，以為己用，從而使自身實力日益發展壯大。

在這樣的局勢之下，各地的起義漸漸平定，地方軍閥勢力從而藉機興起。許多軍閥的主力其實是原來的黃巾軍。

漢靈帝劉宏是個守財奴，鎮壓黃巾起義，在經濟上讓他出了不少血。破費錢財，損失寶馬，戰事遲遲不停，銅錢流水似的花掉，劉宏實在心疼至極，剛打完仗就氣得病倒了。

劉宏有兩個兒子，長子劉辯，何皇后所生，從小寄養在史姓道士家，人稱史侯；次子劉協，王美人所生，王美人被何皇后毒死，靈帝將劉協交給母親董太后撫養，人稱董侯。

劉辯雖為嫡長子，但為人輕佻，缺少威嚴，不具備做皇帝的范兒。劉宏於是有心廢長立幼，讓劉協做太子，但顧忌何皇后的哥哥大將軍何進手握兵權，只好作罷。

劉宏為了廢長立幼動了腦筋。東漢中平五年（西元一八八年），劉宏將宦官蹇碩提升為上軍校尉，並以元帥之職督統其他校尉，這個旨意，意味著大將軍何進的地位被列入蹇碩的之下。

次年，劉宏病重，臨終之際，召中常侍蹇碩到病榻前，說出了自己的心思，交代蹇碩，讓他擁立次子劉協做皇帝，並說：「你辦事，朕放心。」

蹇碩說：「皇上您英明，您選的接班人我們一萬個擁護。不過，廢立之事不同一般哪，何大將軍位高權重，他不聽，您就弄不成啊！皇上您要另立太子，得先殺掉何進，方能絕除後患。」

劉宏授命蹇碩，發出詔書，召何進商量要事，事先安排刀斧手藏在暗處，預備何進一進宮就殺掉他。

何進沒有提防，接到通知就來了。

宦官潘隱官居司馬一職，跟何進是老朋友，看見何進大搖大擺奔著宮門來了，就迎上去打招呼，同時以極誇張的表情給何進使眼色，暗示他趕快離開。

何進反應挺快，一看就發現有問題了，冷汗出來了。

他二話不說，掉頭就跑。潘隱還裝模作樣地在後面追著喊：「大將軍，怎麼跑啦？快回來呀！」

何進抄小道趕回軍營，立即集合部隊，把大軍開進各郡各國駐京辦事處的廣場，自稱有病，住在中軍帳內，不出來了。

13

何進能把軍隊開進郡國駐京辦事處的廣場，意味著他與地方勢力已建立起了一定的默契。代表郡國是支持他的，至少不反對。

這與黨人重新進入權力階層有直接關係。黨人與外戚在漢靈帝初年被宦官一併消滅，這兩派人馬與宦官有深仇大恨，支持或至少不反對外戚，也在情理之中。

何進在軍帳中，可沒閒著。他反覆思謀，認定局勢危急，千鈞一髮，這個當口肯定要殺個你死我活了。事不宜遲，他立刻請來一班同僚商議對策。下屬曹操、袁紹等人全被請來了。

何進說：「我們現在得動手，一不做二不休，是一口氣殺光這幫閹黨的時候啦！必須一股腦兒殺光，一個不留！」

眾人有的贊成，有的反對。正拿不定主意的時候，耳目前來報告：「皇上已經駕崩，十常侍決定祕不發喪，還在繼續設計引誘大將軍入宮，計畫除掉大將軍之後，再立劉協為皇帝。」

曹操說：「將計就計，皇上駕崩了，趁著現在沒有皇帝，我們來立一個，立了皇上，奉旨誅殺賊子，名正言順。」

何進一聽，非常滿意，回答：「好！」，眾人也說一致同意，認為曹將軍之計最妙。

何進問：「誰願意跟我進宮去，扶新君，誅閹黨？」

袁紹說：「我願去，我現在就有五千精兵，帶上進宮。」

何進和袁紹率領精兵五千，衝入內宮。他們將四歲的劉辯抱到靈帝的棺柩前，擁立為新君，三叩九拜，山呼[6]萬歲。

接著袁紹帶兵包圍了皇宮，捉拿十常侍及所有的宦官。

十常侍知道大事不妙，何進現在要索他們的命了。張讓、郭勝等九個人於是按住蹇碩一個人，把他的頭割了下來。

九常侍掂著血淋淋的人頭，一起進入後宮，叩見何皇后，齊聲喊：「太后啊，壞事都是蹇碩一個人幹的。小的們已經把他宰了，太后您得給小的們做主啊！」

何皇后喚何進到後宮，說道：「你我兄妹，出身市井，身份低賤，當初若不是宦官們幫忙，哪能有今日的大富大貴？你若把他們都殺了，往後誰來幫我們的忙呢？他們今日都知罪了，就饒了他們吧。」

何進聽了妹妹的話，覺得好像也有道理，就走出來對袁紹說：「我調查清楚了，想謀害我的是蹇碩，跟其他公公沒有關係。現在蹇碩已經被殺掉了，事情已了結。諸位保立新君，功勞巨大，我要論功行賞。回營！」

劉辯於是當上了皇帝，何進大將軍的頭銜之上，現在又多了個「國舅」的冠冕，大權握在手中，十分顯赫，國家大事，通通都是何進說了算。

袁紹、曹操這些大臣仍然向何進建議「九常侍還是必須殺掉，當下手軟，必成後患。」

何進最後想通了，決定要把十常侍殺掉。但是垂簾聽政的何太后仍然不同意。因此不好下手。

---

6 古代百官朝見皇帝的儀式。

當時朝野普遍認為，是宦官禍亂了東漢天下，要想過太平日子，就必須消滅宦官集團。

問題是，何進及其家族，與宦官集團並無太大的私怨，尤其是何太后。當年何太后入宮，入宮後得寵，完全靠的是宦官的支持。

因此，雖然何進想除掉宦官，但是何氏家族，尤其是何太后，是非常同情宦官的。

宦官們深諳其中微妙，私下找到何太后的母親舞陽君及弟弟何苗，送上無數珍寶，請他們代為求情。

舞陽君與何苗被宦官們哭得心軟，進宮找到何太后，替宦官們說話。

何太后本來就對宦官沒有什麼惡意，聽了母親和弟弟講情，她就對宦官再次委以重任。這使得宦官集團的勢力重新強大起來。

何進一看不幹了。這麼一來，自己不是要走當年竇武的老路嗎？在漢桓帝一朝，竇武和老學究陳蕃設計剪除宦官，事機洩露，兵敗而死。

士大夫們也不幹了。這不是等著再來一次「黨錮之禍」嗎？宦官們曾經兩度占上風，大量士人被屠殺，遭禁錮，冤聲猶在耳邊啊！

何進身為外戚，其權力來自何太后。現在何太后要重用宦官，他這個當哥哥的，還真想不出什麼應對的辦法。

袁紹見何進沒招了，就出了個餿主意，說「太后再強，不就一女人嗎？乾脆調動地方部隊進京戒嚴，維持治安。地方部隊以前跟洛陽沒有什麼來往，等他們進京後，再告訴他們宦官要反了，這樣就可以逼迫太后，清除宮廷，平定朝內。」

至於調動外地兵馬，應該找誰呢？想來想去，比較厲害的是現任西涼刺史董卓。

何進就讓主簿陳琳代皇帝起草詔令，調董卓率兵進京。陳琳是個讀書人，不懂軍事，可還是看出這事太玄了，當即表示反對。

曹操當時也在旁邊，就說：「要殺宦官，一個獄卒就夠了，調什麼外軍啊？萬一控制不住怎麼辦？」

曹操懂軍事，按說何進該聽了吧！沒想到何進急了，說：「孟德，你也有私心嗎？」

曹操是宦官曹騰的養孫子，算有宦官背景，何進這句話明擺著是對曹操不信任。曹操一聽話音不對，連忙閉嘴。

退出何進府，曹操不禁仰天長歎：「攪亂天下的，必定是何進了。」

14

何進代漢少帝劉辯擬了詔書，並寫私信一封，快馬飛遞，召董卓火速帶兵入京。

何進哪裡知道，董卓竟不聽曹操之言。這一輕率之舉，招來了一把「西涼大砍刀」。這把大砍刀進入洛陽，即將狂揮亂舞，釀成血流成河的慘境。

軍閥董卓，擁兵大西北，正日夜發愁找不到稱霸中原的機會。現在看到機會說來就來了。他接到詔書和密信，立即傳令：集合大軍，進發洛陽。

何進遠邀西涼刺史董卓來洛陽，近調自己的部隊在孟津進行實戰演習。

黃河灘上的何進大兵們，天天揮動戈矛，高聲呼喊：「殺宦官！殺！殺宦官！殺！」

到了這個份兒上，何太后還是堅持保護宦官，何苗也找到何進，提出跟宦官講和。何進被何苗說得有些動搖，就跟袁紹商議。

袁紹一聽，說：「開弓能有回頭箭嗎？您要再這麼猶豫不決，竇武的下場就要在您身上重演了。」

何進覺得，還是袁紹看問題比較準確，何苗哪裡懂得國家大事？於是開始信任袁紹，把大權交給他。

袁紹一朝權在手，便把令來行，命令各郡各國，捕殺宦官的家屬。

袁紹知會了正在趕路的董卓，讓董卓火速呈遞報告，請求何太后誅殺宦官，並且要求到洛陽後進駐平樂觀待命。

這樣一來，等於是何進向何太后攤牌了——「要麼妳同意清除宦官，要麼我放大軍進城，親自動手，反正宦官我是滅定了！」

何太后終於傳旨回應——「除了像潘隱這樣跟何進關係特好的之外，大部分宦官驅逐出宮，尤其是『十常侍』，更是勒令其回到封地養老。」

何進對這個處理結果比較滿意，認為就此可以罷手了。但是，士大夫和宦官雙方都不滿意。

士大夫們不滿意，是恐怕有一天這些宦官再來個鹹魚翻身，那麼自己就要遭到更大的報復。宦官們不滿意，是因為以往宗親權臣因罪被逐回封國後，大多難逃被逼自殺的下場。

尤其是宦官們，深知自己人緣太壞，天下沒有不恨他們的。一旦失去權勢，就算何進甘休了，向他們索命的人也有的是。

閹官們行事一向出奇的狠毒，何進已經把他們逼得沒有了活路，反正是個死，乾脆跟何進拼了。於是九常侍帶頭，後面跟著嘍囉，一群人跑到何太后面前，請太后出面調停。

閹官們哭哭啼啼著說：「大將軍聽信外人，還是非要殺掉小的們不可，小的們只有功勞，沒有罪過啊！請太后做主，救小的們的命。」

何太后說：「這事好辦，你們去大將軍府上請一請罪，說一說好話嘛！」

閹官們說：「不敢！小的們怎敢去啊！去了不是送命嗎？請太后宣大將軍到宮裡來，小的們當面向大將軍道歉、賠罪。有太后在這裡，小的們真心實意，大將軍也相信。」

於是，何太后下詔書，宣何進到宮裡來。

何進接到詔書，立馬帶著袁紹和曹操進宮，為防萬一，由袁紹的弟弟袁術率領一千精兵隨行。到宮門口，何進對袁紹、曹操和袁術說：「你們在這兒等候吧。」說完，何進一個人進入宮中。

何進滿心以為是來跟妹妹商議要事的，誰知剛走進第二道宮門，就發現宮門被悄然關上了。他心裡正在疑惑，尚方監渠穆拔出寶劍，將何進前心後背穿了個透。埋伏好的刀斧手也衝出來，把何進亂砍致死了。

何太后沒想到，她這一詔，要了她哥的命，也給自己和大漢王朝帶來了滅頂之災。

曹操他們在宮門外等呀等呀，時間老長，不見何進出來，就大聲喊叫。

張讓站在城門樓上，扔下一顆人頭來，說：「何進謀反，已被誅殺。你等快快退去，免得一同受死！」

袁紹見狀大怒，連罵那些閹人的祖宗八輩。

何進手下的心腹將領吳匡、張璋，氣憤不過，率軍攻進皇宮。武賁中郎將袁術聽得消息，也及時率軍跟吳匡、張璋合兵一處。

吳匡、張璋、袁術看宮城不容易打下，就下令火燒南宮。

燒毀宮門，殺入宮中，發現何苗也在其中，吳匡大喊：「何苗跟宦官是一夥的，謀害大將軍，大家為大將軍報仇啊！」

何進雖然沒有什麼軍事才能，但是能尊重將領，體恤士卒，待部下仁厚，頗得人心。吳匡一喊叫，在場的將士都哭喊著衝上去，把何苗轉眼間剁成肉泥。

袁紹還不解氣，命令關閉宮門，將所有的宦官，不分老幼，盡數殺死。

宮裡的人很多，有些人雖然不是宦官，但沒有留鬍子，或者下巴白淨，鬍鬚稀疏，這些打眼一看好像沒有的，都被當作宦官。大兵殺得眼紅，把他們全都宰了。

一場惡殺，宮中兩千多名宦官掉了腦袋。

漢少帝劉辯呢？宮內大亂伊始，宦官張讓即挾持了他逃走，還有小親王劉協。本來張讓等還挾持了何太后，但是何太后被盧植救走了。

張讓機靈，帶著小皇帝劉辯和小王爺劉協，順南北通道，出南宮，入北宮，又竄出北宮後門，越過北邙山，朝孟津方向逃亡。

此時夜色降臨，成為天然掩護，沒有人發現他們。

張讓死不放手，牽著眼淚汪汪的皇上小哥倆，一直往北逃命，半夜時分逃到一處黃河渡口——小津渡，費盡心思，卻找不到一條渡船。

莫說渡船，連艘小船也找不到，甚至連個人影也沒有。

這時可真是「霧失樓臺，月迷津渡」！回首把京城望斷，早無尋處。出來得匆忙，身外之物什麼也沒帶，眼見溫度越來越低，肚子越來越餓，真是束手無策。

夜空中，回首南望，看到洛陽上空火光閃閃。張讓知道大勢已去，回天無力。

劉辯和劉協兄弟倆，一個四歲，一個九歲，合起來才十三歲，知道什麼呀？

陳留王劉協大點，還能忍住餓；劉辯貴為天子，畢竟只曉得哭著叫喊，吵著要吃東西。

本來早就該用晚膳的，一路奔逃，目前只有荒郊黑夜，長河冷風。

孟津警察局局長閔貢，奉袁紹飛傳軍令，指派軍隊正在搜捕潛逃的宦官，馬嘶戈鳴，聲聲傳來。

——就算是手裡握著皇上，沒用啊，已經變成累贅了。張讓知道這回死定了，沒活路了。

張讓伏身在地，給皇帝和陳留王拚命磕頭。

磕完頭，張讓趴著未起身，說：「皇上啊，陳留王啊，天下已經大亂，洛陽已陷入火海，奴才於大難中救出皇上，救出陳留王，可到目前，只有以死相報啦！奴才走後，皇上……陳留王……善自為之……」

張讓叩首畢，起身，轉身，緩緩地走向夜幕下的黃河。

在劉辯和劉協的哭叫聲中，張讓投河自盡了。

15

劉辯和劉協兄弟，這一位皇上，一位親王就這樣被丟棄在荒野，他倆驚恐萬狀地相擁哭泣著，渾身打哆嗦，從來未曾經歷過的恐懼把他倆重重包圍。他們忘了冷，也忘了餓，只是拚命地哭泣。不知道哭了多久，倆人扯著手，深一腳淺一腳離開黃河小津渡，回身向邙山上尋找藏身處。

倆兄弟看到軍士們搜索宦官的火把在遠處大路上閃爍著，不敢走大路，只揀草窩樹叢間的小道跌跌撞撞地走著，不斷地摔倒，不斷地爬起來。

一隻野獸受到驚擾，忽地竄出，把皇上和陳留王嚇得三魂六魄出竅，一個比一個哭得慘。深夜草莽中，一個皇上，一個親王，手拉著手，哀哀哭著，跌跌撞撞，不敢停留，也不知道該去哪裡躲藏。

曹操和袁紹、袁術殺盡了宦官，卻找不到皇帝。不僅皇帝找不到，連陳留王劉協也丟了。檢點軍隊，調查是不是亂殺亂剁，把皇帝也給剁掉了。漢靈帝只有劉辯和劉協這兩條根，若全部剁斷了，拿什麼去服天下？

他命令手下一一檢查，把散亂在宮中的屍首全部翻起來，首身分離的，儘量對起來辨認。辨認的結果是好像沒有殺，宦官也已經殺乾淨，他們不可能窩藏。那麼皇上和陳留王跑哪兒去了呢？

這時候，聽說奉詔進京的西涼刺史董卓帶著大量兵馬，晝夜兼程，已行近洛陽。

袁紹和曹操開始擔心，形勢起變化了，何進已經被殺了，小皇上失蹤了，董卓重兵在手，勢如虎狼撲食啊！

董卓此人，屯兵西涼，在西域幾乎建立了一個獨立王國，但他心裡覬覦的，是漢家天下。

漢靈帝時期，中央政府一方面想極力抑制地方豪強，另一方面，又不得不利用地方豪強來鎮壓農民起義和少數民族的反抗。董卓就是在這樣的情況下，成了官府招撫和利用的對象。

董卓最早出任州兵馬掾一職，負責帶兵巡邏，在邊塞轉悠，外加維護地方治安。

董卓在西域擔任戊己校尉（駐軍長官），有機會、有條件接觸更多的羌人，他想辦法建立核心的親信團隊，樹立權威，控制當地的羌人，為他今後發展個人勢力奠定了堅實的基礎。

漸漸地，不管是在官府，還是在民間，董卓都具有舉足輕重的地位，成了聞名隴西的風雲人物。

邊地豪強，當著不錯，隨著地位的繼續上升，隨著權力欲望的不斷膨脹，董卓漸漸不滿足。他認為自己能夠在更加廣闊的政治空間馳騁。於是，他開始進一步蓄積力量，窺伺機會。

東漢朝廷忙著內憂，宮廷內外戚和宦官爭鬥不止。對於外患危機，東漢政府根本就束手無策，只得求救於地方豪強。對於西羌人製造的變亂，只有靠西域的豪強來鎮壓。

於是，有眼色的隴西地方官吏便極力向朝廷推薦董卓。這無疑又給董卓創造了發展勢力、滿足貪欲和野心的良機。

漢桓帝時，董卓被任命為羽林郎，統管漢陽、隴西、安定、北地、上郡、西河六個軍區的部隊。不久，又被提升為軍司馬，跟從中郎將張奐征討並州反叛的羌人。在征戰中，董卓極力表現，充分發揮勇猛強悍的優勢，左右開弓，縱橫衝殺，英勇過人。

由於戰績突出，董卓遷升為郎中，兼任廣武縣令，繼而升任郡守北部都尉，不久官拜並州刺史、河東太守，可謂平步青雲。他曾奉命鎮壓黃巾軍一次，遭逢失敗，又返回隴西根據地。

在當時的特殊社會政治環境之下，董卓狂妄的野心，決定了他勢必不會甘於寂寞，不會滿足於在偏遠的西域耀武揚威。他已在西北建立了一支以涼州人為主體，兼雜胡人和漢人的混合軍隊，整個隴西都成了他的兵源地。

董卓不僅掌握強大的武裝力量，成了地方軍閥豪強，而且還是朝廷命官、邊陲重臣。憑藉強大的實力，極度膨脹的野心，他開始著手問鼎中央政權。現在朝廷局勢驟變，機會降臨，不僅有詔書，並附有何進的密信，還等什麼，帶兵進京！

在路上，董卓聽說漢靈帝駕崩了，漢少帝劉辯繼了皇位。

董卓的探馬報告，「劉辯年幼不曉事，何太后臨朝主政。宦官和外戚，雙方不惜採用一切手段，相互間的戰鬥越發激烈了。」

董卓心中暗自高興，拿定主意，密切留意朝廷各派動向，隨時準備見機行事。

董卓在路上讓手下識字的人起草奏表，按何進的意思，寫上不日引軍進京，以「逐君側之惡」，收回張讓的一切權力，把朝廷裡的奸穢全部掃除乾淨。

但在此時忽然又探得何進被張讓等閹人殺掉了，漢少帝劉辯和陳留王劉協半夜出逃，生死不明。

16

凌晨時分，董卓的大軍抵達洛陽郊外。

行進中，董卓在馬上遠遠望見洛陽南宮一片火海，遂派出更多的探馬打聽消息，關鍵是漢少帝劉辯和陳留王劉協的行蹤。

劉辯和劉協在黃河邊走投無路，又試探著朝邙山返回。

宦官張讓有始無終，挾持皇上出了宮，找不到橫渡黃河的船隻，覺得走投無路，自己跳水自盡，把皇上拋棄在了河邊。

皇上弟兄倆走了一陣，又饑又冷，又懼又怕，不敢走了，在荒郊野外的亂草叢中挨到天明。剛剛被人們找到，突然間又被蜂擁而至的大軍團團圍起來，嚇得驚慌失措，淚流滿面。

董卓威風凜凜，大搖大擺地過來了，大聲問：「皇上在哪兒呢？」

在場有個前任太尉崔烈，心裡裝滿了老規矩，見董卓這麼吆五喝六的，請他迴避。

董卓惱了，大聲吼道：「老子不分白天黑夜連跑千百里來清君側，迴什麼避！信不信我指頭一動，砍掉你的狗頭？」

在場眾人，尤其是漢少帝劉辯，見董卓相貌兇惡，而且手下軍隊眾多，嚇得不敢說話。

「宮裡怎麼回事，告訴我？」董卓向漢少帝劉辯詢問事變經過。

劉辯結結巴巴，語無倫次，說不清楚怎麼回事，他實在也弄不明白怎麼回事。

董卓說劉辯：「哎呀，真是個廢物，他們怎麼會讓你幹皇帝呢？」

董卓轉過頭來問陳留王劉協。

劉協向董卓講述了事變的經過，從頭到尾，條理清楚，毫不含糊。

董卓大驚，覺得同樣是個孩子，陳留王比漢少帝強多了。

聽說陳留王是由董太后撫養成人的，董卓說：「到底是董太后把你撫養大的，就是聰明，沾我們董姓人的光！我是董卓，跟董太后是本家，讓我抱著你回去吧！有我在，誰也不敢怎麼樣！我看皇帝可以由你來幹。」

董卓引兵進入洛陽時，正值外戚宦官惡鬥，南宮「血火大戲」已經散場，京城軍事空虛的當兒，對他太有利了。

要想征服百官，控制朝廷，手中必須得有強大的軍事力量。董卓長期帶兵打仗，深深地知道槍桿子裡出政權的道理。為了震懾住洛陽，他玩了一個花招——夜深人靜的時候，他命令部隊分散行動，悄悄溜出洛陽。第二天早上，在遠郊找個地方集合，再排著隊，大張旗鼓，浩浩蕩蕩開進洛陽。旌旗招展，戰鼓震天，給人的感覺是千軍萬馬源源不斷。

如此一連多日，洛陽的人都分不清董卓到底調來多少兵馬。董卓瞞天過海，招搖軍力，包括朝廷官員在內的所有洛陽人，都被董卓如此強大的氣勢所嚇倒，不敢輕舉妄動。

明眼人還是有的。有個叫鮑信的，就對董卓有較清醒的覺察和認識。

鮑信對袁紹說：「董卓為人奸詐狡猾，野心不小，而且已經擁有強兵，如果現在不想辦法除掉他，今後必將受其所害。現在董卓軍隊人員混雜，軍心不穩，組織不嚴，正可趁早除掉。」

可惜袁紹當斷未斷，沒有採取行動。

隨著時間推移，董卓越發有恃無恐，為所欲為，迫使朝廷免除大司空劉弘的職務，讓自己幹大司空。

接著，為了進一步獨攬中央政權，董卓決定換皇帝——董卓要廢掉漢少帝，另立陳留王劉協，招來心腹部下李儒商議。

李儒說：「好啊，你這樣幹，有幾個好處。第一，你立了陳留王，陳留王一定感謝你，將來會更加重用你；第二，可以看出洛陽的官員哪些擁護你，哪些反對你，正好把那些反對你的人除掉。這叫一舉兩得。」

董卓和李儒商議半夜，定下計策，決定做做樣子開個會，然後宣布廢掉漢少帝，另立陳留王劉協。開會前，董卓找到袁紹，試探地跟袁紹說：「當今天子，愚昧懦弱，無法管理社稷，沒有資格擔任萬乘之主，應該廢掉，改立陳留王為天子。」

才結束了宮廷戰爭的袁紹，身為這場亂事的策劃者和執行人，他無法同意董卓的廢立，說：「當今皇上年紀雖小，但並沒有什麼惡行被傳布天下。無理由搞廢立，恐怕天下人不會贊同吧？」

董卓一聽這話，當即拔出劍來，喝斥袁紹說：「我有心重用於你，你卻不識抬舉！今天不殺了你，你就不知道我老董的厲害！」

袁紹身為司隸校尉，豈能怕事，便也抽出寶劍，怒視著董卓，說：「我的寶劍難道是吃素的嗎？！」

袁家四世三公，再加上袁紹本人極具威望，董卓終於沒敢妄動。

周圍的人趕緊出來打圓場，雙方都收劍回府。當晚，袁紹在勸說下離開了洛陽。

第3章

勇士孤膽赴險

17

董卓把官員召集起來，重複一遍對袁紹說的話：「當今天子，愚昧懦弱，無法管理社稷，沒有資格擔任萬乘之主，應該廢掉，改立陳留王為天子。」

在場官員皆懾於董卓的淫威，雖然反對他獨斷專行、隨心所欲的態度，但多不表態，只有丁原當面提出反對意見。

丁原說：「少帝只不過是年齡幼小，他並沒有什麼錯啊！年齡幼小，他會慢慢長大。他總會懂得如何治理國家的。」

丁原是並州刺史，也是何進約來洛陽誅殺宦官的。跟董卓一樣，丁原到達洛陽後，外戚和宦官都死了。

丁原跟董卓職級相等，又有軍隊在洛陽，所以敢於表態。

董卓一聽，勃然大怒，想殺了丁原，但看見丁原的手下大將——乾兒子呂布威風凜凜地站在丁原身後，就把火氣咽下去了，說：「既然有人反對，那廢立之事，就下次再說吧。」

董卓使了個緩兵計，派呂布的同鄉好友李肅攜帶大量金銀珠寶，並帶上一匹來自西涼的寶馬「赤兔」，去勸降呂布。

呂布是個勢利小人，當天就殺了乾爹丁原，提著丁原的腦袋投降董卓，並認董卓為乾爹。

除掉了丁原，又得到呂布這樣一員大將，董卓越發肆無忌憚，挖掘帝陵，姦淫公主，奪掠官人，大肆屠戮，還縱容他的部下在京城洛陽燒殺搶劫。

董卓見洛陽城中富足，貴族府第連綿，家家殷實，金帛財產無數，便放縱手下士兵，實行所謂「收牢」運動。

董卓的士兵到處殺人放火，姦淫婦女，劫掠物資，殘暴百姓，把整個洛陽城鬧得雞犬不寧，怨聲載道。他的部屬均是地方強霸和羌胡豪酋，非常野蠻殘暴，壞事只有想不到的，沒有做不出的。

洛陽東邊的登封有個廟會，許多百姓在那裡做買賣。董卓的部隊把集市圍起來，把所有的男子都殺死，割下人頭，一串串掛在車轅上。將婦女和財物裝在搶來的牛車上，耀武揚威地回到洛陽，揚言殺賊大勝，歡呼不止。

沒過多久，董卓沒有徵詢眾臣意見，直接廢掉漢少帝劉辯，把他降為弘農王，另立陳留王劉協為皇帝，是為漢獻帝。

又不久，董卓乾脆誅殺了劉辯，也害死了何太后。

董卓換立了漢家皇帝，緊接著晉升自己，把自己的官職升為太尉，成了三公之一。

太尉掌管全國軍事，超過以前的大將軍，然而他仍覺不足，復自封郡侯，讓漢獻帝劉協拜自己為國相，躍居三公之首。

董卓成為國相後，便是「一人之下，萬人之上」的地位，但實際上他的特權已遠遠超越皇帝。

董卓根本不用像別的官員邁著小碎步，而是大踏步「咚咚咚」地來到皇帝跟前，還腰挎刀劍，指手畫腳，連劉協也得看他臉色。

董卓不只封自己官，也幫家人封官。

董卓先封自己的母親，將老太太封為「池陽君」，照皇帝家女人的資格配備家臣和僕役；接著封自己的弟弟為「雩侯」，任「左將軍」。董卓的第三代是個小孫女，也受封為「渭陽君」，連侍妾懷裡抱著的小奶娃，也都一一封了侯。

要在龐大的中央官僚體系中縱橫捭闔，單靠自家人是遠遠不夠的。況且當時朝中許多有勢力和影響力的官僚，根本不服董卓。

董卓仍能從中看到了形勢的利弊，在玩弄權術的過程中，暗中培養親信，廣泛收羅爪牙，以拉攏、誘惑、排擠等手段，打擊和陷害一切於己不利的勢力和集團。他利用手中特權，重新提升和任用大批黨人，例如吏部尚書周鉍、侍中伍瓊、尚書鄭公業、長史何顒、司空伍處士等。

不僅如此，只要是與黨人有關的知識分子，董卓都把他們拔為列卿。一時之間，幽滯之士，多所顯拔。

連當朝文學大家蔡邕，也被董卓拉攏和徵召了。

蔡邕原來是議郎，曾經為漢靈帝劉宏解釋「異象」，「蜺蛇墮落，雌雞化雄，乃由婦人干政，或由非男非女之人弄權所致。亟待陛下進行改革，拯救萬民於水火」。

蔡邕遭宦官毒計陷害，削職放逐朔方，後來遇赦返回故鄉陳留。然而陳留吏王智與蔡邕有私怨，彈劾蔡邕有誹謗朝廷的言論，迫使蔡邕再度離家逃命，浪跡江湖，歷時十二年。

蔡邕四處遊蕩期間，以音樂享譽天下。有人在彈奏中有一點小小的差錯，也逃不過蔡邕的耳朵。

蔡邕對於琴的選材、製作、調音，都有精闢獨到的見解。流浪中，他捨棄了很多財物，就是捨不得丟下心愛的琴。

在隱居吳地溧陽的日子裡，蔡邕常常撫琴，藉著琴聲來抒發自己壯志難酬、反遭迫害的悲憤，並感歎前途渺茫的悵惘。

有一天撫琴時，隔壁灶間燒火做飯的女房東將木柴燒出了「劈裡啪啦」的響聲，十分清脆。蔡邕聽到，心中一驚，他趕緊跑至灶間爐火邊，顧不得火勢猛烈，伸手便將那塊剛塞進灶間的燒柴拽了出來，說道：「別燒別燒，這可是製琴的好材料啊！」原來這是塊桐木。蔡邕對著這塊桐木又吹又摸，連手被燒傷了，也不覺得疼。

好在搶救及時，桐木基本完整。蔡邕就將它精雕細刻，製成了一把琴。新桐木琴，彈奏起來，音色美妙絕倫，蓋世無雙。

這把桐木琴流傳下來，成了世間罕有的珍寶。因為琴尾有少許燒焦的痕跡，人們叫它「焦尾琴」。

董卓對蔡邕的盛名和才氣早有所聞，特別徵召他進洛陽任官。蔡邕恐懼政治，婉言拒絕。董卓便威脅蔡邕：「如不聽命，誅殺全族。」

這話更讓蔡邕恐懼了，只好留在洛陽。

董卓說：「就是嘛。做大官，有什麼不好的！」

董卓任命蔡邕為祭酒，接著不斷擢升，三天之內，曆遍「三臺」，官至宮廷隨從官，人稱「蔡中郎」。

18

除了在朝廷安置親己勢力外，董卓還通過任命太守、刺史等手段部署地方爪牙。

在這段不算長的時間內，董卓通過層層部署，基本上已經控制了中央和地方的主要政治力量，只要是不滿他的官員稍有動作，他便毫不留情地予以徹底剷除，殺雞駭猴，威懾朝野。

張溫曾任太尉，素來對董卓飛揚跋扈、野蠻殘忍的行為極為不滿。董卓也視張溫為眼中釘、肉中刺。為了除掉這一心頭大患，他便誣衊張溫與袁術勾結，對抗朝廷，笞殺了張溫。

在董卓的淫威逼迫和陰謀陷害下，他的競爭對手和朝中許多忠義之臣，不是被逼迫出逃，就是被剷除消滅。

董卓覺得殺一兩個、三五個，辦法比較單調，得把幹部們集合起來，統一震懾震懾才有效果，於是設宴邀請在洛陽的全體官員。

這天官員們都來了，還不知道董卓葫蘆裡裝的什麼藥。

董卓卻興致高昂，招呼大家不要顧忌，暢懷痛飲。

酒過三巡，董卓突然起身，神祕地對在場的人說：「為了給大家助酒興，我將為各位獻上一個精彩的節目，請欣賞！」說完，擊掌示意，狂笑不已。

董卓把抓到的幾百名反叛者押到會場正中央，先命令士兵剪掉他們的舌頭，然後斬斷一些人的手腳，挖掉一些人的眼睛。

天黑時，董卓又命人把沒有殺完的反叛者用布條纏綁全身，頭朝下倒立，然後澆上油膏，點上火，活活將他們燒死。

整個宴席變成了 人的刑場，手段之殘忍，令所有在場官員和士兵慘不忍睹，許多人手中的筷子被嚇得抖落在地。董卓卻若無其事，仍然狂飲自如，臉上還流露出得意的神色。

董卓想用殘暴來征服朝臣，征服洛陽，實際上，他也是在為自己掘墓。已成眾矢之的的他，滿心以為殘暴可以震懾洛陽，殊不知，在他的身邊早已有人謀劃著要取他的性命了。

越騎校尉伍孚，十分痛恨董卓的倒行逆施，發誓要親手殺死董卓。他揣著一把殺羊刀，在向董卓彙報工作時，趁董卓不備，拔刀便戳。由於殺人心切，用力過猛，沒有刺中。

董卓雖然肥胖，反應卻極快，當場抓住伍孚持刀的腕子扭打起來，呂布見狀趕上去扭住了伍孚。董卓命令，將伍孚拉出去，剖腹示眾。

前面的勇士死了，沒有嚇退後面的勇士。司徒王允便是痛恨董卓而居心至深的勇士之一。

一日，王允假稱自己過生日，邀請部分大臣到家中赴宴。

宴會上，王允忽然大哭起來。眾人十分奇怪，問：「先生慶賀生日，何故痛哭呢？」

王允說：「今天不是我的生日，我只是想跟諸位聚會，怕董卓懷疑，才想了個請客的法子。而今董卓專權，朝廷蒙難，天下遭殃，我們沒有能力除掉董賊，我越想越傷心，故而痛哭啊！」語畢，王允繼續哭泣著。與會的老臣們平素人云亦云，都沒有什麼主意，這時候只有陪著王允哭，鼻涕眼淚的。

驍騎校尉曹操見狀，反而大笑起來，說：「沒出息，都沒出息！這樣子相對著哭泣，難道能把董卓哭死不成？我有一個計策，可以殺掉董卓。」

曹操在北部尉任上的英勇事蹟廣為流傳，王允自然也是知道的。此時謀取大事，聽得曹操有計策可以殺掉董卓，王允趕忙離開座位，給曹操作一個揖道：「孟德有什麼計策，快請講來。」

曹操說：「我曹操雖說沒有才能，倒願意捨身前去，割下董賊的頭來，上報天子，下謝百姓。聽說您有一口七寶刀，請把它借給我，明天我去見董卓，就說是獻刀，到他跟前，一刀宰了他。」

王允大喜過望，立馬取出七寶刀給了曹操，說：「孟德壯烈可嘉，壯烈可嘉！當此危亡之際，有了孟德，真是天下的大幸啊！那就拜託了！」接著，王允親自斟滿酒杯，敬給曹操。

曹操接過酒來，莊重地一飲而盡。

屏風後面站著個小美女，名叫貂蟬，她把這一幕清清楚楚地看在眼裡，內心十分激動，既敬佩王允的憂國之心，也崇拜曹操的英雄氣概。

第二天，曹操就帶著七寶刀，前往董府，拜見董卓。

董卓正靠在長榻上休息，恰好呂布出去了，董卓又翻身朝向裡側。因為肥胖，曹操跟他打過招呼，他還沒有轉過身來。

曹操見此大好時機，立即拔出寶刀就砍。

董卓聽到了刀鋒出鞘的聲音，忽地轉過身來問：「孟德，你幹啥？」

曹操忽又聽見呂布掀簾子聲響，疾速以雙手平托了七寶刀，說：「新近得到一口寶刀，特地獻給丞相。」

董卓一聽很是高興，說：「好啊，好啊。」起身，接過刀，翻來覆去看了看，見上面嵌飾的七顆亮星與鋒利的刀刃相映生輝。

果然是把好刀，寶刀。董卓又敲了敲，轉手交給呂布收起來。

曹操已經渾身冒汗，解下刀鞘給了呂布，說：「我該走啦。」

曹操出門上馬，頭也不回地竄出洛陽，逃往陳留去了。

19

曹操走後，董卓進一步加強防範，想要動他是更不容易了。

董卓頒布的法律刑罰混亂無度，毫無體統，全都取決於他個人的喜惡：對普通老百姓往往實施嚴刑酷法，而對親信家族則違法不究。為了聚斂巨額財富，董卓大量毀壞通行的五銖錢，還下令將所有的銅人、銅鐘和銅馬打破，重新鑄成小錢。這些粗製濫造的小錢，不僅重量比五銖錢輕，而且沒有紋章，錢的邊緣也沒有輪廓，不耐磨損。

劣質小錢的流通，直接導致了嚴重的通貨膨脹——貨幣貶值，物價猛漲，買一石穀就要花數萬錢。百姓生活陷於極度痛苦之中。董卓卻利用搜刮來的錢財，整日歌舞昇平，尋歡作樂，生活荒淫無度。

董卓的政治野心與殘暴本性，對東漢政權和社會造成相當大的打擊與破壞。其他豪強軍閥和地方官吏很不甘心，他們不願臣服董卓，紛紛決定，發兵討伐。

議郎楊勳與左將軍皇甫嵩首先祕密商議，準備共同討伐董卓。由於皇甫嵩忽然被徵調外出，離開洛陽，楊勳勢單力薄，暫時甘休。

漢獻帝劉協初平元年（西元一九〇年），冀州刺史韓馥、兗州刺史劉岱、豫州刺史孔　、南陽太守張諮等，紛紛起兵，反對董卓。不久，長沙太守孫堅率領軍隊征討董卓。接著，河內太守王匡屯兵黃河渡口，也準備進攻董卓。

董卓打仗是有一套的，他沒花費多久時間，就把不少反對勢力清除了。

第二年，孫堅重新收攏部屬，準備再度討伐董卓。董卓派胡軫、呂布迎擊孫堅。由於胡軫、呂布二人心存芥蒂，無法相處，還沒交戰，士兵就渙散逃離。孫堅趁機出擊，胡軫、呂布大敗而逃。

董卓見勢不妙，不得不派部將李傕向孫堅求和。孫堅不予理會，繼續進攻距洛陽只有九十里路的大穀。董卓被迫率軍出戰，被孫堅擊敗。

袁紹逃出洛陽後，為冀州刺史韓馥收留，並當上了渤海太守。袁紹並依託韓馥的勢力，在短時間內於渤海郡組織了一支人馬，是所有地方武裝中人數最多的。

袁紹發布征討檄文，並招募天下英雄豪傑，組織聯軍，邀請豪傑們一起立功。有袁紹挑頭，曹操、孫堅、公孫瓚、劉備等人，都帶著人馬投奔來了。加上同樣從洛陽逃出的袁紹的兄弟袁術從魯陽帶來的軍隊，一共十幾萬。

大家在酸棗鎮 結盟，共推袁紹做盟主。結盟後，整肅大軍，操練新兵，虎視洛陽。冀州刺史韓馥、兗州刺史劉岱、豫州刺史孔 、南陽太守張諮、河內太守王匡等，迅速回應，山東民間豪傑也紛紛揭竿，劍指洛陽，討伐董卓。

董卓得報酸棗鎮結盟，大驚，趕緊組織軍隊，準備迎戰。

尚書鄭太出來說：「掌握政權在於德行，而不在於將廣兵多。」

董卓是個軍閥，聽這話不高興了，說：「你這麼說，是不是說軍隊就沒一點用處呢？」

鄭太說：「我只是認為，關東諸侯是不值得明公動用大軍征伐的，您沒必要費那個勁。」

為什麼這麼說呢？鄭太說出了理由。

7 現在的河南省延津縣。

您從年輕時就擔任將帥，崛起於西涼這樣的戰亂之地，熟悉軍事。而袁紹是個什麼東西？說得好聽是四世三公，其實就是個紈絝子弟，公子哥兒一個。

跟袁紹合謀的那些人呢？張邈，嚴肅古板，坐在堂上連東張西望都不會。孔仙，吹牛大王，最大的本事就是褒貶他人的是非。

袁紹那一幫人，全都不懂軍事。如果真的在戰場上相遇，憑什麼跟明公您較勁呢？

還有，他們的官職都是自封的，互不統屬，一旦真的在戰場上交兵，勢必會保存實力，坐觀他人成敗，絕不會同心同力、共進共退。

重要的是，崤山以東地面，多年太平無事，軍隊和百姓都對打仗感到陌生，而函谷關以西地區，老受羌人、胡人攻擊，在這樣的環境下，婦女都可以彎弓射箭，上陣作戰。

所以我說，天下最可怕的軍隊，莫過於並州、涼州以及羌人、胡人的軍隊，而您正是以這些力量作為自己爪牙的。

您驅使來自西北的軍隊去打他們，就好像驅使猛虎對羊群，又好比用強風掃除枯葉，誰能抵抗呢？

可是，既要防守洛陽，又要多方出擊，您的軍隊不夠，必須臨時大量徵兵，那樣反而會侵擾地方，引起動亂，因而對您不利。

鄭太最後下個結論，說道：「上策是，沒必要出擊，就蹲在洛陽，等他們來一股，收拾掉一股就是了。」

鄭太話題一轉，把董卓捧得美滋滋的，高興得不得了。然而高興歸高興，董卓還是會算計的，畢竟關東諸侯的勢力至少十倍於自己，西域虎狼之兵恐怕也不是對手。

想來想去，董卓下了決定——還是避開關東諸侯的鋒芒，不再防守中原。放棄洛陽，挾持漢獻帝逃跑吧！

董卓於是召開緊急會議，說根據一本讖緯之書介紹，皇上應當離開洛陽，才能順應天意。群臣知道董卓瞎扯，但是誰也不敢反對。

司徒楊彪說：「光武帝建都洛陽，時間已經很久了，城市建設先進，百姓安居樂業。遷都改制，是關係天下命運的大事，無緣無故地拋棄皇室的宗廟與先帝的陵園，恐怕會驚動百姓，招致大亂。」

董卓一看用迷信唬不住楊彪，又說：「我在西域多年，知道那裡土地肥美，又出產木材，還有當年先朝留下的很多遺產，只要用心經營，一定可以安頓好的。至於百姓，跟他們有什麼可商量的，我可以派軍隊把他們趕到海裡去。」董卓說到最後一句話的時候，已經充滿殺機了——言下之意是，既然軍隊可以把百姓趕到海裡，難道就不能把你們這些朝臣投到河裡嗎？

然而，楊彪還是不肯屈服，據理力爭，而且到後來連太尉黃琬也起來支持楊彪。

董卓恨得咬牙，第二天就操縱漢獻帝，免去了二人的官職，還要殺掉他們。

楊彪和黃琬害怕了，便手牽手跑到董卓面前請罪。

二月間，董卓制伏了朝中反對遷都的力量，正式下令結束洛陽為東漢王朝首都的歷史。

20

董卓遷離洛陽，主要是因為受到以袁紹為首的關東諸侯的挑戰，所以他恨透了袁紹，當即下令，將當時在朝中為官的袁紹的叔父太傅袁隗、袁隗之子太僕袁基處死，同時還處死了袁家大小共六十多人。

為了搜刮錢財，董卓下令近萬名兵士洗劫洛陽的殷實人家，逮捕洛陽城中富豪，將他們插上「反臣逆黨」的牌子，予以斬殺。洛陽富豪的財物全部沒收之後，達數千車。

董卓不僅禍害活人，連死人也不放過。他命令呂布率領軍隊，挖開了歷代的皇陵和公卿及以下官員的墓地，搜羅珍寶，大發死人財。為了防止官員和百姓戀眷家園不走，董卓下令將整個洛陽城以及附近二百里內的宮殿、宗廟、府庫等建築物盡數燒毀。

洛陽這座自西周以來的繁華都城，被董卓這個大軍閥毀於一旦，宮室被焚，帝陵被掘，奢華蕩然不再。

接著董卓派軍隊一批批地驅趕百姓西行，走得慢的，被一刀砍倒，即使沒有砍死，也會被來回奔突的軍馬踩死。一時間，死去的百姓不計其數，沿途堆滿了屍體。

昔日興盛繁華的洛陽城，成了一片廢墟，淒涼慘景，令人頓足痛惜。

董卓兇殘不仁，倒行逆施，整個洛陽城成了空城廢墟，郊外方圓二百里，千瘡百孔，滿目瘡痍。直臣曹操對此悲憤不已，為詩以志其哀：

賊臣持國柄，殺主滅宇京。蕩覆帝基業，宗廟以燔喪。
播越西遷移，號泣而且行。瞻彼洛城郭，微子為哀傷。

董卓將漢獻帝劉協送到長安，並同時把百姓驅趕到長安，斷絕了洛陽都城的首善地位，自己則仍盤踞於洛陽廢墟上的軍營，對抗諸侯軍。

董卓傷天害理，惡貫滿盈，理當天下共討之。

然而，曾經被寄予厚望的關東諸侯聯軍，卻正如尚書鄭太所預料的那樣，不僅目光短淺，缺乏戰略能力，而且離心離德，根本難成大事。諸侯軍不能成事這一點不僅鄭太看出了，鮑信也發現到了。

鮑信在董卓剛進洛陽立足未穩的時候，就對董卓軍事勢力的擴張有較清醒的覺察，當時就立勸袁紹殺掉董卓，可惜袁紹優柔寡斷，以致釀成今天的後果。

鮑信對曹操說：「現在奸臣趁機出來顛覆皇室，英雄豪傑憤然對抗，而天下回應的原因，是因為大義所在。袁紹當盟主，利用權力為己謀私，可能是另一個董卓。如果我們對抗他，恐怕力不從心；如果跟他同流合污，那又怎麼說得過去？不如現在待在黃河以南，靜觀其變。」

鮑信是高看曹操的，他說：「當今謀略出眾、能夠撥亂反正的人，恐怕只有孟德你了。如果不是像你這樣的人，即使再強大，也一定會失敗。你應該是上天派來的。」

這話在當時大多數人看來，會覺得無稽，因為當時的曹操實在還沒有什麼名氣和威望，根本不能跟袁紹、袁術相提並論。

然而，曹操用事實證明了自己，也證明了鮑信的眼光。

董卓遷走了漢獻帝，驅遣了百姓，自己仍據守洛陽，對抗諸侯聯軍。袁紹等也真的嚇得不敢前進了。

曹操急了，對大家說：「我們興起義兵，是為了誅除暴亂，現在大軍已經集結，諸位還在疑慮什麼？董卓藉著皇帝的權威，向東進軍，他殘暴無道，對我們構成極大的威脅。但是現在他燒毀了宮殿，強迫天子遷徙，屠殺百姓，甚至挖墳掘墓，這樣的行為人神共憤，天下還有誰肯跟從他呢？」

「洛陽哀鴻遍野，全國人心惶惶，這實在是上天賜給我們消滅董卓的最好時機。只需要一戰，我們就可以平定天下了，為什麼還要猶豫不決呢？」

曹操說得慷慨激昂，可大家一點也不熱心。連盟主袁紹都沒什麼反應，誰還願意先動手呢？

曹操看出他們不想打董卓，只想保存實力，覺得很生氣，也對這些新軍閥失望透了。他決定帶著自己的五千人馬，單獨進兵。

張邈是個正人君子和忠厚長者，不忍袖手旁觀，便撥出一部分人馬，贊助曹操一同出征。

曹操率領隊伍進攻洛陽，因為兵的數量太少，跟董軍一交戰，就垮了下來。曹操騎著馬往後撤退的時候，肩上中了一箭。他趕緊拍馬逃奔，又是一支箭，射傷了坐騎。那馬一受驚，把曹操掀了下來。追兵　喊聲越來越近。正在危急的時候，幸虧曹洪趕上，他跳下馬來，扶起曹操，兩人共同騎上曹洪的馬，才逃脫了險。

損兵折將的曹操回到酸棗鎮，再看看他的同盟軍，不但按兵不動，將領們還每天喝酒作樂，根本沒有討伐董卓的念頭。

曹操滿心氣憤，跑到袁紹他們擺酒宴的地方，指責道：「你們以起義兵為名，卻在這裡飲酒作樂，讓天下百姓失望。我真替你們害臊啊！」

此時諸侯軍們已經抱定不再進攻的決心，雖然遭到曹操這樣激烈的批評，仍舊每天只是窩在營裡喝酒吃肉，無所事事。

曹操徹底絕望了，覺得跟這些人在一起，根本成不了大事。恰好有朋友建議揚州一帶小有災荒，可以招募人馬。曹操於是起身前往揚州，準備重整旗鼓，另謀發展。

酸棗鎮的軍閥們，養著幾十萬軍隊，不久吃光了糧食，喝光了酒，也就四下散去，各自回到自己的地盤，當土皇帝去了。

董卓一看關東諸侯聯盟不攻自破，心中大喜。為了擴大和鞏固自身實力，董卓自進入洛陽以來，也沒忘了拉攏朝中的官員。

王允作為元老重臣，久負威望，在拜託曹操刺殺董卓失敗之後，更深地隱蔽自己，不惜曲意逢迎，來換取董卓的信任。董卓於是漸漸地便把王允當作自己的心腹親信。

王允取得董卓信任後，私下裡聯絡各種反董勢力，跟尚書僕射士孫瑞、司隸校尉黃琬、尚書鄭公業等人經常祕密集會，研究如何消滅董卓。

因為強大的關東諸侯聯盟已經瓦解，從純軍事的角度打敗董卓的可能性已經近乎為零。王允他們就回歸舊法，重新鎖定比較直接的「行刺」方案。想要行刺也確實不容易，董卓力大無窮，身邊有很多衛卒，關係疏遠的人接近不了他，能接近他的人又大多不是他的對手。像王允這樣的「親信死黨」，倒是能夠接近董卓，但不要說那些衛卒，他連半個董卓也打不過。所以尋找合適的刺客就成了關鍵。

東漢初平三年（西元一九二年），四月間，王允與士孫瑞又一次祕密會面。

士孫瑞說：「現在時機大好，我們正可趁天下沸騰之際，主動採取措施，消滅罪魁禍首！」

王允同意士孫瑞的意見，可是考慮到董卓平時戒備森嚴，而且他本人體格強健，如果不採取周密措施，恐怕不易得手。他們認為，要想除掉董卓，必須找到一個可以親近董卓的人做內應才行。思來想去，董卓的乾兒子呂布是這麼個角色。

呂布年輕勇猛，武藝超群，襲殺丁原投奔董卓以來，深得董卓喜愛，收他為義子，並提拔他擔任騎都尉，後來又遷為中郎將，封為都亭侯。

董卓把呂布當作自己的貼身侍衛，不管走到哪裡，呂布總是形影不離，負責保護董卓的生命安全。然而董卓性格粗暴，又很偏激，呂布做他的中郎將，一不留神就出岔子了。

數月前，呂布說話不小心，惹怒了董卓，董卓隨手抽出刀戟向呂布擲去。幸虧呂布反應快，閃電般躲開，才得以倖免。呂布事後向董卓謝罪，董卓便不再追究，之後也沒把這件事放在心上。可是呂布卻已經心存芥蒂了。王允覺得恰好可以利用呂布這時的情緒。

王允把誅殺董卓的計畫告訴呂布，並要求他充當內應。

呂布不同意，說：「奈何我倆已情同父子！」

王允開導說：「你姓呂，他姓董，又不是骨肉親情。況且董卓現在是人人得而誅之的國賊，你難道還認他做父親嗎？他向你擲刀戟的時候，把你當兒子看了嗎？」

呂布還是猶豫不從。

王允心想，要呂布答應刺董，功夫下不到不行啊！

不久之後，王允便採取美人計，起用女英雄貂蟬，演出了一場轟轟烈烈的鋤奸大戲。

第4章

美人以身建功

21

話說在東漢末年的政治軍事紛爭中，小美女貂蟬立了大功。現在她上場了。

這個貂蟬，是中國古代美人中極其神祕的一位，她非常熱愛政治，似乎天生就是做地下工作的料，所以就成了政治玩家們相互博弈的籌碼。

有人考證說貂蟬姓任，小字紅昌，有人考證說貂蟬姓霍。這些當然沒有什麼根據，可能性也不大。古代美女，決心幹大事業者，一般都不隨便公布姓氏的，像今天的美女們不公布年齡一樣。

貂蟬十六歲被選入宮中，只管庫房裡的一種帽子——貂蟬冠。

貂蟬冠是皇帝陛下分賜給臣屬的帽子，裝飾著貂的尾巴和蟬的翅膀，用於為官貴們訂定級別。中國人好分級別的習慣，真是歷史悠久，源遠流長啊！

十六歲的美女因為管理貂蟬冠，人們就叫她貂蟬了。貂蟬與西施、楊貴妃、王昭君為中國古代四大美女，閉月、羞花、沉魚、落雁。貂蟬數第一。你看，有姓氏的，排隊都偏後吧？所以貂蟬可能沒有姓氏。不是說絕對沒有，而是她不曾公布過，等同於沒有。

傳說貂蟬降生人世三年間，她家附近的桃花、杏花嚇得不敢開放了，有的稍稍綻放了點，卻在一看到貂蟬後就趕緊謝了。月亮也不敢露臉，因為它比不過貂蟬。史書上說，貂蟬身姿俏美，靜默時分，文雅有餘，行起路來，風擺楊柳。可見貂蟬之美，堪為奇觀。

中國幾千年家天下，皇帝是最大的土財主，皇宮就是財主家。何進殺宦官，宦官殺何進，袁紹清君側，董卓踐宮廷，這個最大的土財主家裡亂了，人人自保不暇，下人只有逃散。貂蟬是個下人，閉月羞花也是個下人，階級成分在那兒放著，貂蟬離開宮廷，被司徒王允收留了。美麗的貂蟬，嘴巴很甜，當時叫王允「義父」。

王允視貂蟬為義女，最初也許是管吃管喝，考慮尋覓個正經人家把她嫁出去。反正這事情不好考究了。

王允喪了妻，這真是痛苦的局面。更痛苦的是國家大事，強盜當權，正直之人無不切齒。王允晚餐後，滿腹心事，獨自踱出了書房。背手低頭，內心思考，王允要搜尋一條妙計，除卻董卓，救國安民。想來想去，無計可施，越加煩悶，不知不覺，已經踱到後花園了。

夜深人靜，那園中的花木藉著星月之光，枝幹交錯，照在地上，縱橫歪斜，隨風搖曳。沉寂陰慘的夜色，更加撩動心內的憂愁，讓王允更加惶恐。待了半晌，積思繁重，不覺一陣頭暈目眩，似乎要立足不穩，幸虧身旁有座荼蘼架支在那裡，王允往前搶了兩步，將身靠定花架上，方才穩了。

精神恢復，王允慢慢睜開眼睛，覺得不遠處牡丹亭上似有一星火光，又隱隱傳來長籲之聲。

王允心下疑惑，此時夜深時分，家人都已安睡，此處何來動靜？輕移腳步，走近亭畔，定睛一看，原來有人在亭上焚香，膜拜禱告。

王允心中狐疑，向著亭內仔細觀看，方見香桌之下，伏著一人。此人是誰？王允輕輕挨近亭上欄杆，俯在上面向下觀看，方知是貂蟬。

王允凝神細聽。只見貂蟬拜罷，開始念念有詞：

下女貂蟬，敬告天地神明：主人為國為民，憂愁漢祚，不能撥亂反正，日夜焦急，鬚髮盡白。伏求上天，俯念主人忠心，速死董卓，以安漢室。

若主人有所驅命，雖赴湯蹈火，粉身碎骨，亦所不辭。

唯願上天，明鑒下女誠心，俾主人得免憂愁，則下女感激無窮矣。

貂蟬念叨完畢，連連叩首，拜伏於地。

王允心頭顫動，不想小小貂蟬，其情懷如此難得。莫非天意不絕漢室，應在此女身上滅絕董卓，綿延宗社嗎？

只是董卓手握重權，出入朝廷甲兵護衛，又有義子呂布如狼似虎，力敵萬人，追隨左右，朝夕保護。貂蟬這樣柔弱的女孩子，雖有報國之宏圖大志，但又有何殺賊的具體招數呢？

王允暗想一會兒，此女既有忠心，又情願受主人驅使，赴湯蹈火，亦所不辭，上天不忍劉氏社稷滅絕，生靈塗炭，竟在此女手中，能夠成功，亦未可知。王允竟對貂蟬難以抑制地眷愛起來——「如此優秀人才，萬萬不能浪費！若派貂蟬前往，作為內應，會被老賊蹂躪，真是心痛啊！」

王允未去驚動貂蟬，悄悄退回寢室。約莫一個時辰過了，喚貂蟬入內，表達了內心之情，讓貂蟬做了心愛的小妾。王允偕貂蟬，於寢室安息，在床上籌畫計策。

貂蟬年輕貌美，心中傾慕主人愛國志氣；王允老房子失火，燒起來也厲害。兩人在床笫之上，忙這忙那，自然想不出殺賊報國之策。

早上起床，王允心中又焦躁了。反覆思考，繼續尋求方法。

董卓那個乾兒子兼護衛呂布，左右不離，隨時保護……

董卓走到哪裡，他就跟到哪裡，像藏獒一樣兇猛，別人難以下手，若是呂布策反成功，要他殺董卓，那不過是手起刀落的事……

董卓和呂布兩人有同樣的毛病，那就是好色。所以還是要針對這兩個人的毛病來下手……

想到此處，王允猛然醒悟了，欲除掉董卓老賊，必須離間呂布與董卓的感情，使他們父子相鬥，方能成事。聽說董卓和呂布二人都是好色之徒，那麼，派貂蟬去，先引誘，後離間，再除掉，不就成了嗎？

只是此計全仗心愛的貂蟬，感情雖難以割捨，但是為朝廷、為社稷，只好割愛。貂蟬忠誠必無推辭，怕就怕此事風險太高，萬一露出破綻，為老賊察知，非但我倆性命難保，便是國家也要傾覆了。如何才能斟酌萬全，成功實施呢？

只有也只能與心愛的貂蟬慎重商議了。

22

這天用過午餐，王允將貂蟬約進書室，摒退左右其他下人，說道：「今有要事，與你商酌。」

貂蟬聽了，只道王允欲將自己納為續房，未免心跳，頰暈紅潮，低頭無語。

王允道：「我想商量的是社稷大事。」

貂蟬連忙抬起頭來，說：「貂蟬受主人雨露深恩，倘有差遣，雖赴湯蹈火，亦所不辭。有何事情，即請主人吩咐。貂蟬力量所及，決無不從。」

王允見貂蟬如此忠誠，心下不勝感動，便向貂蟬跪倒叩頭。

貂蟬驚慌失措，不知所為，也拜伏在地道：「主人有什麼事情，只管明言，如此屈尊，豈不折煞貂蟬！」

王允站起身來，嗚咽說道：「我為大漢宗社而拜，拜你為大漢四百年社稷，為華夏數千萬生靈，擔任大任，萬勿推卻。」

貂蟬撫著王允的胳臂，說道：「主人要有差遣，貂蟬萬死不辭。」

貂蟬知道，自己一旦捲入政治紛爭，凶多吉少，甚至有去無回。貂蟬畢竟是貂蟬，知險勇進，說：「小女曾見大人委託曹操刺殺董卓的場景，為之感動不已。今能以一己之身，使朝廷恢復秩序，社稷再現和諧，百姓重回安寧，縱使粉身碎骨，亦絕不推辭。」

見小美女再三表白發誓，王允仍是躊躇：「事情成了，固是漢家宗廟之福；倘若洩露了，失敗了，非但我與你將遭滅門之禍，天下從此也將完了。」

貂蟬見王允閃爍其詞，不肯明言，猜是對自己的能力有所懷疑，不知道自己敢不敢、能不能擔當重任。她決定一語道破其意，好使他放下心來。

於是，貂蟬笑言道：「主人的意思，沒有言明，貂蟬已有所知。莫非欲派貂蟬前往董府，離間董卓父子，以成大事？」

王允大驚道：「不料妳小小年紀，竟如此洞明！想必大事要在妳的手中成就了。方今奸賊篡政，天下失常，朝綱敗壞，百姓遭殃，我們使出此計，也是無可奈何。唉，只是苦了妳了，我親愛的。請允許我代表朝廷，代表百姓，再一次感謝妳。」

王允強調，此舉兇險萬分，「事若洩露，將遭滅門」，他不敢請求，也是太痛苦了。

貂蟬道：「主人之計，固然甚妙，董卓、呂布雖然好色，打仗從政，久經考驗，疑心也非常之重，時時防著有人暗算。主人有此妙計，還得設法使董卓父子於無意之中得到貂蟬方好。若特意進獻去了，反倒惹起他們的疑心。」

王允說：「當然當然，這是當然。」

貂蟬又說：「只能獻於一人。獻給兩人，貂蟬無所適從。另外，即使獻給一人，時間長了未能離間其父子，使之引起衝突，也是枉然。」

王允笑道：「妳比我想得周全，想得深入。」

與貂蟬計議停當，王允決心加快除掉董卓的步伐。

王允要以貂蟬作為軟式武器，實現自己報效漢家皇室的宏大志向。

在此期間，董卓放棄了廢墟洛陽，西撤到了河南、陝西交界的地方。

董卓在河南、陝西交界的地方，使役民夫二十五萬人，建築了一個城堡，曰「郿塢」，他自己稱「萬歲塢」。

郿塢的城牆修得又高又厚，各超過七丈，其「城郭高下厚薄一如長安，內蓋宮室，倉庫囤積二十年糧食；選民間少年美女八百人充實其中，金玉、彩帛、珍珠堆積不計其數」。

董卓把從百姓那裡搜刮得來的金銀財寶和糧食都貯藏在郿塢城堡，單是糧食，就足夠吃二十年的。郿塢築成之後，董卓有時候把漢獻帝劉協也弄到這個城堡，吃吃喝喝，搓搓麻將，玩玩美人。當然這種狀況，朝廷就算臨時在這裡辦公了。

董卓是郿塢大王，自稱太師，專橫跋扈與日俱增，讓獻帝喊他「尚父」，就是乾爸爸。文武官員說話若是一不小心，觸犯了董卓，霎時便得丟了腦袋。

董卓十分得意地對人說：「以後，天下就是我的。我要在萬歲塢裡安安穩穩，一直住到老。即便有誰造反，萬歲塢結實，他也別想打進來。」

然而司徒王允，卻從另一個方向攻擊了。

十六歲的貂蟬，麗質超群，貌美絕倫，又能歌善舞，乖巧伶俐，哪個男人不動心？哪個號稱英雄的男人心裡頭沒有一塊軟肉？

在兵荒馬亂的時候，男人最怕心裡有塊軟肉。

23

王允先是拉攏呂布，取出家藏明珠數顆，喚良匠嵌造金冠一頂，命人暗中贈與呂布。

呂布大喜，這日朝罷，親自到王允府中致謝。

王允早已安排美酒佳餚，等呂布到來，出門迎接。攜手來到後堂，讓到上坐。

呂布致謝道：「司徒乃朝廷大臣，呂布不過相府下將，承蒙錯愛，厚賜寶冠，實不敢當。」

王允道：「方今天下英雄，唯有將軍。聊表仰慕，有勞將軍親臨。聊備薄酒一敘，未知意下如何？」

呂布欣然允諾，口中卻謙遜道：「小將有何德能，敢不謹領遵命？」

於是一起喝酒聊天。喝到中途，讓貂蟬出來佐酒。

貂蟬嫋嫋婷婷地走出來，行近筵前，整個客廳全部為之一亮。她向上深深福了一福[8]，呂布急忙打躬還禮。

王允起身，邀呂布入座，回頭向貂蟬道：「呂將軍不比外人，無須客氣，坐下來相陪飲酒吧！」

貂蟬低聲答應，即與呂布把盞。呂布躬身接過，一飲而盡。貂蟬又斟了一杯，方在側首入座。

呂布心醉神迷，哪裡還有心情飲酒吃菜？只是坐在席中，無話可說，頗覺局促。貂蟬故作羞澀之態，鶯聲燕語，勸其飲酒。

---

8 古時婦女相見行禮的方式，叫做萬福禮。

王允介紹，貂蟬已經十六歲了，一直為她的婚姻之事發愁。因為貂蟬嬌癡，「曾經焚香告天，立下三條心願，難以全然滿足」。

呂布驚問道：「未知是何心願，莫非要招婿乎？」

王允笑道：「還真讓將軍說中了。她的第一條心願，是要年貌相當，能夠奉養老夫。」

呂布還在擔心這小美女不想嫁人呢，看來貂蟬並非不嫁，略略放心道：「理解，理解。侍奉尊親方為佳婿。不知第二條是什麼？」

王允說：「第二條，要家世富貴，位極人臣。」

呂布說：「難了！家世富貴的，未必年貌相當；位極人臣的，更是年紀老大，鬚髮蒼然！試看當今位列三公的人，哪一個不是老成宿德呢？不知第三條又是怎樣？」

王允說：「第三條，當今英雄，方肯許字[9]。」

呂布說：「這更難。當今之世有幾個英雄呢？況且還要年貌相當，家世富貴，位極人臣。這樣的條件都得滿足，去哪兒找呢？」

王允說：「老夫也發愁啊！曾對她說，照你這樣的心願，莫說今生嫁不成人，便到來世也嫁不成了。」

呂布說：「難得志願宏大。但不知所說的當世英雄，是怎麼樣的人物？」

王允笑著說，巧的是，她跟大家一樣，「認為將軍乃當世英雄」。

呂布聽罷，歡喜得直跳起來：「真情，還是戲語啊？」

---

9 女方答應男方的求親而訂立婚約。

貂蟬此時做出不勝羞愧的狀態，將身體背轉，暗中卻把一雙俏眼斜覷呂布，輕輕如自語道：「小女好仰慕大將軍，是大將軍的崇拜者呢！」

小美人渾身散發的香味，早已把呂布薰昏了。

王允悄悄對呂布耳語：「將軍喜歡否？若喜歡，就把她嫁給將軍。」

呂布心頭小鹿亂撞，慌忙離席給王允磕頭，說：「備好聘禮，就來迎娶！我等不及了！」

之後，王允又讓貂蟬唱歌跳舞——人長得美，歌唱得好，舞又跳得軟，呂布看得心裡發慌，酒也喝不成了。

王允告訴呂布：「須要太師出面主婚，老夫方才放心。將軍請回去與太師商議，太師同意主婚，便擇日行聘，老夫決不反悔。」

呂布不勝歡喜，滿口應承道：「當與太師言明，便前來求婚。」言畢，起身作謝，告辭欲行。

貂蟬含羞相送，呂布欣然自去。

王允與貂蟬，相視而笑，並不多言。

改日早朝，王允專程上門拜訪董卓，施禮說：「早就想請太師駕臨，稍盡敬意，今日命小女貂蟬略備餚饌，欲屈太師車駕一臨，敬請賞光。」

董卓早就聽聞貂蟬美貌，一聽王允口中「小女」，心裡就吹起一陣春風，知道機會來了，忙應道：「司徒見召，自當遵命。」

王允道：「蒙太師屈尊枉顧，萬分感激。但小女懼怕甲冑之士，請太師減省扈從，輕鬆聚會，不知可否？」

董卓說：「可以。司徒囑咐，老夫自當輕車簡從。但是司徒請勿客氣，只求令嬡相陪，於願已足。」

王允說：「太師大駕光臨，自當命其奉陪。」

董卓說：「那老夫就要痛飲盡歡，以答雅意了。」

說畢，分路而回。王允回到家中，告知貂蟬，吩咐預備酒筵，等候董卓。

24

午初二刻剛過，董卓已經前來。果然未帶隨從，便服而至。不過，乾兒子呂布還是隨著來了的。跟上次單獨來訪的情況不一樣，呂布今天是在外面站崗的。

酒筵鋪設齊整，王允引導董卓入座，然後領著下人送小桌宴席給呂布，並向呂布致歉，告訴他是為了「盡快把好事辦妥」。

董卓方才坐定，貂蟬已從房中走出，折腰拜見，嬌聲婉轉，口稱太師。

董卓急急扶住貂蟬，覺得一陣香氣鑽進腦中，霎時間，遍體酥麻。凝神許久，方才看得清楚。見貂蟬身穿淡青繡花衫，下繫飄逸的大紅裙，頭上雲鬢輕攏，蛾眉淡掃，長得千嬌百媚，萬種風流，未語先笑，態度溫存，頗能追魂奪魄，使人愛惜之心，油然而生。

董卓瞇著眼睛看著貂蟬，只是癡笑，也忘記了入席飲酒。

王允在旁提醒，貂蟬便請董卓坐下，親自斟上酒來。董卓接過酒杯，也請貂蟬入席。

貂蟬謙遜，不敢就座。王允說太師吩咐，自可陪侍，坐在太師下手邊，好為太師奉酒。

貂蟬應聲入座，執盞相勸。董卓快樂至極，不禁手舞足蹈起來。

王允舉杯道：「難得太師光顧，如此飲酒，太覺寂寞，小女幼習歌舞，尚稱可觀。太師不嫌汙目，當令其歌舞一番，以助雅興。」

董卓興奮地說道：「歌舞是一定要領教的。」

王允命侍女放下簾子，鋪好氍毹[10]。其他陪舞的歌伎，早已侍候多時。頃刻之間，畫燭高燒，笙管繚繞，簇擁著貂蟬，步上氍毹，彩袖翻飛，羽衣飄逸。

貂蟬舞罷，翠鈿欹斜，雲鬢低垂，微聞嬌喘，略顯紅暈，手扶雙袖，侍立於旁。

董卓不勝愛惜，恨不能將貂蟬抱在懷中，親熱一番，方才快活。

此時，王允又讓貂蟬為董卓唱歌。

貂蟬聞言，低頭一笑，也不回答。手執檀板，輕歌一曲，真個聲韻抑揚，聽之令人意銷魂奪。

董卓喜得心癢難搔，執住貂蟬之手，連聲稱讚。

董卓人老心不老，見貂蟬人不僅長得美，歌唱得好，舞又跳得好，心裡起貪念，酒也喝不下去了。

王允趁機對董卓道：「太師喜歡，就把她送給太師做個小老婆好啦。」

董卓一聽，酒也不喝了，說：「好好好，小妞妞，來坐我腿上，坐我腿上。」

貂蟬過來，嬌柔地坐上了老東西的大腿。董卓便自上而下地摸。把貂蟬又扭又喘，故意表明董卓摸得有水準。

摸了一陣子，董卓想立即回去享用小美人，說：「老夫這就帶走了。」起身帶著貂蟬就走了。

呂布在外面站崗放哨，見董卓帶走了貂蟬，臨行之際慌慌張張地竄進來質問王允：「怎麼回事？許給我的人，怎麼回事？」

王允說：「不要多心，這回是你義父替你考慮了。他將貂蟬帶回府中，是要選個良辰吉日，給你們倆個舉辦婚禮。」

10 毛織的地毯。

呂布這才高高興興地告辭：「啊，是這樣。那我走了。」

呂布以為，義父董卓帶走貂蟬，是要擇日為他辦喜事的。哪知道呂布心急火燎耐著性子，一連等了數日，不見董卓為他和貂蟬舉辦婚禮。而且非但沒有舉辦婚禮，還修建了一個暖閣，跟貂蟬貓在裡面，日也不出來，夜也不出來，吃酒喝茶都是讓人送進去。

這不是……這不是……老傢伙他自己把貂蟬享用了嘛！

有一天，貂蟬頭髮散亂、衣服草率地出來，瞅准個機會，哭著對呂布說：「他把我玷汙了，我該怎麼辦呀？」

呂布竟也不知怎麼辦，只是拉著貂蟬的手，唉聲嘆氣。

貂蟬又將呂布看了一眼，並無一語，只將羅巾掩住粉面，哭泣道：「此身已許將軍，本擬白頭偕老，永遠聚首，不意忽來風浪。老父懼其勢力，無可奈何。妾身原欲拚卻一死，以報將軍愛我之情，只因未見將軍之面，是以遲遲未果。如今既已見面，妾之心願已了，當死在將軍之前，以表寸心。」

說罷，貂蟬便向呂布腰中取其青鋒寶劍，意欲自刎。

呂布慌忙一手按住寶劍，一手攬住貂蟬，說：「到底怎麼回事？告訴我，別圖良策。」

「太師硬向老父索妾，並言倘不允許，立刻將妾搶往相府，還要治老父逆命之罪。老父懼其威勢，恐惹殺身之禍，只得叩頭求饒，聽憑他將妾帶歸。」

貂蟬哭得肝腸寸斷，一翻身倒在呂布懷中。

呂布雙手抱住，著意勸慰，無奈貂蟬只是哭泣，口口聲聲要尋死，激得呂布心頭火起，大聲說道：「老賊不知自量，奪我所愛。妳不必悲傷，我若不娶妳為妻，非丈夫也。」

貂蟬見呂布惱恨董卓，心中暗喜，乘勢止住哭泣，說道：「將軍乃當世英雄，力敵萬人，豈不能庇護一介弱小女子乎？」

呂布聞言，面有愧色，俯首向貂蟬耳邊，低聲言道：「誓必殺此老賊，以雪恥辱。此時苦無機會，世妹暫且回去。一俟有隙可乘，當將老賊除去。與世妹共效鴛鴦，永不分離。」

貂蟬見呂布殺機已動，方才微微頷首道：「你若真心愛我，務必速覓機會，休得言而無信，使我受困於人。那時反不如今日一死了斷。」

呂布忙說：「我比妳還著急，妳等著。」

貂蟬點頭應允。再不應允，勁兒使過頭了，反為不妙。

貂蟬拿定主意，拚捨此身，以報國家，並不推卻。

25

這日清晨，董卓入朝，呂布假稱有病，未曾隨往，並趁此機會，潛入後堂。

這時，貂蟬正坐在窗下對鏡梳頭化妝。

呂布趴在窗框邊上窺探，影子恰好映在池水中。貂蟬認出了呂布的影子，故意做出憂愁不樂之態，時時以羅巾揩拭淚痕。

呂布窺視良久，貂蟬晨妝已畢，意欲迎上前去，訴說心事。忽聞聲音傳來，是太師朝罷歸來，呂布慌忙轉向後面，繞道而去。

董卓得到貂蟬之後，為美色所迷，接下來一個多月，不出門，不理事，把個呂布急得撞牆。

直到某日董卓感冒了，呂布藉著探問疾病之名，才得進入內室。

這時董卓正在睡覺，貂蟬立在床後，探出半身，對著呂布，以手指一指心口，又以手指一指董卓，淚如雨下。

呂布心如刀割，呆呆立定，正在出神，董卓忽然醒來，見呂布注視床後，回頭一看，見貂蟬立在那裡，不覺發怒道：「奉先想幹什麼？可速退去，以後非呼喚，不得入內。」

呂布從此更加怨恨，遇見郎中令李儒，將被董卓責罵之事告知。

李儒大驚，急急入內，面見董卓道：「太師欲圖大事，如何怒責奉先？倘彼心一變，大事去矣。」

董卓省悟道：「你說得對。我當有賞賜，以安其心。」

過了幾天，董卓病好了，召呂布說：「我感冒發燒，精神恍惚，言語傷了你，你別記在心上。」說完賜呂布以金帛。呂布叩謝。

董卓說：「今日有要事跟皇上商議，奉先隨我入朝吧。」

呂布跟隨董卓到了朝堂，董卓與漢獻帝共談。呂布找個機會外出，跨上馬背，徑直返回相府，直入內室，見到貂蟬。

呂布如獲異寶，正要將手中畫戟丟到一邊，上前談心，貂蟬趕緊阻止他說：「這幾日他安排有人看護我，不能在這裡說話，你趕快到花園去，在鳳儀亭守候。我會立即去的。」

呂布聞言，提了畫戟，直奔花園。到了鳳儀亭前，將戟倚在亭外石欄之上，步入亭中，等候貂蟬。不過片刻，貂蟬分花拂柳，嫋嫋婷婷而來。

呂布急忙迎入，執定纖手，抱入懷中，四目相視，不能言語。停了半晌，貂蟬珠淚雙流，責備呂布不能早覓良謀，救出自己。

她鑽進呂布懷裡，哭訴著：「奉先哥哥，小女一心跟你過日子的，誰知我已被他弄髒了，不能服侍英雄，乾脆跳下去死了算了。」說完便抬動美腿，準備往水池跳，呂布慌忙將貂蟬摟得更緊，蜜語寬慰。

貂蟬哭訴說：「妾身自見將軍，許侍箕帚，生平大願已足。不料被太師威逼而來，遭其淫汙，雖在相府，不異牢獄。只望將軍設法救我，誰知將軍並不放在心上，任妾在此受辱，不如早覓一死，以明心志。」

呂布說：「不是沒有想辦法，是老賊防衛太過森嚴，想跟妳見一面，都沒有機會呀！」

貂蟬擦擦眼淚，說：「快點救我。」

呂布歎道：「為妳之事，我晝夜不安，時刻在心。只因老賊勢力如山，不能動搖。今日此來，也是趁著老賊跟皇上商議事情，方得偷空。時間久了，還恐老賊疑心，必須速去。」

貂蟬說：「將軍如此懼怕老賊，妾身無見天之日矣。」

呂布說：「徐圖良策，不能太急。」

貂蟬又流淚了，說：「妾早就聽說將軍大名，如雷貫耳，以為當今英雄，只有將軍一人。真想不到，將軍反受老賊之制。」

呂布滿面羞慚，將自己面頰貼著貂蟬粉腮，再三解說，央求暫時忍耐，不可性急。

兩人偎偎依依，不忍分離。時間過得很快，竟然不覺。

董卓在朝堂議過政事，辭了漢獻帝，回頭不見呂布，心中大疑，連忙驅車回府。

董卓見呂布的馬繫於府前，詰問門吏。

門吏答道：「奉先往後堂去了。」

董卓斥退左右，徑入後堂。不見呂布蹤影，呼喚貂蟬，亦不見應。急問侍女，侍女回說在後園看花。

董卓當即尋至後園，只見畫戟倚在亭前石欄之上。亭內，呂布和貂蟬，互相偎抱，喁喁私語。

董卓怒極，大喝一聲。呂布聞聲大驚，連忙撇了貂蟬，回身便走。

董卓在石欄之上搶了畫戟，驅趕呂布。

呂布身體靈便，腿腳迅捷，董卓身體肥胖，哪裡追趕得上？遂順手將戟用力向呂布擲去。

呂布急忙避過，拾起畫戟，飛奔而去。

董卓氣喘吁吁轉身，忽有一人飛奔而來，劈面相撞。那人撞了，慌忙攙住董卓，連聲請罪。

定睛一看，正是李儒。

李儒是董卓的心腹。他見董卓因貂蟬與呂布有所衝突，心下甚是憂愁。今日來至相府，聽下人說呂布暗入內室，董卓回府大發雷霆，追尋呂布，趕往後園去了。

在園門口碰見呂布，李儒問其何故驚慌，呂布說：「太師殺我。」說時未停腳步，奔出府門而去。李儒不敢怠慢，趕忙勸阻董卓，跑得匆忙，剛到園門，就跟從園內奔出的董卓相撞了。

董卓氣喘吁吁的，命李儒將自己扶至園旁小軒裡面，坐下說道：「可恨呂布逆賊，戲吾愛妾，誓必殺之。」

李儒道：「恩相差矣。昔楚莊王絕纓之會，不究戲愛姬之蔣雄，後為秦兵所困，得其死力相救。今太師為一貂蟬，欲殺心腹猛將，倘為門下將校所知，人心離散，大事不可為矣。」

董卓說：「照你說來，他還有理了？」

李儒說：「他當然無理。不過這是個機會。趁此機會，以貂蟬賜之，呂布感念大恩，必以死相報；門下謀將，聞知此事，亦因太師寬宏大量，以堅其向慕之心矣。太師請三思。」

董卓想了好大一會兒，說：「有點道理。」

26

李儒辭去後，董卓尋找貂蟬，侍女告知，貂蟬正在休息。

董卓來到床邊，見貂蟬兩頰暈紅，雙眉緊蹙，如煙籠芍藥、雨洗海棠，異常嬌麗，但只見其嚶嚶啜泣，枕上已濕。

董卓見了貂蟬，心自軟了一半，低頭俯耳，問道：「今日之事，究竟為何？愛卿不妨向我直說。」

貂蟬聞言，並不回答，一翻身轉向裡面，淚如雨下。

見美人哭得越發厲害，董卓怒氣完全消了，扳著貂蟬香肩，說：「今日之事，我為了愛卿，不再追究便是。」

董卓話音未落，貂蟬陡然坐起，說：「你還這樣說？為什麼不追究？自己認的乾兒子，老是調戲人，還亂摸我呢！不去責備，不為我做主，難道疑心我勾引他嗎？」說著，掩面而泣，不勝怨苦。

董卓坐在床邊，一邊給貂蟬拭淚，一邊細細安慰。

董卓假意試探說：「妳是不是喜歡奉先啊？妳若真的有意，我就把妳送給他。」

貂蟬一聽，大哭大鬧，抓過牆壁上掛著的寶劍，要以死明志。

董卓趕忙抱住她，又摸又揉地哄道：「玩的，玩的，小妖精，我怎會捨得妳？」

董卓見貂蟬真心服侍自己，便繼續撫慰：「但不知逆子怎樣闖入園中，愛卿如何一無所覺？」

貂蟬答說：「太師入朝之後，賤妾孤單，悶悶不樂，遂至後園散步。剛至鳳儀亭，忽有一人，徑從後方雙手將妾攔腰抱住。妾猛吃一驚，回頭看時，方知是呂布。料其不懷好意，慌忙掙扎，欲思脫身，太師已經趕來。倘若遲延一步，賤妾被他玩弄矣。賤妾願意一死明志，妾之生命如同螻蟻，死何足惜！太師英名，從此掃地，將何以見人呢？」

董卓聽了，切齒惱恨，說：「逆子大膽至此，我誓必殺之！可恨李儒還勸我將愛妾賜他。」

貂蟬聞言，勃然變色道：「李儒勸你將妾身賜予何人？」

董卓笑道：「李儒勸我將你賜予呂布，以結其心，別無他語。」

貂蟬大哭：「妾身已事貴人，忽欲下賜家奴，寧死不辱！」又要搶奪壁上所掛寶劍，以之盡節。

董卓慌忙奪過寶劍，擁抱美人：「李儒雖然相勸，我如何捨得妳呀！」

貂蟬哭道：「這是李儒的計謀。他跟呂布交情甚厚，故設此計，髒汙太師聲名，謀算賤妾性命。」

董卓說：「放心放心，我明日責備李儒，為妳出氣。」

貂蟬聽了，方才止住哭泣。

次日，李儒入見董卓，說：「今日良辰吉日，太師可以將貂蟬賜予呂布。」

董卓含怒說道：「奉先與我有父子之分，不應贈予。我不追究他的罪過，已是開恩。你替我好言撫慰他吧！」

李儒說：「太師不可為女色所惑，還請三思。」

董卓勃然變色：「你說話不腰疼。你家妻妾肯贈予呂布嗎？別多說了，多說斬首！」

李儒見董卓發怒，知道貂蟬先已進了讒言，苦勸無益，默然退出，仰天歎道：「如此寵信一個女人，吾輩必死於其手矣！」

董卓不聽李儒之言，李儒不勝憂鬱，暗想：「董卓迷戀女色，不聽良言，我且前去勸慰奉先吧。

只要奉先能忘情於貂蟬，父子之間，消除隔閡，也就不至於發生大問題了。」打定主意之後，便來看視呂布。

此時呂布躺臥床上，正滿心怨恨。

李儒勸呂布：「奉先不可怨恨，太師一時發怒，失禮於你，經我一番諫勸，已經醒悟過來，命我前來寬慰奉先，不必介意。」

呂布聞言，默然不語。

李儒俯首低言道：「我素知王允為人不懷好意，沒有能力與我們作對，卻用美人計來離間你和太師的感情。我屢次勸諫，太師陷溺已深，不肯聽從，反而責我多事，誣陷好人，使我開口不得。太師年老昏瞶，且休提他。奉先青年英雄，正可盡心竭力幫扶太師，共圖大事，切勿為了個小小女子，中人奸計，為天下後世所笑。」

李儒建議呂布忘了貂蟬，打起精神，做一番驚天動地的事業，方不愧為當世英雄。

呂布囁嚅良久，方才說道：「義父年老，疑心過重。我與貂蟬，截至目前，並無干涉。昨日我心中煩悶，偶入後園，不意行至鳳儀亭上，卻巧貂蟬也在那裡，我見了連忙退避。誰知義父入內，大起疑心，說我調戲他的愛妾，就將畫戟戳我，幸我手腳靈便，躲閃得快，免於受傷。王允與我，並無嫌怨，即與義父，交情亦是不薄，送女與義父為妾，亦係交歡之意，不是什麼計策。先生之言，恐非實情。」

李儒連連搖頭：「人心叵測，不可不防。畫虎畫皮難畫骨，知人知面不知心。但願奉先從此小心謹慎，勿再輕入後堂，待我暗勸太師，速圖大事。大事成就，便不怕了。奉先切記我言，莫要再惹是非。」

呂布聽了李儒的規勸後，沉默不語，心內十分怨恨。他想要立時殺死董卓，奪回貂蟬。

此後，董卓多了個心眼，不讓呂布當貼身保鑣了。

呂布連貂蟬的影也見不著了，心裡很不痛快，見到王允就發牢騷。

王允更是怨恨，說：「老夫以女許予將軍，太師硬行奪去，已不合理。今又將我女凌辱不堪，真可痛恨。可惜老夫手無縛雞之力，不然定將老賊殺死，以雪此恨。」

呂布說：「我也有此心，只因與他有父子之情，恐惹後人議論，是以遲疑未決。」

王允聽了暗自高興，說：「還說父子呢，你看看，老賊他不是個人呀！再說，你姓呂，老賊他姓董，算什麼父子！他是國賊，社稷的禍害，又趁機奪走了你的心愛之人，這下你認清他老流氓的嘴臉了吧？」

呂布咬牙說：「殺了他，奪回貂蟬！」旋即又擔心，「老賊黨羽甚眾，小侄一人恐難成事啊！」

王允說：「朝中豈乏忠臣義士？殺老賊，扶漢室，賢侄高聲一呼，滿朝之人，莫不相助，何難之有！」

呂布奮然起身，拔出寶劍，刺破胳臂，流出血來，說：「誓殺老賊。若有反悔，當如此臂！」

王允伏地拜謝道：「將軍如此，漢室之幸也。」

第5章

挾天子規不臣

27

政局翻覆，前途難卜。卻說曹操任典軍校尉半年之後，朝廷發生了重大變化。董卓先自任太尉，後當相國，專擅朝政。年方九歲的漢獻帝劉協成了董卓任意擺弄的傀儡，東漢王朝只剩下一個空殼，名存實亡。董卓作惡多端，為害洛陽，舉國怨恨，壯士切齒。

曹操一腔熱血，與司徒王允密謀，執刃刺董，未遂，逃出京師洛陽，潛回陳留。

曹操的父親曹嵩在陳留有點財產。曹操與父親商議，想以此招兵買馬，討伐董卓。

曹嵩說：「孟德我兒，不錯，今正是起義兵、圖大業的好時候，只是我們家中資財還不算多……我想起來了，陳留有位孝廉，名叫衛弘，是個巨富之家，而且仗義疏財，如果有他幫助，肯定能成。」

陳留距離洛陽有五百多里地。陳留郡有十七萬多戶、八十六萬多人，在當時是數得上的大郡。陳留郡太守張邈與曹操、袁紹都是好友。陳留郡隸屬兗州，當時的兗州刺史劉岱，是士大夫集團中反對董卓比較積極的人物。曹操選擇陳留，是因為在陳留有這些有利條件。

曹操拜訪陳留太守張邈。張邈十分熱情，要設宴款待。

曹操攔住了他，說：「千里迢迢，來奔陳留，豈在於一宴酒席？」

張邈笑道：「曹公志向，我哪有不知之理，不過還是先宴飲，後談正事吧！」

「不，」曹操說，「先談事，後宴飲，否則心中之事，堵在咽喉不下，這美酒佳餚，如何消受得了？」

「好好好，」張邈說，「言之有理，那就先談事吧！」

曹操說：「今日來奔陳留，有許多事要打擾，事情緊急，必先報知太守。」

張邈請曹操直言。曹操說：「來陳留不為其他，只為招募義兵，以討伐董卓！」

張邈說：「當今董卓獨占朝政，西涼軍團十分強大，全國上下，尚無可與之抗衡者。而曹公竟有從零開始，大張討伐之志，實令人敬佩不已。」

曹操說：「董卓目前盛極一時，但其基礎，卻如累卵。朝廷雖為其獨霸，但文武百官不服。被完全架空脅迫的皇上，想必也是恨積於心吧！西涼軍雖強大，但並無軍事訓練基礎，更何況民心意願所向，全對西涼軍團不利。我招募義兵，完全是從天意、順民願。」

張邈點頭：「只要曹公有這等見解和雄心，焉有不成大事之理？張邈雖不才，也能助曹公一點小力。此前，兗州刺史劉大人就說起過反董卓的事，今日有你來重新舉兵，劉大人定會積極支持。」

曹操聽了甚為高興，天時、地利、人和諸條件都占了，確如張太守所說「焉有不成大事之理」，於是一陣興奮，說道：「怎不設宴擺酒？」

張邈說：「咽喉之道，已暢通了！」

曹操哈哈大笑起來。張邈也笑了。

僕人即叫入席，原來早已擺好。席上只有曹操、張邈兩人。曹操問：「何不叫家裡人共進酒宴？」

張邈說：「你我二人，好說說心裡話啊！」

二人擎盞相碰，一飲而盡，熱酒熱腸，好不快活。

曹操得到張邈和兗州刺史劉岱的允許和支持，便在陳留廣貼告示募兵，廣為募兵，以待進討董卓。陳留城鄉廣大地區，凡有識之士都議論此事，稱曹操募兵乃正義之舉，並鼓動青壯年前去參軍。

募兵處熱鬧非常，氣氛感人，有不少弟兄二人同時應募的；還有一對父子要求同時應募，兒子十六歲，父親三十五、六歲。

由於是父子，募兵處不予登記，但父子二人態度堅決。負責登記的人只得稟報曹洪。曹洪也為難，便向曹操請示。

曹操聽了，當然十分高興，由此可以看出百姓回應的程度。但對於那父子同時應募，仍不表贊成。曹操親自去見那對父子，對他們說：「你父子積極應募，我曹操感激不盡。同時也十分欣賞和佩服你們這種意在討逆的正義之舉。但是，父子同時從軍，終究不妥。任何人都上有老父母，下有妻兒，父子從軍，豈不影響生計？國家者，國與家之共稱，家不興，國將何盛？兵將何強？」

曹操在募兵處當眾講這番話，讓在場的人無不感慨。曹操這番表現，再次增加了一個近情理的好印象，消息傳開，不少人就衝著這一點來應募了。募兵極為順利，短短時間，募集數竟至三千人之眾。

曹操將招募的人馬，駐紮在陳留附近的襄邑，在那兒占據了一個很大的地方，開始了他的建軍事業。

曹操變賣了曹家在兗州境內的部分財產，拿來作為訓練軍隊的費用。軍隊仍然耗費巨大。曹操便擺下筵席，拜請孝廉衛弘商談。

衛弘早就對曹操很欽佩，家裡確實也有些財產，一邀便高興地來了。

這兩人喝到高興處，曹操說：「現在是漢室無人、朝廷無主啊！董卓把持大權，卻又欺君害民，普天下沒有不恨他的。我想挺身出去撥亂反正，可恨力量不足。孝廉公你是著名的忠義之士，不知可否請你助一臂之力？」

衛弘聽了，說道：「我跟你有一樣的想法，只是一直沒有遇到英雄啊！既然你胸懷大志，決定興兵，那就沒什麼好說的，一應後勤保障，全包在我身上。」然後慷慨地掏出錢財和糧食，幫助曹操。

28

不久，曹操的堂弟曹洪從別處帶來一千人。於是曹操逐漸聚集了五千多人馬，浩浩蕩蕩，聲震一方。

曹操一邊訓練兵卒，一邊書寫興兵檄文，送達遠近各路諸侯。曹操等謹以大義布告天下：

董卓欺天罔地、滅國弒君、穢亂宮禁、殘害生靈、狼戾不仁，罪惡充積。

今奉天子密詔，大集義兵，誓欲掃清華夏，剿滅群凶，望興義師，共洩公憤，扶持王室，拯救黎民，檄文到日，可速奉行……

曹操建立的隊伍，是以宗族家兵為主，例如曹仁、曹洪、夏侯惇、夏侯淵等等。

夏侯惇，字元讓，是漢初大將夏侯嬰的後代，以剛烈聞名。

夏侯淵，字妙才，曹操少年密友。

曹操的侄兒曹休、曹真，也成了曹操的親兵愛將。

曹休，字文烈，十多歲時喪父，隨母親渡江到吳地求生。聽說曹操起兵，改名換姓從江東來到荊州，又北上投歸曹操。曹操對左右說：「這是我家的千里駒啊！」

曹真，字子丹，因其父曹邵為曹操募兵，被豫州刺史黃琬所害，曹操把他當成親生兒子一樣看待。

曹真勇武善射，狩獵時為虎所逐，他不慌不忙地回身搭箭，將猛虎射倒，擺脫了危險。曹操稱曹真英勇，讓他和曹休一起統管虎豹騎。

此外，還有族外人來投奔。東郡衛國人樂進，字文謙，性格膽烈，曹操以其為侍衛親信，派任為帳下吏[11]。

經過一個多月的努力，曹操組建了一支五千人的軍隊，每日加緊訓練，並廣募工匠，打造各式各樣的尖兵利器。

曹操很懂得量才用人之道。他針對新兵進行身家調查，了解誰曾為鐵匠、木匠、磚瓦匠等，然後將人才動員起來，適材適用，派任磚瓦匠趕做磚瓦，用以建造工坊；木匠則搭建支架、門窗。很快地把打造兵器的工坊搭建起來了。

砌好幾十個爐子，做好幾十個風箱之後，再從新兵中挑來幾十個鐵匠，紅紅火火的鐵工坊就正式開工了。從早到晚，紅紅的爐火，將那一片地方映亮了，鍛打聲叮叮噹噹，好不熱鬧。

在這打造兵器的幾排工坊中，經常看見一個矮胖而壯實的中年男子，穿著普通的工作服裝，時而在這個爐前，時而在那個爐前，有時幫著拉扯風箱，有時揮錘幫著鍛打。他工作得十分賣力，額上冒出了汗，背上冒出了汗。爐火映紅了他的臉，烤紅了他的眼睛，也將他的身影投映在地上。

這個人正是全軍最高統帥曹操。只有極少數人認識他，更多的人並不知道他是誰。因為他不著官服，人短貌醜，說他是一個地道的黑鐵匠，一點兒也不過分。

有一次，曹操正在一個爐前揮錘幫忙鍛打鐵器，曹洪來了，喊了一聲「曹將軍」，向他報告事情。

11　軍中官佐。因行軍多居帳中，故稱為帳下吏。

那兩個已有些懶散的鐵匠學徒兵聽了，萬分驚訝，待弄清確實是曹操後，感動流淚。

曹操身先士卒，和大家一起打造兵器的事，在所有的士兵中傳開了，聽到的人無不感動。鐵匠工坊的鐵錘聲響得更起勁了，打造兵器的速度大大加快。

曹操對大家說：「一定要千錘百煉，把所有兵器鋒利都鍛打出來。兵器精良，軍隊才可能精良。精良的人配以精良的兵器，必將無敵於天下。」

有個叫孫賓須的人，聽說了曹操和士兵一起打造兵器的事，大搖其頭，說：「不妥！不妥！」

孫賓須對曹操素有好評，聽了曹操這事卻不以為然。他特地從北海趕來見曹操，說：「有雄心打天下的人，怎能和工匠一起做工呢？」

曹操問：「先生此話怎講？」

孫賓須說：「好為須小者必無大志。將軍素有大志，如今卻等同一般工匠，久而久之，必將銷損宏大之志也！」

曹操笑道：「好為須小者，是指只戀於須小的人。這種人，當然不可能有大志。但是，有大志的人，並不是不懂『須小』，何況有的『須小』卻與大志密切相關。若不為此類『須小』，則等於不為大志也！打造兵器，在我之當前，豈是一般須小之事？不會打造兵器，怎麼有資格打天下呢？」

孫賓須慨歎道：「曹操確實不是一般大志之人啊！」

曹操訓練新兵，也有獨到之處，除了練身外，還懂得如何練心。

所謂練心，就是做思想政治工作，以天下之理爭取軍心。

曹操講京城動亂，講董卓擅權，講國家社稷的安危，講百姓的疾苦與如何安居樂業，最後歸結到練兵有利於討伐、打勝仗上。在收攏軍心方面收到了很好的效果，讓全體將士，均為正義之氣所驅動。

然後在風氣、軍紀、教育方面也跟上腳步，使得整個軍隊，像是鐵塊一般緊密，牢不可破。

曹操在襄邑艱苦建軍的佳話傳開，感動了許多人。豫州地區許多獨當一面的英雄豪傑，三五成群，紛紛投奔曹操。因此，曹操除了主動招募之外，還集結了不少這一路豪傑。

29

西元一九〇年，全國各大軍區紛紛起兵，前已述及，大家共推渤海太守袁紹為盟主。曹操也領軍參與，為「奮武將軍」。

董卓發現大事不好，便脅迫獻帝遷離洛陽，命軍隊火燒宮室，開挖王陵，劫掠民間。洛陽方圓二百里橫遭血火之災。

天怒人怨之際，袁紹懼怕董卓精銳的涼州軍，屯兵酸棗鎮不敢前進。

曹操認為董卓「焚燒宮室，劫遷天子，海內震動」，洛陽哀鴻遍野，全國人心惶惶，這是上天賜予消滅董卓的最好時機，這時只需要一戰，就可以平定天下了。

袁紹他們雖然也擺出了架勢，卻心懷鬼胎，私下只想著伺機發展各自的實力。

曹操於失望之際，忍無可忍，率領自己有限的軍隊決心進攻董卓把持的洛陽。夏侯惇、夏侯淵、曹仁、曹洪、李典、樂進等人跟隨。陳留孝廉衛茲自告奮勇，也願隨曹操。

曹操和衛茲雖然有一些人馬，可是給養成問題，曹操只得求陳留太守張邈幫助。張邈表示支持他們的行動，另外還出了點兒兵添進曹操的隊伍。

曹操高興極了，自己打頭陣，請衛茲在後隊接應，信心百倍地從酸棗鎮出發，去奪取滎陽。一路上如船帆遇風，十分順暢。

曹操率軍到達汴水，遇上董卓的大將徐榮。原來董卓已得知了曹操單獨進軍的消息，便馬上把徐滎的大軍調到了汴水，在那兒迎戰曹操。

曹操本來兵馬不多，又沒料到徐滎早已布好陣勢，因此處於相當不利的局勢。幸虧曹操新募的義兵經過嚴格訓練，又有打造的精良兵器，雖然處在絕對劣勢，也打了一整天才退下來。結果傷亡頗大。夏侯惇、夏侯淵、曹仁、曹洪他們幾個拼著命保護曹操向滎陽退去，徐滎的軍隊則是緊緊咬住曹操不放。

天已經黑下來，曹操快馬加鞭，只覺得耳畔風聲如泣。漸漸跑得有些疲憊了，而追兵漸至。

忽然聽見鳴鏑之聲，曹操慌忙伏身躲閃，肩膀上還是中了一箭。還沒等他反應過來，又一箭射中了馬屁股。馬跪倒了，把曹操摔在地上。

後面追兵將至，正在危急之時，曹洪趕到，指揮部下擋住敵兵，自己跳下馬來，扶起曹操，替他拔出了箭，一把按上隨身帶的刀傷藥，請他上了自己的馬。

曹操說：「你沒有馬，怎麼行呢？」

曹洪說：「當今天下可以沒有我，但不可以沒有主公啊！」

後面喊殺聲已近，曹洪鞭擊曹操坐騎，使之馳騁，他在後面跟著猛跑。

一行人又跑了幾里地，天已經完全黑下來了。忽然前面閃出一排火把，大隊人馬攔住去路。曹操和曹洪一下子驚呆了，難道天要絕人嗎？

曹操頓生怒氣，吼道：「如此進退維谷，只有拚命了！」正要馳馬上前迎戰，才發現是衛茲的部隊。虛驚一場，心中一塊石頭頓時落地。

可是不見了衛茲，曹操一問，才知衛茲為流矢射中，不幸當場陣亡。衛茲乃曹操的恩人，這次又自告奮勇來協助曹操，竟然陣亡，曹操仰天歎曰：「衛公好人，天意何逆？」

形勢仍很緊急，不容他們再多停留，兩支人馬會合在一起，連夜趕路，離開滎陽。

徐榮雖然打敗了曹操，卻已認識到了曹操的勇武，況且酸棗鎮還有十多萬兵馬，不可冒昧逼近，所以追趕一陣，也就收兵回去了。

當時的戰爭形勢是，關東軍團兵力強盛。董卓西遷後，所屬軍團士氣低落，戰鬥力大減，而冀、豫、兗、青四州的郡縣幾乎全部回應關東軍團，實際的人力、物力和聲勢，超過了董卓把持的西部政府。

而且司隸軍區，由左將軍皇甫嵩統領的三萬餘直屬軍團，屯駐長安附近，不但不接受董卓的指揮，而且隨時還有倒戈相向的可能。

曹操估算，只要關東軍團策略運用正確，一次大會戰，即可扭轉大局。問題是，各州郡頭目心中所想的，恐怕並非口頭所喊的「抗暴」及「勤王」，而是想趁機切斷與長安政府的從屬關係，從此不必接受調動，以取得獨立的領土及軍隊控制權，並伺機謀奪天下。他們不肯和董卓進行有危險性的硬戰，包圍洛陽也不過是表表姿態而已。

曹操此時所率領的，只是一支私人部隊，沒有領土，沒有領民，沒有賦稅支持軍需，糧草完全靠自己供應，根本不宜進行持久性的戰爭。

曹操孤軍奮戰，不惜以雞蛋碰石頭，主要也是希望以行動展現關東軍團州郡領袖的私心，激起有心之士的同理心，以擴大正義的力量。

曹操引兵回到酸棗鎮，隊伍只剩了五、六百人，幸虧幾個將軍都沒有傷亡。

曹操看著自己的兵這麼少，但他估計張邈、劉岱、橋瑁、袁術他們駐紮酸棗鎮的兵馬一定不下十萬。這十萬人動員起來，難道還不能去打董卓嗎？但是，曹操看到的是駐紮戰地的十幾萬關東軍團在營中設酒置宴，歌舞昇平，似乎早忘了東漢皇帝的悲劇，也根本忘掉勤王抗暴的起義目的。

悲憤到極點的曹操，不禁大聲疾呼，請各位接受他的計畫。他建議，屯駐河內的渤海軍團進據津渡口，駐紮酸棗鎮的各軍團控制太谷險要。袁術將軍的南陽軍團，則由丹水及淅水溯流而上，直接進入武關。如此便足以讓長安撼動。

曹操又建議築好防禦工事，布置疑、虛，周旋應對，製造聲勢，不必真正和對方拼戰，也可以展示天下大勢之所趨。如此，董卓政權必將受到嚴重的打擊。

曹操說：「自古至今，順潮流者昌，逆潮流者亡，此一計畫必定可以成功。」

曹操的一席話，卻沒有一個人接受。連一向和他較為友好的張邈，也不表贊同。

其實，曹操「三管齊下」的戰略，是相當高明的。

董卓軍團西遷後，士氣低落，甚至漸趨潰散。扶風的皇甫嵩軍團及河南尹朱俊、京兆尹蓋勳隨時可能倒戈。東、西、南三方面同時加壓，很可能使董卓的西涼軍團放棄長安，退入關州及涼州地帶。

可歎關東軍團的領導者經驗不足，目光短淺，而且根本缺乏判定天下大勢的智慧。即使身為盟主的袁紹，也懷著私心，急著要擴充自己的實力，以獲得穩定的地盤。「勤王義師」，不過是趁機擴充兵力的一個藉口。

曹操自認對天下大勢有非常深入的了解和研究，故而才敢大膽地高聲指責他的同盟，並提出他自認為卓越的戰略建議。

曹操看到同盟者並無回應，終於領悟到時代變了，漢室的天下再也不存在了。亂世將至，已是群雄並起，各憑實力打天下的時代了。於是，曹操絕望了，決定退出關東軍團，離開酸棗鎮，另謀發展。

曹操帶著夏侯惇及曹洪等人，離開酸棗鎮，到了揚州一帶招募人馬，重整旗鼓。

30

曹操專程拜見了揚州刺史陳溫及丹陽太守周昕，勸說他們一同征討董卓。陳溫和周昕見曹操伸張大義，給了曹操很大的支持，撥給曹操四千多兵眾。

沒想到，帶著這四千多兵眾的回程路途上，才到了龍亢[12]時，這些士兵開始嫌伙食不好，發生兵變，襲擊曹操，於深夜放火燒掉曹操營帳，打算返回他們的安樂窩。曹操和夏侯惇、曹洪等力戰叛兵，將兵眾殺散，才得以保全性命。清點一下人數，剩下的也只有五百多人了。

曹洪回到譙縣招兵，招到一千多，前往龍亢與曹操會合。兄弟相見，歡喜萬分。高興的是，在北歸的路上，他們又收得士兵一千多人。至此，合計已經擁有三千左右兵馬。

擴充軍隊之後，給養當然也是個難題。

有人給曹操建議，說大型墓葬中有很多財寶，反正死人用不著，莫若取來，以供軍需，可以換得糧食，填飽肚子，為人民打天下。

曹操覺得這個建議可行——這些厚葬之物，大多是墓主人一輩子搜刮和積蓄的，就讓他們貢獻出來吧！——遂設「發丘中郎將」「摸金校尉」等職，負責其事。

12 現在的安徽省懷遠縣。

發丘中郎將領兵尋找到永城芒碭山[13]，在漢梁孝王劉武墓前祭祀一番，開始挖掘了。[14]

曹操北歸後，得知在酸棗鎮的諸路軍，糧食和酒肉已經耗盡，各自散夥去了，有的還打了起來。

曹操想到之前討伐董卓的事，袁紹總是推說力量不夠，要慢慢來，如今討董聯盟名存實亡。他又急又氣，但自己實力不強啊，沒辦法，只好又帶著部隊到河內去投奔袁紹。

袁紹見曹操來投奔自己，也想依賴曹操的力量，便對曹操十分客氣。

袁紹向曹操徵求意見：「如果我們討伐董卓不能成功，還可以向什麼地方發展勢力呢？」

曹操沒有回答，反問道：「您的打算呢？」

袁紹說：「我想，北面憑藉燕、代，南面據守黃河，還有烏桓少數民族也願意跟隨我向南爭奪天下，這樣就可以成功了吧！」

曹操說：「我不認為另起爐灶是最好的選擇。藉助現成的君王，就無往而不勝。」

袁紹沒有重視曹操的意見，心中另有計劃。

果然，到了年底，袁紹對曹操提出了一個另立皇帝的方案。

袁紹害怕與董卓硬拼，於己不利，便以「獻帝年幼，又被董卓所困，不知是否還活著」為由，同冀州牧韓馥一起謀立「漢室俊賢」幽州牧劉虞為帝，並且私下把皇帝的玉璽都刻好了，已經派人去幽州勸劉虞稱帝。

曹操認為此舉不妥，說：「董卓之罪，天下皆知。我們同盟舉兵，遠近無不響應，因為我們是正

---

13 現在的河南省永城縣。

14 見《水經注疏》：「操發兵入碭，發梁孝王塚，收金數萬斤。」。後世盜墓賊，稱「摸金校尉」，追根溯源，就到曹操這兒了。

義的。現在皇帝幼弱，受制於奸臣，但他並沒有罪過，憑什麼要廢掉他呢？如果我們把當今皇上廢掉，別人也來效仿，另立他人，那天下就會更不安定了。你們真的要這麼幹，那就請『諸君北面，我自西向』好了。」

「北面」是嘛起屁股向北稱臣的意思，因為皇帝朝南坐；「西向」則是向西討伐董卓，救出漢獻帝。

不久，袁紹和袁術兄弟間爭鬥起來，袁術想自己當皇帝，不聽袁紹的。

連袁氏兄弟都內訌起來，曹操體會到，以聯盟的方式討伐董卓是全然不可能了，然而自己又沒有能力與董卓相抗，只有另做打算。

鮑信向曹操建議：「袁紹以盟主身份，趁機發展個人勢力，將會成為第二個董卓。但我們沒有足夠的力量對付他，搞不好還可能讓自己陷於危難境地。不如先向黃河以南發展勢力，以待局勢變化。」

曹操曰：「好。」確實，連一塊自己的地盤都沒有，是沒有辦法發展的。

曹操決定先建立一塊根據地，站穩腳跟，積蓄力量，然後再與董卓等的軍閥進行鬥爭。於是率部南下，占領了青州和兗州做根據地。

到了西元一九五年前後，曹操終於發展為一股強大的割據勢力，有了數萬人的軍隊。其中相當多的兵將，來自他當年招安後安排在濟北開荒、屯墾的青州黃巾軍將士。當時除了參加討伐董卓的關東諸軍外，其他地方軍閥也都沒閒著，分別割據一方，發展勢力。

西元一九六年，漢獻帝建安元年的時候，各地區的主要武裝割據勢力如下：

袁紹占據冀州、青州和並州——今天的河北中南部、山東中東部和山西大部。

公孫度占據遼東——今天的遼寧一帶。

劉虞、公孫瓚先後占據幽州——今天的河北北部。

曹操占據兗州——今天的河南東部和山東西南部。
張繡占據南陽——今天的河南西南部。
袁術占據揚州一部分——今天的淮河下游南部。
陶謙、劉備、呂布先後占據徐州——今天的江蘇北部。
孫策占據江東——今天的長江下游以南地區。
劉表占據荊州大部——今天的湖北、湖南交界一帶。
劉焉、劉璋占據益州——今天的雲、貴、川交界處。
董卓、李傕、郭汜等先後占據司隸——今天的陝西中東部、河南西部。
張魯占據漢中——今天的陝西南部。
馬騰、韓遂占據涼州——今天的甘肅、寧夏和青海湟水流域。
各地方軍閥，為了擴大自己的勢力，爭奪土地和人口，展開了一連串的兼併戰爭，戰亂連連。
關東，公孫瓚打敗幽州牧劉虞，然後同袁紹交兵。
南方，袁術占據揚州。袁紹為了對付袁術，結交荊州劉表，讓劉表牽制袁術。
袁術派孫堅進攻荊州。在圍攻襄陽時，孫堅被劉表大將黃祖射死。其子孫策統領其部，將勢力發展到江東。
在兗州、徐州，曹操同袁術、陶謙、劉備、呂布反覆較量，戰爭也甚是激烈。

31

荊州刺史劉表厭惡袁術駐紮在其州郡東北，於是向這個鄰居施加壓力，並斷絕民間商界跟揚州一帶的生意往來。袁術財源軍需缺乏，不得已轉往兗州方向發展。但是兗州是曹操的地盤，豈能允許袁術染指？

袁術不甘示弱，將主力部隊駐紮在封丘，聯絡被曹操擊敗的周邊殘餘，甚至聯絡匈奴，想吃掉曹操。袁術部署完畢，派遣部將劉詳率部進逼曹操直屬部隊的駐地。

劉詳對曹操頗感恐懼，在遠處的匡亭紮營，不敢貿然前犯。

曹操對認真分析軍事戰略，判定袁術會分三路夾擊自己所駐紮的甄城[15]。

曹操快速發現袁術軍事部署的弱點。他的先鋒部隊雖出面誘戰，但選擇匡亭駐紮，卻是錯誤的決定，曹軍只需渡過濮水，便可攻擊匡亭。而袁軍主力在陳留，因為必須渡過四個河流才能趕過來，至少比曹軍多出一天的步兵行程。

當時的行軍，渡河是一件非常麻煩的事情。若曹軍採取閃擊行動，等到袁術援軍趕來時，戰場早已打掃乾淨了。曹操斷然決定對袁軍發動突襲。

曹操富有謀略，他喜歡採取突襲的方式，並且常獲成功。

15 現在的山東省鄄城境內。

曹操派荀彧在甄城集結大部隊，公開進行調動，軍鼓陣陣，旗幟鮮明，從很遠的地方就能看到和聽到。袁術的偵察員將情況報與袁術，袁術認定曹軍正在準備會戰。

曹操親率直屬騎兵，息鼓偃旗，擇僻靜處祕密行進，偷渡濮水之後，分四路整隊集結。高頭大馬上的曹操，巡視部隊，見將士們個個精神飽滿，一副必勝的模樣，心中十分滿意，高呼道：「將士們，一鼓作氣，攻克匡亭，勝利就在眼前。兵分四路，奮勇突襲，衝啊！」馬鞭一揮，令部隊掩殺[16]過去。

等到劉詳的防兵發現「曹」字旗號，曹軍已如烏雲壓城，暴風驟雨一般的喊殺聲猶如海潮喧天，震撼整個軍營。

劉詳在營帳中研究戰略，聽到湧潮般的殺聲，不知道怎麼回事，正要發問，正見衛士飛撲進來，大喊著：「曹軍殺進來了！」

劉詳不敢相信，卻又不得不信。呼喊將士應戰已經遲了。曹軍已如利矛，從幾個方向直插軍營，自己的部隊只有逃命的分兒，哪有應戰之力？

結果部隊被全數殲滅。劉詳則不知道是已經溜回袁術本部，還是奔逃別的地方去了。

曹操也不追趕劉詳，他下令清理戰場後，就在匡亭安排駐防，等待袁術主力前來。曹操知道袁術的主力必來攻擊，便聯繫留在甄城的荀彧，由曹仁率領大部隊馳援匡亭。

匡亭失守。袁術吃吃一驚，他恨自己粗疏，但他判斷，曹操必隨主力，而不可能在匡亭。於是，袁術便帶著主力軍團，慢慢渡過四條河流，打算將曹仁主力殲滅，再來收拾匡亭曹軍。

16　趁人不備進攻過去。

機敏的曹操很快看穿了袁術，十分高興。

袁術沒料到曹操在匡亭，更沒料到曹操又要突襲。

袁術率大部分部隊渡過北濟河，尚未擺好陣勢，匡亭方向竟迅速殺出一支勁旅。袁術一時搞不清楚狀況，但是他馬上又發現，匡亭來軍領隊的竟是曹操，是曹操騎在馬上，揮師前進。

這下子袁術已無心戀戰，他下令軍隊西撤。一直撤到封丘城，才喘過氣來。

正當袁術清點部隊時，又有探馬報，曹操追上來了。

想不到人數那樣少的曹軍，竟如此緊追袁術的大軍不放。袁術罵道：「這個阿瞞，真是瘋了！」

袁術登上封丘城一看，又是一驚！封丘城居然被包圍起來了！

喪失了信心的袁術，無法判斷曹軍到底有多少人，眼下已不能再輕敵大意了，必須趕快避開曹軍鋒銳，先保住性命再說。

袁術集合精銳，突出東城門，往東南方向奔逃，馬不停蹄地一口氣撤退了一百五十餘里，直達襄邑。

想不到，袁術氣還沒喘過來，迅疾如風的曹軍又追蹤而至。

袁術見曹操又追來，簡直嚇破了膽，連忙再逃，逃入附近比較堅固的太壽城。

連續兩百里路逃亡，大部分袁軍已半途潰散，只剩不到三分之一。相反的，曹軍一路收編俘虜，會合曹仁的兗州軍團，兵力上已占絕對優勢。

太壽城城牆堅固，前不久又經補築，攻擊不易。曹操沒有奇襲，也沒有久圍不打，而是採取了袁術意想不到的戰術。

太壽傍臨睢水，地勢特低。時值春末，上游雪水融化，河水暴漲。正愁如何驅趕袁術的曹操見此情景，忽然靈機一動，喊道：「水攻！水攻啊！」

去。

曹操派兵士去睢水上游，擔土運石，以截急流。

探子報給袁術，袁術慌神了，站起身來說：「走！趕緊走，再晚就來不及了。」

未等曹操弄來大水，袁術率左右兵馬殺出太壽城，急上木船，渡過睢水，往地勢較高的寧陵城逃去。

曹操見袁術棄城而去，也立即率兵渡過睢水，追往寧陵城。袁術見曹操追來，又棄寧陵而逃。袁術這次空前絕後的大撤退，全程六百多里路。其狀惶惶，真如喪家之犬。

其實，曹操身為追擊的一方，更加辛苦，常常一天或者一夜滴水不沾。

這一天，春末夏初的太陽狠毒，曬得將士們大汗淋漓，口乾舌燥。奔走十里不見水源，曹操派出幾批人四處探尋，不見有水跡象。

眾將士咽喉冒煙，心中如火，頭腦發昏。但是為了給袁術造成強大的心理壓力，又絕對不能停下來稍許休息，怎麼辦？

這時又一個探水的快馬奔回，曹操靈光一閃，策馬迎問：「你不是看見前面有一片梅林嗎？」

那快馬一愣，他不明白曹操的什麼意思，只得茫然唯諾。

於是，曹操勒轉馬頭，向著眾將士，大聲喊道：「兒郎們，已經探得前面有一片梅林，上面結滿了酸溜溜的梅子，大家快趕路啊！去前面摘梅子解渴。」

這一喊，全軍歡聲震動，頓時，個個士兵口舌生津，精神大振。

梅子當然沒有，但全體將士都解了口渴。

32

曹操擊敗袁術，聲勢大振，兗州地盤暫時取得。兗州以北的前盟主袁紹，曹操還是惹不起的。兗州東面的徐州，風調雨順，百姓安定，當初黃巾軍並未影響到這個魚米之鄉。

徐州牧陶謙，字恭祖，行伍出身。董卓亂後，群雄割據，陶謙也希望有朝一日能憑武力及財力爭奪天下。袁術被曹操擊敗後，陶謙認為時機到了，欲以徐州為根據地，參與爭奪天下的大行動。

陶謙攻打青州，占領了一些地盤。下一步是占領司隸區，但要占領司隸區，得經過曹操的兗州。

陶謙太自信了，不向曹操打個招呼，直接就占了兗州南端的任城。

曹操沒有做出反應。剛剛追擊過袁術，得休整一番，不理會陶謙的攻擊。隨後，曹操故意表現出不願和徐州正面對抗的姿態，讓出了兗州，讓陶謙自由出入。如此寬宏大量，讓陶謙放鬆戒備。

秋收之後，曹軍糧草充實，軍隊也休整完了，曹操認為是該採取行動的時候了。

曹操決定攻打徐州，但又不和陶謙正面敵對，只是虛與周旋。他將三分之一兵馬擺在正面戰場，做出決戰姿態，自己親率主力軍團，向陶謙大本營徐州急進。

陶謙的人馬多為才入伍的新兵，只會大喊大叫，其實並不經打。

曹操第一役攻下一個城池，第二役取了第二個城池。陶軍望風而逃，連棄城池二十餘個。

陶謙在正面戰場，徐州快馬飛報，曹軍連下徐州數城，徐州危在旦夕。陶謙大驚失色，連連自問：

「這怎麼可能？這怎麼可能？」他轉念一想，既然曹操主力去打徐州，那我何不趁此機會攻下兗州呢？

手下謀士提出建議：「曹操在兗州布防堅固，短時間拿不下。誤了時間，曹軍主力攻克徐州，回師兗州，我們不僅將前後受敵，還會無家可歸。」

陶謙遂下令撤防，十萬火急地奔回徐州，在原野上布陣，準備來一場大會戰。但是他忽視了一個重要問題：他的兵將不久前還都是農民，主力部隊全是步兵，而曹操不僅本人善騎，長期經營的更是最具摧毀力的騎兵部隊。陶謙勢必得為自己的「不知己不知彼」付出代價。

曹操太知己知彼了，於陣前觀察，不禁哈哈大笑起來，說道：「陶謙啊陶謙，戰事未起，勝敗已定！」

曹操立即回營，集結騎兵，一聲號令，烈馬奔騰，騎兵隊餓虎撲羊一般向陶營撲去。曠野平坦，馬蹄若飛，人跑十步，不及奔馬一步。手持短兵器的陶家兵如蟻蠕動，一個個被踐踏擊殺。

恐慌逃竄者也不得倖免，許多人被砍倒在逃跑途中。徐州軍遭到屠殺，死傷一萬餘眾，屍體橫陳，血流成河。

陶謙不知曹操的騎兵如此驍勇，完全驚呆，險被俘虜。幸好左右奮力保護，才得回營。徐州領地喪失大半，陶謙氣恨交加，整個人如患大病。

曹操的兗州越來越鞏固，寫信請父親曹嵩來兗州。

曹嵩於董卓之亂時逃出京城，由於曹操被董卓通緝，曹嵩不敢回故鄉。當時，曹家有億萬家財，逃亡時幾乎全部兌換成錢帶在身上。

曹嵩與陶謙有交情，便直奔徐州屬下琅琊郡定居避難。現在，曹操與陶謙打仗了，曹操不得不考慮在陶謙治下的父親的安全。

曹嵩覺得對不起陶謙，但他對兒子又干涉不了，雖不大相信陶謙會把曹操的事報復在他的身上，但畢竟尷尬了，接到兒子的信，便欣然同意。

曹嵩把金銀財寶裝了幾十車，帶著一家老小三四十人，家丁、僕從一百多人，浩浩蕩蕩地趕往兗州。但萬萬沒有想到，竟半路遇上強盜，曹嵩死於非命，財寶盡被劫去。

曹家人全部被殺，金銀珠寶和貴重物品被悉數劫走，據說強盜是張闓，帶著財寶逃到淮南去了。

泰山太守應劭趕到，但見遍地屍體和鮮血，嚇得面如土色，不敢回覆曹操，連官也不做了，逃跑而去。

消息傳到曹操軍中，親生之父如此悲慘而死，曹操氣得差點暈了過去。

曹操頓足捶胸又哭又罵，發誓要替父親報仇，並認定張闓是陶謙的人，而且是陶謙派去的，他一定要找陶謙報仇。

年末，曹操讓陳宮留守東郡，荀彧和程昱守甄城、範縣，自己披著頭髮，穿著孝服，帶領人馬向徐州打去。連下十餘城池後，陶謙死守郯城，曹操攻取不下來。

時間久了，軍需不繼，曹操只好退兵休整。

第二年夏天，曹操再度攻擊徐州，為父報仇。兩路大軍，分別由自己和于禁、曹仁帶領，分頭攻打，每攻下一城，大肆屠殺。

洛陽附近的人，為避董卓殘殺，不少逃到東邊，彭城一帶人口較多。

曹操為報父仇，聲言把徐州屠城也不解恨。兵馬所到之處，男女老幼，皆被殺害，河水染紅，腥氣衝天。彭城、傅陽、睢陵、夏丘幾縣，路無行人，野無雞鳴，舉世為之震驚。

「曹嵩事件」中，陶謙成了兇手。曹操的報復太過殘暴，陶謙只好向公孫瓚求救。公孫瓚的部下青州刺史田楷同意發兵，還派人到平原，請平原相劉備協助救援。北海太守孔融也看不慣曹操的殘暴，前來幫助陶謙。他們畢竟都不是曹操的對手，不久，聯軍節節敗退。曹操攻破襄賁城，又下令大屠殺，兵鋒所到之處，血流成河，幾至雞犬不留。

駐守郯城的陶謙心驚膽戰，魂不附體，便率隊悄悄放棄郯城，投奔揚州丹陽郡而去。

曹操見陶謙真的逃跑，下令全軍飲酒祝賀。

曹操雖然藉口報仇，其實他與父親的感情並不深，政治立場截然相同。攻打徐州，與其說是報仇，不如被認為是拓土。雖然解決方式殘酷，但政治家哪個不是嗜血的呢？能夠達到目的才是最重要的。

這時候，從大本營兗州甄城傳來緊急軍情。

陳留太守張邈造反，和東郡陳宮擁護從長安逃出來的呂布，攻占了兗州。荀彧、程昱、夏侯惇所率領的曹軍直屬部隊，僅勉強守住甄城、範縣、東阿三郡，情況非常危急。

老窩被抄，大禍臨頭，曹操不能不震驚。

33

卻說在初平三年（一九二年），漢獻帝生了一場病，多日不癒。到了四月份，天氣轉暖，病好了。天子大病初癒，自然需要百官慶賀，朝中文武大臣要聚集起來，一同恭賀天子龍體康復。

王允決定利用這個時機，實施刺殺行動。他暗中向漢獻帝進行了彙報，弄了一份詔書，與呂布祕密商討了一番。

他們假稱皇上這一天要禪讓，請李肅去見董卓，說：「天子因太師功德巍巍，欲效法堯、舜禪讓，故請太師入朝共議。」把皇位讓出來，董卓自然樂得到宮裡去接受。

董卓大喜，坦然不疑，登了坐輦，命呂布先行，自己與李肅向朝門而來。

王允事先準備了一些宮廷侍衛的服裝給呂布，呂布讓十幾名心腹勇士穿上後，混在衛兵隊伍裡，守在宮殿側門兩邊。

董卓離開郿塢，去見漢獻帝。此番他多了個心眼，在朝服裡面套穿了鐵甲，提防暗算。

董卓在乘車進宮的大路兩旁，派衛兵密密麻麻排成一條夾道，還叫呂布扛著方天畫戟走在隊伍最前方，開路。這樣的安排，他認為萬無一失。

董卓的坐輦一進宮門，李肅等人突然對他發動襲擊，一根長戟刺向他的胸口。但是長戟抵住董卓胸前的鐵甲，刺不進去。

董卓急促中用胳膊一擋，被戟割傷了手臂。他忍著痛跳下車，大叫：「呂布！呂布！」

呂布果然立即從前面返回，只是手裡多了份聖旨，高聲宣布：「奉詔討賊，董卓看戟！」得知乾兒子背叛了自己，董卓大罵：「狗奴才，你竟敢……」

還沒罵完，李肅再次舉起長戟，猛地戳向了董卓的喉頭。兵士們擁上去，把董卓的頭砍了下來。

官吏、百姓受盡了董卓的殘酷壓迫，聽到除了奸賊，成群結隊跑到大街上唱歌跳舞。許多人還變賣了衣服首飾，換了酒肉，大吃大喝，大肆慶祝。

董卓死後，其三族皆被誅殺，全無倖免。據說董卓被曝屍街市，守屍吏把點燃的撚子插入董卓的肚臍眼中，當作天燈般點燃了。因為董卓肥胖脂厚，天燈「光明達曙，如是積日」，數天不滅，火苗子旺得很呢！

沒想到，董卓死後，竟有人身披麻衣為他哭靈。

軍士們將哭靈人提往王允處，眾人視之，乃大文豪蔡邕。

王允不解蔡邕何意，詳細詢問之下，蔡邕才徐徐言道：「冒死為他哭一番，是報他知遇之恩。」真不知蔡邕是如何理解自己的「伯樂」的。

蔡邕也知自己犯了大罪，求大司徒饒命，願以有生之年，續完漢史。太傅馬日等人憐蔡邕之才，勸王允饒了他。

王允不聽，命軍士推出蔡邕，囚於獄中，很快就殺了。

馬日深感惋惜，背後對眾官歎道：「像蔡邕這樣站錯隊的人，應該免去他的罪，讓他人盡其才，續完漢史，也是利國利民的一件大事。連對這樣的人都不願寬赦，恐怕難以長久啊！」

果如馬日所言，不久後，王允遭到了報應。

惡貫滿盈的董卓被消滅後，王允和呂布無法擺平董卓擁有的龐大軍隊，百姓的災難並沒有結束。

王允為了「維穩」，承諾赦免董卓的骨幹力量——涼州兵，可是後來又反悔，要解散涼州兵，調函谷關以東的軍隊去替代他們。消息一傳出來，涼州大亂。

董卓部將李傕、郭汜趁機起兵，一路殺伐，攻陷了長安。

王允被殺，呂布出逃，漢獻帝又成為李、郭二人控制的傀儡。

不久，李傕又與郭汜發生內訌，最後雙雙斃命。

漢獻帝被李傕部將楊奉劫回已經殘破不堪的洛陽，時間是西元一九六年——漢獻帝建安元年的七月。

洛陽又重新成為漢朝的首都，只是城市已遭劫毀，河洛大地仍在哭泣，難以重現昔日繁華了。

呂布把貂蟬弄到了手。

呂布除了缺了點腦袋，不過再怎麼說也算個帥哥。貂蟬執行了最危險的任務，當了帥哥的小妾但巾幗女俠註定是沒有愛情。

貂蟬這位傳奇美人，自始至終都是個悲劇人物，她的美貌讓鮮花枯萎，令月亮含羞，權貴驚艷，淫賊沉迷，但她無法得到一份真愛，甚至連個確定的歸宿都沒有。

只可惜那個時代，不缺少英雄，缺少的是對美人的憐慕和惜愛。

只可惜那個時代，只講成敗，美人只是陰謀交易的工具，或是政治博弈的籌碼。

貂蟬是中國古代四大美人中最美麗的一個，也是最神祕的一個。因為史無確切記載，所以歷史上到底有沒有這樣一個美人，都難斷定。

貂蟬不但生得國色天香，風華絕倫，而且聰慧伶俐、深明大義。

王允在牡丹亭裡叩頭拜請，要貂蟬替他演一齣「連環美人計」，除掉賊臣董卓時，這位只有十六歲的小美女面對「事若洩露，將遭滅門」的巨大危險，毅然接受了任務。

中國古代四大美女中，除楊貴妃，其他三位的人生都繚繞著以身救國的悲情，貂蟬最是突出，她幾乎是毫不猶豫地投身險惡的政治漩渦。

這位小美女，大概天生就是幹地下工作的料，不但有「萬死不辭」的莫大勇氣，而且有「望即獻妾與彼，妾自有道理」的冷靜和智慧。先許呂布，未及迎娶，又獻於董卓，挑起了董、呂兩人的矛盾。貂蟬對此心領神會，智慧操作，無可挑剔。

平心而論，先是和呂布眉來眼去，秋波傳情，把大將軍弄得失魂落魄，又大秀美豔舞技和美妙歌喉，推杯換盞，將董卓迷得一塌糊塗，這是一項極其艱鉅的任務。

董卓權傾一時，去王允府上赴宴都要帶著武裝部隊，氣焰極其囂張。董卓又老又醜，肥胖如豬，小美人要在他懷裡圓滿完成任務，不但要有一流的演技，而且要有極佳的定力，不能露出厭煩之色。

當董卓、呂布，兩大梟雄對峙時，周旋於這兩個男人之間的貂蟬，一旦有任何一個小小的細節失誤，甚至一個驚慌的眼神，都可能招致殺身之禍。

所幸貂蟬臨危不亂，一會兒在呂布面前扮成早已以心相許卻被董卓霸占的癡情人，一會兒又在董卓面前裝作受呂布調戲的無辜者，從而使得董、呂二人對彼此恨之入骨，終於反目成仇。

司徒妙算托紅裙，不用干戈不用兵。

有司徒王允的編導，貂蟬的出色演技，順利地剷除了朝中一大禍害，圓滿地寫就了一個千百年來為人樂道的歷史傳奇。

那麼，貂蟬終歸何處？元雜劇、野史典籍或民間傳說，各有安排。

說法一，在董卓被誅後，正式成為呂布的小妾。

說法二，呂布殞命後，貂蟬被曹操賞給了劉備，後來被老劉的結拜二弟關羽斬於月下。

說法三，關羽向曹操索討貂蟬做小妾，曹操便送給他了。

說法四，在董卓被誅時，貂蟬化清風而去……

「說法四」這種結局比較合適。

一個介於歷史和文學之間的人物，真真假假，假假真真，哪些是歷史的真實，哪些是渲染和演繹，都是難分難辨。十六歲的小美女，早已幻化成一個歷史的符號。

34

呂布逃出關中後四處流竄，路過陳留時，受到陳留太守張邈殷勤款待。張邈認為呂布是個英雄，兩人一談。

張邈擔任陳留太守已久，又是兗州人，在當地頗有聲望，地位和實力都高過曹操。沒料到曹操卻一步步躍升為兗州牧，反而成了張邈的頂頭上司，這讓一向好做大哥的張邈心理很不平衡。

心理不平衡，就常常表現出來。陳留大族高柔察覺出張邈和曹操間的友情危機，曾欲從中斡旋，但其他友人覺得人家兩人交情如同手足，不可能有什麼變故。

征討董卓時，由於戰略意見不合，張邈曾和袁紹發生衝突。袁紹授意曹操殺害張邈，曹操當面反對。張邈風聞，頗感激曹操，卻也擔心曹操和袁紹的交往，終有一天會給自己帶來不幸。

張邈的疑慮，隨著袁紹推薦曹操為兗州牧，地位在張邈之上而越發嚴重，他擔心「曹操可能會為了討好袁紹而最終殺了自己。

曹操在徐州戰場上的殘酷屠殺，讓兗州各級幹部看到曹操的殘暴，各自疑慮，張邈便趁機煽動，邀請大家共同背叛曹操。

張邈擁有數萬兵馬，陳宮兵也不少。曹操為了北方安全特別交給陳宮一支部隊，駐屯在黃河北岸的東郡地區。如今呂布到來，陳宮便將這支軍隊交給呂布統領，張邈也撥給呂布幾千兵馬。

陳宮在東郡有聲望，他出面推舉呂布為兗州牧。通告一出，張邈立即回應，兗州郡縣守幾乎全部倒向張邈及陳宮。最後，只剩下荀彧、夏侯惇、靳見、程昱鎮守的城池，尚在曹軍的旗幟下。

荀彧號令全軍處於緊急狀態，又親自到各防區視察，對將士們說：「曹將軍馬上就要回兗州了，目前兗州有人陰謀作亂，曹將軍回來定將懲罰。」

荀彧又調動部隊嚴加防禦，說：「我等一定堅守城池，以迎接曹將軍。到時候，所有人論功行賞，絕不漏掉一個！」

荀彧和夏侯惇查明了幾個意欲回應張邈的軍官，果斷誅殺，暫時穩定了緊張局面。

曹操返回兗州，看到大本營的緊急軍情，大吃一驚——為什麼大本營中會發生這樣的變故？為什麼突然有那麼多人回應變故而與自己對立？

確實，不該進行這一場殘忍的屠殺，完全訴之於武力，操之過急了。

將士們一聽說兗州只剩了三個城，連他們的老窩也被奪去了，不由得心灰意冷。曹操分析，呂布既然得了兗州，他就得向南截斷我們的歸路，可他反而駐紮在北邊的濮陽。可見這貨有勇無謀，沒有什麼可怕的。

曹操的目的，是要鼓起大家的士氣，當然說的也是真話。果然，將士們又漸漸振作起來。

曹操星夜趕回北方，很快策劃了一場跟呂布的「西營之戰」。誰知呂布果然不弱，兩下拉鋸不停，曹操未能取勝。最後還是英勇的典韋雙手持戟，殺開呂布軍重圍，救曹操回了大本營。

曹操重賞典韋，拜為都尉。典韋表示，願意隨時豁出性命保衛曹操。曹操有典韋這樣的忠誠之將，十分高興。

曹操沒有攻下呂布占據的濮陽，呂布也沒能把曹操轟走。雙方對峙一百多天，其他豪強一個個坐山觀虎鬥，誰也不去幫哪一邊，誰也不去替他們說和。

呂布的軍隊向巨野調動，和陳宮率領的主力部隊靠近。這個消息被曹操偵知之後，認為機不可失。曹操認為時機已到，應立即採取閃電攻擊，痛擊呂布的部隊，並應趁陳宮主力部隊抵達之前，快速了結戰爭。

呂布一心向巨野趕路，並無作戰的準備。正行進間，忽聞一陣嘩鬧，大批曹軍突然從左右兩側湧出，夾擊過來。

部隊快速行進，最怕受到奇襲。不到半個時辰，呂軍就被衝擊得七零八落。許多將士來不及擺好戰陣，就被擊殺了。一時間，傷亡不知有多少，鼠竄奔逃的，更不知有多少。

呂布看見曹操，一時之間也嚇傻了。幸好他有一匹赤兔馬，要逃命還是可能的。向來不負責任的他，也不管部隊死活，只管走為上策，趕緊潛逃。

曹操見呂布落荒而逃，也不追趕，只是笑笑而已。

很快地，曹軍攻占了巨野。曹操決定和呂布、張邈一決生死。

陳宮和呂布再度整軍，攻到巨野附近，不見曹操主力。

陳宮勒馬凝視，想到「空城計」三個字。曹操眼下沒有其他戰場，那麼他去哪兒了呢？看看天色已晚，不敢輕易冒險，乃命退軍。

其實曹操沒料到敵人來得如此快，自己也是僅有少數後勤部隊，別說會戰，連陣地都無法固守。

這時，曹操不免後悔自己考慮問題太欠周全。倉促間，忽然想起了「空城計」——既然手邊無人，只能採取此計。於是，下令收起戰旗，由婦女把守營寨，自己率一千不到的後勤部隊，候於營外暗處。

陳宮和呂布果然退走了。

話說曹操和呂布、陳宮在兗州展開拉鋸戰的時候，徐州牧陶謙病重逝世。臨終之際，他安排心腹——富家子弟糜竺和下邳人陳登，接劉備來繼任。於是，劉備就撿了個漏兒。

曹操氣得臉都青了，說：「劉備不勞一兵，坐得徐州，天下哪兒有這麼便宜的事？陶謙是我的仇人，死了也得報仇。我先去滅了劉備，回頭再來收拾呂布。」

謀士荀彧攔住了曹操，說：「主公何必著急！現在麥子熟了，正該讓軍士出去收割，以備軍糧。兵精糧足，則可勝呂布。滅了呂布，再聯絡揚州人士，征討袁術。得到淮、泗，不愁徐州不下。如果現在就打徐州，兗州怎麼辦？弄不好，失了兗州，又得不到徐州，豈不是兩頭空？」

曹操經荀彧這麼一說，才忍住了這口氣。

在這期間，有于禁、呂虔、滿寵、毛玠等人來投奔曹操。

于禁，字文則，曾是鮑信部下，曹操以其為軍司馬。

呂虔，字文恪，有膽略，曹操以其為從事。

滿寵，字伯寧，十八歲為郡督郵，後代理高平縣令，曹操以其為從事。

毛玠，字孝先，年輕時做過縣吏，以清廉公道著稱，曹操以其為治中從事。

35

謀士毛玠對天下大勢有自己的一套想法。他分析當下態勢，認為天下分裂，天子流徙，人民放棄本業，因災荒而逃亡他鄉，國家連一年的儲備糧食都沒有，百姓失掉了安居樂業的念頭，這樣的局面難以持久。

袁紹和劉表雖然擁有眾多百姓，以及強大的軍隊，但他們都沒有遠大謀劃，也沒有什麼長遠的眼光和事業心。

亂世時期，拼的是力量，要想打仗取勝，保持地位，憑藉的是氣勢。

毛玠建議曹操不失時機，「奉天子以令不臣」，以天子的名義號令那些不履行臣子義務的地方諸侯，誰不服從就收拾誰。另外還應致力「修耕植，畜軍資」，也就是發展農業生產，積儲軍用物資。

有了天子的名義，有了雄厚的財力，氣勢強了，就可以成就霸業與王道。

曹操非常認可毛玠的想法，恭敬地表示採納，隨即提升毛玠為幕府功曹——高級參謀。

這個時候，惡貫滿盈的董卓已被司徒王允設美人計殺死，但董卓部將李傕、郭汜趁機起兵作亂，將王允也殺了。

未幾，李傕與郭汜內訌，雙雙斃命，漢獻帝被李傕部將楊奉劫出，護送回已經殘破不堪的洛陽，位歸「正殿」了。

曹操決定帶兵親往洛陽，拯救天子劉協。這時是建安元年（西元一九六年）。

這一個夏天，洛陽廢墟上青草森森，野兔竄躍，生機盎然。軍閥楊奉等人護送漢獻帝劉協回到斷牆尚存的南宮，並把握緊時間，修好了幾座殿堂，然後四處清掃，分別安置。

劉協回歸洛陽，驚悚甫定，百感交集，不過總體上覺得安生不少。對國家來說，漢獻帝雖然沒用，但他畢竟還是最高權力的象徵。誰把他搶到手，誰就有政治上發號施令的主動權。譬如楊奉等人，官職就加封了。故而不少人開始動腦筋，動干戈。

在劉協身邊的人，沾著光，不願拋棄他；離他較遠的人，也在想辦法把他弄到手。

袁紹手下有個謀士，叫沮授，就向袁紹獻計：「趁在冀州站穩了腳跟，去迎接獻帝，把他遷到鄴城來。」鄴城也屬於中原北部重地，如此便能挾天子以令諸侯。

袁紹覺得沮授的話有道理，想比照辦理，他的另一個謀士郭圖卻大力反對。郭圖說：「當今天下，英雄並起，各據州郡，聚集徒眾，都想爭奪國柄。正是所謂『秦失其鹿，先得者王』。如果我們把獻帝迎到身邊，一舉一動少不得向他請示。聽從他，我們的主意難以實行；違背他，則又是抗拒君命。所以不妥。」

袁紹聽了郭圖的話，覺得也有道理，又開始猶疑不決。

沮授堅持自己的觀點，說：「先把獻帝迎來再說。現在迎他，既合道義，又合時宜。如不早定大計，採取行動，只怕有人搶先了。」

郭圖堅決反對迎漢獻帝，主張自起爐灶。

袁紹做不出決斷，只好把這件大事擱在一邊。

結果，正如沮授所料，有人熱心於現成的皇帝——曹操搶先動手了。

由於遍地軍閥，曹操的勤王行動並不輕鬆。

曹操先是遭到袁術部將萇奴的阻擊，又受到汝南、潁川兩郡何儀、劉辟、黃邵、何曼等黃巾軍餘部的威脅。

何儀、劉辟、黃邵、何曼等，各有數萬兵馬，追隨的是袁術或孫堅。

曹操對他們展開攻擊，最後殺死黃邵，收降劉辟、何儀，占據了要地許縣[17]，控制了豫州東南。

曹操分析了局勢，打算勸說獻帝離開故都洛陽，住進他的地盤許縣，由他負責朝廷的飲食起居。他召開會議，請大家就此事發表意見。

不少人認為，現在立足未穩，關東地區尚未平定，楊奉、韓暹、張楊等聯合在一起，很難制伏。要想從這些人手中請出獻帝，不如暫緩一緩，集中力量，先把根據地建設好。

謀士荀彧不同意這種保守之策，他堅決支持曹操的想法，舉出歷史上的例子來說服眾人——「從前晉文公發兵把周襄王護送到京師，諸侯回應，終成霸業；漢高祖為義帝戴孝發喪，天下人都傾心於他。現在皇帝西徙東流，居無定所，人們心繫王室，擔心社稷命運，這時迎奉天子，正符合天下人的願望。」

荀彧說：「迎奉皇帝，正是忠於帝室，以此行動來鎮服四方雄傑，最具說服力，必能招引更多英才歸附。楊奉等人，不足為慮。」

荀彧勸曹操當機立斷，及早行動。

曹操聽了荀彧的發言，很是高興，說：「有道理，有道理。」遂當場決定迎漢獻帝劉協。

---

17 現在的河南省許昌縣東部一帶。

劉協在洛陽又把朝廷健全了一番，封了些官僚。車騎將軍楊奉，兵馬強壯，劉協讓他率軍鎮守梁縣[18]；大司馬張楊駐守野王[19]；留守洛陽的是董承與韓暹。

楊奉、張楊、董承、韓暹諸人，表面上是個聯合體，實際上鉤心鬥角，矛盾重重。

曹操寫了封信，通過在朝廷任議郎的舊好董昭轉交給楊奉，願與他合作，共輔王室。

曹操在信中說：「操仰慕將軍義氣，願與將軍推心置腹。將軍護衛天子，歷盡千難萬險，終於回到故都洛陽，輔佐之功，舉世無匹。如今群雄逐鹿中原，四海顛簸不寧，國家安定不是某人的力量所能實現，需要群賢鼎力，精誠合作。將軍可在朝內為主，我願在外為援。將軍有兵，我有糧食，正好有無相通，互相補充。如能生死與共，大事可成。」

其時楊奉的糧食確實很緊張，見到曹操的信，喜出望外。

楊奉對手下說：「曹操有兵有糧，又據守許縣，離我們很近，應該依靠他。」

楊奉便立即帶領諸將一同上表，請漢獻帝拜曹操為建德將軍，沒幾天又升為鎮東將軍。曹父原係費亭侯，把這個爵位也翻找出來，讓曹操襲領。

曹操覺得朝廷一下子給的官爵太多了，先後推辭，上書讓封，上書讓費亭侯。漢獻帝聽楊奉等大臣的，不准謙讓，曹操這才上《謝襲費亭侯表》，表示接受。

韓暹和張楊自恃輔助漢獻帝回歸洛陽有功，在重建洛陽的多項工程中，專權跋扈，恣意胡為。董

18 現在的洛陽市汝陽縣以東。
19 現在的沁陽市。

承十分不滿，又無力對付，便於暗中請漢獻帝密詔曹操進京。

曹操接到詔書，十分高興，率領軍隊，火速進入洛陽，朝見漢獻帝。

36

漢獻帝接見了曹操，君臣就當前局勢進行了廣泛深入的交談。其後曹操上表，請治韓暹、張楊的罪。二人自料不妙，趕忙逃出洛陽。

漢獻帝命曹操錄尚書事，兼司隸校尉，還授予他尚方節鉞。

錄尚書事，即總領尚書臺及各部委之業務，總管朝政；司隸校尉，是公安部部長，監察百官，維護朝廷和京師地區治安；節鉞更是要緊，代表曹操有了節制統領內外諸軍的權力。

組織權、治安權、軍權，東漢朝廷的三項大權歸於曹操一人，意味著曹操的事業又邁向了另一個巔峰。

曹操開始行使權力。為了樹立權威，他一方面將橫行不法的尚書馮碩、議郎侯祈、侍中壺崇除掉，以儆效尤；一方面封衛將軍董承、輔國將軍伏完等十餘人為列侯，設法建立支持自己的人馬。

當然，甫得重權的曹操也知道要鞏固權力，要做到像毛玠所說「奉天子以令不臣」，還要付出更大的氣力。

「現在我已經在洛陽了，你看我應該怎樣做？」曹操問計於董昭。

董昭認為，曹操興義兵，誅暴亂，適時入朝，輔佐王室，乃五霸之功。朝中將領，各懷異志，未必都能服從。因此，留在洛陽，必有許多不便。所以董昭建議曹操，將天子遷到許地，便於匡輔朝政。

「不過，朝廷這些年已經折騰得夠嗆了，再移動，恐怕會造成麻煩。希望將軍權衡利弊，慎取對策。」

曹操說：「移於許縣，此計甚好，但恐楊奉有所阻撓，造成行事不便。」

董昭說：「楊奉勢孤少援，願意同將軍合作。將軍升遷封侯，是楊奉起的作用，應該儘快派遣使者，厚厚答謝，把他穩住。」

董昭還建議，不要對楊奉說「遷移許縣」，只要說「洛陽殘破，人口稀少，糧食匱乏，短期尚難恢復元氣，所以想暫時把獻帝接到糧食供應沒有困難的許縣。」就好。

楊奉為人勇而無謀，聽曹操這樣一說，果然表示同意。曹操便把漢獻帝劉協轉移到了許縣。漢獻帝覺得新地方，應該有個新開端，便改年號為建安，同時加封曹操為大將軍、武平侯。這時楊奉方才發覺中計，起兵想搶回獻帝，結果被曹操打敗。楊奉手下將領徐晃也投降了曹操，楊奉只好率敗兵投奔袁術。

聽聞曹操把漢獻帝弄到手的消息，袁紹非常後悔，他擺出盟主的架勢，要求曹操將漢獻帝遷到鄄城。

袁紹打的主意是，鄄城離袁紹的老窩冀州比較近，控制漢獻帝比較便利。他心想，鄄城是曹操的地盤，曹操肯定會答應，可惜他低估了曹操的智商。

曹操不但拒絕了袁紹，而且還請漢獻帝發詔責備袁紹：「你地大兵多，卻未出師勤王。獨居一隅也罷，你還閒不住，老同別人互相攻伐。差勁啊，你！」

袁紹無奈，只得上書表白一番，澄清自己。

曹操見袁紹服軟，便又以漢獻帝的名義任袁紹為太尉，封鄴侯。太尉雖是「三公」之一，卻位於大將軍之下。

袁紹見自己地位遜於曹操，大發脾氣道：「他幾次失敗，都是我救了他，現在竟然挾天子命令我來了！」袁紹發了火，拒不接受任命。

曹操一看形勢，感覺讓步最好，便把大將軍的頭銜讓給了袁紹，自己任大司空，代理車騎將軍，以緩和同袁紹的緊張關係。車騎將軍的地位雖然次於大將軍和驃騎將軍，比袁紹職位低，但曹操手裡有個劉協，仍然等於總攬朝政。所幸這著棋，把袁紹給穩住了。

曹操抓緊時機，提升和安排官員，當然提升的都是自己的人。

曹操升荀彧為侍中、尚書令，負責朝中具體事務；升滿寵為許都令、董昭為洛陽令，控制新舊都城。升程昱為尚書，又讓他做濟陰太守，都督兗州事務，鞏固這一最早的根據地。此外還分別升夏侯惇、夏侯淵、曹洪、曹仁、樂進、李典、呂虔、于禁、徐晃、典韋等為將軍、中郎將、校尉、都尉等，控制軍隊。

漢獻帝覺得曹操表現得真好，把散失的中央集權一步步地找了回來。這時曹操提出建議，要求號令諸侯，或擬出詔書的事項，都交由他來簽發。這些要求，漢獻帝都同意了。

東漢末年，長期戰亂，死傷及琉璃人口為數眾多，荒廢農地問題嚴重，以洛陽為中心的中原地區，糧食尤為缺乏，已經到了曹操必須為軍隊糧食操心的時刻了。

37

毛玠曾經建議曹操，「修耕植以蓄軍資」。確實，任何軍隊，任何政權，都必須時時刻刻慎重解決糧食問題。

曹操自從陳留起兵，就經常為軍隊給養所困擾。當年討董卓失敗，到揚州募兵的回程路上，由於伙食差，導致新兵叛逃的事件，給了他很大的教訓。

不只曹操陣營，其他武裝集團也有缺糧問題。袁紹的冀州，素稱富足，軍隊有時也餓肚子；袁術駐軍壽春，經常依賴水中的貝類充饑。有的軍閥因缺乏糧食，不戰自敗，起哄不多久，就散了。

軍糧是最現實的問題，曹操知道，如果無法讓將士們吃飽吃好，勢必難以吃掉對手，最終會在群雄角逐中敗下陣來。

歷史的經驗說明，強兵足食，是建政立國的基礎。問題是，戰爭已使人口快速減少，生產力已遭到嚴重破壞，「修耕植以蓄軍資」說起來容易，做起來，到底該從何下手呢？

曹操召開會議，要大家權衡利弊，就此發表不同意見。

武將們乾脆，說：「出兵打仗，擴大地盤，地盤大了，糧食不就有了嗎？」

夏侯惇的部將韓浩坐在曹操身邊，曹操問他：「你看如何解決好？」

韓浩回答說：「當急田。」意思是抓緊時間開荒種地。

曹操說：「武將也有主張種地的！應當趕快開荒種地，高明。」他進一步鼓勵大家獻計獻策，「我希望大家進一步開動腦筋。『修耕植』、『當急田』，這些方針都不錯，但必須擬定具體執行方式。」

羽林監棗祗提出開辦國有農場的議案：「解決軍糧這一急迫問題，鄙以為，最可行而最有效者，莫過於屯田。戰爭造成大量土地荒蕪，也失去了主人。劃定連片田畝，建起國有農場，由政府組織耕作，軍隊適當參與，數月即可見效，堅持下去，必有大成。」

棗祗的屯田建議提出來後，大家覺得有理，經過討論，做出「實行屯田確保糧食供應」的決議。曹操說：「安定國家之計，在於強兵足食。秦國掌政者優先發展農業，兼併了六國，統一了天下；漢武帝推行屯田，糧穀充足，平定了西域，鞏固了西北邊防。先人做出了良好榜樣，值得我們效法。」

曹操發布了屯田令，任命棗祗為屯田都尉，任峻為典農中郎將，負責部署實施屯田事宜。

屯田生產，由政府直接經營管理，必須具備兩個要素：一是國家直接控制的土地，二是可以利用的勞動力。土地是有的。連年戰亂，農民死亡流散，大量土地無人耕種，都算公家的了。在勞動力方面，曹操在戰爭中先後控制兗、豫二州，在鎮壓招撫青州、潁川和汝南的黃巾軍時，獲得了許多兵力，以及其家眷，這些都是有經驗的勞動力，有些人擁有耕牛、農具，重新組織起來，就是大農場了。有了這些國有農場，再招募流離失所的流亡農民為勞動力，基本要素便湊齊了。

棗祗、任峻受命在國有土地上劃出了農場的地界，將勞動力以軍事組織形式加以編制，立即展開了轟轟烈烈的大生產運動。

屯田組織，即官辦農場，不屬於郡縣，它自成系統，由大司農及農業部全權管理。典農中郎將，官職相當於郡太守，直接隸屬於中央的農業部，對部長負責。屯田都尉，或稱典農都尉，官職相當於縣長，對農業部的局司負責。

屯田的基層組織稱為「屯」，由屯田司馬管理。時至今日，還有很多稱為「屯」的地名，應當是屯田之舉的歷史影子。官辦屯田區的生產者，稱屯田民或屯田客，是辛勤稼穡的佃客。

如何對佃客收租？開始時意見分歧。

不少人主張採用「計牛輸穀」的辦法，按使用耕牛的多少，向政府交納定額租賦。曹操也同意了。棗祗經過仔細思考，覺得「計牛輸穀」這個定額收租的辦法，未考慮收成好壞，不盡合理。按「計牛輸穀」的辦法，收成好的年份，國家只能按規定的定額收租，增加不了收入；而收成壞的年份，農民負擔得不到減免。

於是，棗祗向曹操講明情況，建議採用「分田之術」，即「比例之法」，根據每年的實際收成，按一定的比例交納租穀，豐收時多交，歉收時少交。

棗祗建議，屯田客用官牛耕種的，將收成的百分之六十交給國家，自己得百分之四十；用自己的牛耕種的，收成各得百分之五十。

曹操針對這個問題，再次主持會議討論。

軍祭酒侯聲說：「按租用官牛的頭數收租，對屯田客有好處；按棗祗的辦法收租，對官家有好處。」

曹操便同意了棗祗的分成收租辦法。

其實棗祗的「比例之法」，負擔並不輕，但對屯田客來說，不必負擔兵役和徭役，在戰亂未平的年月，還是比較合算的。

屯田制推行後，很有成效。第一年，就取得了「得穀百萬斛」的好收成。曹操非常高興，下令擴大屯田，四五年的時間，就使糧食產量大增，裝滿了倉廩。這種由屯田民進行生產交租的屯田模式被稱為「民屯」。

曹操統治範圍不斷擴大，屯田地區也隨之擴張。民屯的主要地區有潁川、安豐、弘農、沛國、東海、淮南、廬江、扶風、上黨等郡。

除民屯外，曹操又建立了軍屯。軍屯就是由士兵參加生產，展開戰時作戰、平時務農的部隊大生產運動。儘管有軍屯，但戰爭太頻繁，曹操的屯田還是以民屯為主，實施的中心區域在中原。民屯制的推行，將勞動力與土地結合起來，使許多貧困農民和流民重歸土地，解決了他們的生計問題，有力地支援了兼併戰爭。

首倡推行屯田的功臣棗祗，不幸早逝。曹操曾多次撰文、口頭表彰棗祗，並為其子加以封爵。對推行屯田有功的典農中郎將任峻，曹操也極為看重，上表封其為都亭侯，食邑三百戶，並以其為長水校尉，成為京師禁軍將領之一。後來任峻去世，曹操痛惜不已，立即讓其子任先繼承了爵位。

隨著社會條件的變化，屯田客越來越不滿意集中生活，想做自耕農，時而發生逃亡事件。有關部門用強制辦法來補充屯田的勞動力，卻持續遭到反抗。

都尉袁渙勸曹操說：「百姓安土重遷，不能一下子加以改變。應該順其心意，招募樂意加入的人，不願意參與的，不要強制。」

曹操接受了袁渙的建議，不許屯田都尉和屯田司馬強徵人力，情況才好轉了些。

第6章

蓄人才定東南

38

漢獻帝劉協的朝廷，實際上是被曹操全面操縱著。既然是全面性操作，曹操想搞得有聲有色。糧食需求問題解決了，現在還需要人才，就大力招賢吧！

曹操在推行屯田的同時，要求官員積極推薦各方面的智謀之士。荀彧是曹操信任的官員，熱烈響應曹操的偉大號召，搜羅和舉薦人才。

荀彧先向曹操介紹了潁川人戲志才。

戲志才上任了沒幾天，就不幸病死。曹操難過得不行，寫信給荀彧說：「戲志才死後，幾乎就沒有可以與我計議大事的人了。您看誰可以接戲志才的班呢？」

荀彧見信後，向曹操推薦了潁川陽翟[20]人郭嘉。

郭嘉，字奉孝，少有大志，及長，尤有謀略和遠見。

郭嘉曾經投奔袁紹。袁紹當時有實力和聲望，對郭嘉很敬重，並給以禮遇。郭嘉與袁紹相處數十日之後，便有了自己的看法。

郭嘉對謀士辛評說：「袁公雖想禮賢下士，卻不知道用人之道。他好用謀略，卻做不出恰當的決斷。要想同他一起打天下，成就霸王之業，是非常困難的。我將另行擇主，不知你如何打算？」

---

20 現在的河南省禹州縣。

辛評不以為然，回答說：「袁先生有恩德於天下，人們都來歸附，況且他勢力強盛，別處有比這裡更合適的嗎？」

郭嘉不說了，拾掇拾掇行李，獨自離開了袁紹。

經荀彧推薦，曹操召見郭嘉，同他討論天下大事，談得很是投機。

曹操深感郭嘉見解深入，非常高興地對別人說：「助我成就大事業的，必定是這個人啦！」

郭嘉也高興地感歎：「明智的人，一定要審慎地選擇明主，方能有所作為，建立功名。曹公是我的明主啊！」

曹操安排郭嘉擔任了司空祭酒，留在自己身邊，參謀軍政大事。

接著，曹操又會見荀彧，說：「很多時候，需要眾多謀士開會討論啊！誰能像您和奉孝一樣，加入咱們的謀士團隊呢？」

荀彧說：「有人。」遂向曹操推薦了鐘繇和荀攸。

鐘繇，字元常，祖父是個知識淵博的學者，門生千人。其父曾為郡主簿，因黨錮之禍，塞了仕途。鐘繇曾任尚書郎和陽陵令。

曹操聽從荀彧的薦舉，任命鐘繇為侍中、尚書僕射，作為尚書令的副手，參與掌管朝廷中樞大政。

荀攸是荀彧的侄子，字公達，可他年紀比荀彧大。何進掌權時，荀攸做過黃門侍郎。董卓亂朝時，他參與過刺殺董卓，事情敗露入獄。董卓被殺後，荀攸獲釋，棄官居閒歸家。後被任為蜀郡太守，因道路不通，暫居荊州。

荀彧薦荀攸後，曹操給荀攸寫信說：「方今天下大亂，正是智謀之士發揮作用的時候，您卻滯留在荊州，觀望時變。耽擱時間太長，於己於國都是損失啊！」

荀攸回信，表示願為曹操效勞。曹操便任其為汝南太守，沒多久遷升為尚書，進了朝廷機關，很快又升為軍師。

曹操多次同荀攸談論時政，認定荀攸是智謀之士，非常高興地對荀彧說：「公達是非凡之人，我能夠跟他一起計議軍國大事，天下還有什麼可憂慮的呢？」

除了請人推薦，曹操也自己徵召，杜襲、趙儼等人並來投奔。

杜襲，字子緒，出身名士之家。曹操任命他為西鄂縣長，治理今天河南南陽北部一帶。

趙儼，字伯然，認為曹操有治世才能，順應時勢，必能安濟天下，遂投曹操。曹操以其為朗陵縣長，治理今天的河南確山縣南部一帶。

河內郡溫縣人司馬朗，字伯達，與其弟司馬懿都是有才智之人，曹操召其為司空掾屬。掾屬，副手也。

江夏郡平春人李通，字文達，生性武勇，投歸曹操，被任命為振威中郎將，率兵駐守汝南西界。

在曹操徵召和前來投歸的人才中，也有的造成一些麻煩，主要是孔融和禰衡之流。

孔融，字文舉，小時候很聰明，得到過李膺的誇獎。董卓擅權時，出任北海相，參與鎮壓黃巾軍，被擊敗。後任青州刺史，又被袁紹的兒子袁譚擊敗，丟了城池。曹操讓孔融專管基建。

孔融自視智能超群，以安邦定國為己任，但華而不實，所論雖引經據典，卻脫離實際，沒辦成什麼正經事情。

禰衡，字正平，非常狂妄。曹操身邊可謂人才濟濟，然而禰衡誰也看不上，以胡亂挖苦為能事。

禰衡多少有點看得起的，是孔融和另一個叫楊修的人，但也很不尊重他倆，稱孔融為「大兒子」，稱楊修為「小兒子」。

禰衡是孔融向曹操推薦的。孔融說：「禰衡文才，十倍於我。」

曹操覺得孔融誇張。普天之下，有文才的人我還不知道嗎？沒有聽說過禰衡的大名。莫非是一名出世既久、造詣宏深的隱士不成？

但他還是派人去請禰衡。

禰衡倒也爽快，一請就到。

施禮完畢，曹操有意不叫禰衡落座。禰衡仰天長歎說：「聽說丞相這裡人才濟濟，我到了這裡，怎麼看不見一個人呢？」

曹操說：「我手下英雄薈萃，怎麼會沒有人呢？」

禰衡說：「請丞相列數尊姓大名。」

曹操於是一一列舉手下文官武將的姓名及才幹特點。

荀彧、荀攸、郭嘉、程昱，智謀卓越。張遼、許褚、李典、樂進，勇猛過人。呂虔、滿寵為從事，于禁、徐晃為先鋒，夏侯惇天下奇才，曹子孝世間猛將。

誰知禰衡半睜著眼睛，一副似聽非聽、似睡非睡、沒精打采的神態。

曹操耐著性子看禰衡的表現。

禰衡聽罷曹操介紹，好半天才睜開眼睛，嘴角往兩側一撇，目空一切地說：「曹公居然把這類人當作寶貝啊！依我看，荀彧只適合幹問疾弔喪，荀攸只配看墳守墓，程昱可以做保安守大門，郭嘉勉強可以鼓琴作賦，張遼擂鼓力氣蠻大，許褚可以去放牛羊，徐晃適合殺豬屠狗。」

曹操問：「你有什麼才能？」

禰衡說：「天文地理，無一不通；三教九流，無所不曉。上可以輔佐炎黃堯舜，下可與孔子顏淵比賢。」

當時張遼在曹操身邊，實在看不慣禰衡狂妄的德行，拔劍想要上去砍了他，被曹操揮手制止了。

曹操說：「如此看來，我還真得重用你。怎奈眼下文武百官各司其職，只差一名鼓吏，你可以充任。」

「好的。」禰衡也不推辭，應聲而去。

禰衡出去以後，張遼怒氣未消，曹操耐心地勸其平息。

過了一陣子，曹操大宴賓客，讓鼓隊擊鼓助興。

樂官說：「如此喜慶祥和的氣氛，擊鼓的人應穿上新衣服。」禰衡卻故意穿著舊衣服走進樂池。

曹操說：「從前齊宣王喜歡聽笛子獨奏，我今天想聽禰衡獨自擊鼓，請奏《漁陽三鼓》。」

曹操通曉五音，而《漁陽三鼓》是鼓樂中的精品，難度高，一般鼓手難於擊打。

禰衡擊打《漁陽三鼓》，時而激越亢奮，如金戈鐵馬；時而低緩深沉，如幽咽冰泉；時而歡暢明快，如鳥鳴春澗；時而哀怨傷感，如生離死別。

禰衡打得興起，將身上的舊衣服一件件剝下，又將褲子一條條褪下，全身裸露。

座中賓客見了，皆掩面驚叫。

曹操喝斥道：「大庭廣眾，為何一絲不掛，辱沒斯文！」

禰衡從容地答道：「身體髮膚，受之父母。我禰衡清白之身，為何要遮遮掩掩？欺君罔上才叫無禮，我不過是展露清白而已。」

「你很清白，誰污濁呢？」

「不識賢愚，是眼濁；不讀詩書，是口濁；不納忠言，是耳濁；不通古今，是身濁；不容諸侯，是腹濁；你陰謀篡位，是心濁！」他接著說：「我禰衡天下名士，卻辱沒我當個樂官。你不是想稱霸天下嗎？你怎麼如此對待我呢？」

孔融生怕曹操一怒之下殺了禰衡，連忙上前說：「此人生性狂放，在草野待久了，不諳世故。」

曹操沉默一陣，說：「這樣吧，讓你出使荊州，若能勸降劉表，即封為公卿。」

禰衡說：「這還差不多。不過，我要用丞相的坐騎，讓兩個美女送我一道去。」

曹操問：「做外交官，為何提出這個要求？」

禰衡說：「騎上丞相的坐騎，一介寒士，突變高貴，表明主公待人有水準。我乃天下聞名的才子，配上兩個佳人，不說明我們許都人才輩出，占盡了國色天香嗎？」

曹操說：「好吧，依你了。」

禰衡到了荊州，劉表見其矮小醜陋，譏諷道：「許都無人。」

禰衡譏道：「人說劉將軍是豪傑，依我看不過個子高大點而已。荊州土地貧瘠，將軍若屍陳稻田，一定會換得來年的豐收。」

劉表聽了非常惱火，但回頭一想，「禰衡曾侮辱曹操，連曹操都沒有殺他，莫非是想藉我之手殺他不成？我可不想落個殺名士之罪名。」於是，劉表讓禰衡去江夏見黃祖。

禰衡便依令見黃祖，兩人飲酒至深夜。

黃祖問禰衡：「聽說許都人才濟濟，跟我相比如何？」

禰衡說：「孔融文采斐然，曹操馬背賦詩，我禰衡兩片嘴唇可以吐納人世風雲，而你不過一抔黃土、一尊木偶而已。」

醉醺醺的黃祖，聽了禰衡的話，怒不可遏，喝令手下將禰衡殺了。

曹操聽說禰衡被黃祖殺了，平靜地說：「這是我預料中的事。」

由於曹操有膽有識，知人善任，眾多文武人才都來輔佐，使得他的各方面政策得以順利實施。特別是由荀彧、郭嘉、程昱、荀攸等人組成的骨幹謀士智囊團，對曹操勢力的成長起了「肥」與「水」的作用。在政治上，挾天子令諸侯；在經濟上，興屯田蓄軍資；在人事上，納賢才敬智囊。曹操在多方面均勝人一籌，因而成了日後兼併戰爭中的勝利者。

39

再來看各地軍閥對中原政權的影響。

北邊是冀州袁紹，東南是淮揚袁術，東邊是徐州呂布，南邊是南陽張繡、荊州劉表，西北是馬騰、韓遂。諸軍閥中，袁紹勢力最強，馬騰、韓遂太遠，幾乎不構成威脅。曹操分析局勢之後，定下了北和袁紹，由近及遠，先弱後強，各個擊破的戰略大計。

西元一九七年，也就是曹操挾持漢獻帝劉協的第二年，亦即建安二年，正月，親率大軍收拾張繡。

董卓被殺後，張繡跟隨其叔父張濟在李傕、郭汜手下幹事，張濟為驃騎將軍、平陽侯，張繡為建忠將軍、宣威侯。有一年冬天，張濟在戰場上死於流矢，張繡接收了張濟的部隊，占據南陽，屯駐宛城。

張繡有個謀士，叫賈詡。老賈年長，張繡拿他當父輩看待，言聽計從。

賈詡曾想讓張繡依附劉表，自告奮勇到襄陽去見劉表商談，但接觸劉表之後，有些心灰意冷，回來對張繡說：「算了，放棄。」

賈詡說，在天下太平時，劉表具有做「三公」的才能；在天下大亂時，他就看不清形勢，而且多疑不決，缺乏主見，成不了大事。

此後張繡在南陽地區招兵買馬，訓練軍隊，勢力日漸強大。這番舉動自然引起了曹操的注意，於是引領大軍來征。

曹操來了，張繡迎戰，戰況不利。賈詡分析之後，勸張繡投降。

賈詡先見曹操，曹操熱情接待賈詡，當即表示願意接受張繡投降。於是，賈詡偕同張繡一同來見曹操。曹操當即設宴款待，邊飲酒邊討論合作事宜。

曹操頻頻舉杯，對張繡和賈詡十分尊重，令張繡和賈詡十分感動。

曹操這時可真高興啊！不費一兵一卒，就獲得豫州大部分領土。「不戰而屈人之兵」，是兵法的最高成就啊！也許是得意忘形，曹操放鬆了警惕，貪戀起美色。

張濟雖然死了，其妻子小鄒氏還在。小鄒氏是羌族美女，模樣姣好，沒有人看了不動心。

小鄒氏對男女之事，遠不如漢人嚴謹，這位年輕貌美的寡婦不甘寂寞，在宛城的交際圈裡非常活躍，到處寬衣解帶。

曹操聞知此訊，又見到小鄒氏那動人心魄的嬌媚，加之處在於興頭上，便立刻情不自禁了。他差人引來小鄒氏，一見那嬌豔的樣子，就心旌搖盪不止。隨即揮退左右，直截了當地要小鄒氏留宿。

小鄒氏呢，臉頰泛紅，媚眼相向，腰肢柔軟，狀若不支，曹操不由自主地張臂去擁了她。喜好風情的小鄒氏，不對這位英雄表示拒絕，這其中，也許一半是畏懼，另一半則是愛慕了。

曹操熱愛美女，曹操軍團的將領不足為怪，但張繡無法忍受。

不管怎麼說，小鄒氏是張濟的妻子，算張繡的小嬸娘了，曹操淫了她，於張繡算是奇恥大辱。再則，張繡一向嚴肅謹慎，十分討厭在軍中有如此作風。

恰在此時，張繡得知手下將領胡車兒，接受了曹操差人相送的許多金錢，懷疑胡車兒要幫助曹操殺害自己，便與賈詡計議，準備背叛，而且要先發制人。

賈詡聽了張繡的意見，也有同感，便建議張繡趁當天宛城交接尚未完成，曹操大軍全在城外之時，發動奇襲，一鼓作氣消滅曹操。如此一來，或許還可以趁勢控制豫州，並有機會向兗州發展。

張繡採納了賈詡建議，向曹操謊報說新降的軍隊有人不服，時常有人逃亡，必須重新整編，以免發生異變。

曹操並不懷疑，便應張繡之求，派侍衛長典韋去協助整編。有了典韋參與，曹操軍團將領自然不會特別注意張繡軍的調動。

整編調動結束的當天，張繡設宴款待典韋。

張繡熱情勸酒，典韋喝得酩酊大醉，醉到連扶都扶不起來。

至於曹操陣營內，氣氛歡樂，毫無戒心。曹操本人，則和小鄒氏在帳中飲酒唱歌。曹操即興賦詞，一曲又一曲地吟唱不止。

時近二更，營帳外忽然喊聲大作，隨即大火四起，燭照天空。曹操大驚失色，立刻判斷是張繡叛變，於是彈跳而起，高聲呼喚侍衛長典韋。

典韋在睡，聽見曹操驚喊，頓時酒醒一半。

聽見喊聲，看見火光，典韋知道情況有變，一翻身爬起來，不及換上盔甲，便急著指揮備馬，讓曹操和小鄒氏先行避難。

緊急中，曹操令各營區部隊向東撤退八十里，到舞陰城集結。舞陰，是現在的河南泌陽縣西北。

曹操的長子曹昂及侄兒曹安民護送曹操離營。

典韋全身赤裸，手持雙戟，率領少數侍衛敢死隊，守住營寨門，浴血抵抗，全力阻擋張繡的襲擊部隊。

曹操一行剛逃出宛城大門，曹操的坐騎就中箭倒地。曹操跌伏到地上，曹昂立即將父親扶起，並將自己的坐騎讓給曹操。

曹昂、曹安民兄弟讓曹操先走，他們組織敢死隊，準備和後面的追兵浴血死戰。

張繡追兵眾多，曹昂及曹安民的敢死隊拼死抵抗，先後全部戰死。

英勇的典韋，揮動他那對八十斤重的雙戟，帶著他的數十名敢死隊員擋在大門口，拼死阻止張繡軍的突襲隊進入大本營。

張繡軍團無法得知曹操的確切消息，影響了追兵的調動。典韋的拼死抵抗，保障了曹操的安全逃脫。但是張繡的軍隊實在太龐大，最後典韋的手下全部戰死。

典韋由於沒穿盔甲，受傷數十處，最後沒有力量使用雙戟，只好以短刀應戰，砍得刀刃都捲曲起來，還又棄刀用雙手抓著兩個敵人應戰。最後典韋終因失血太多，背上又中了一矛，血流滿地而死。

被打怕了的張繡軍仍然不敢上前，直到典韋吐出最後一口氣，他們才壯膽上前砍下典韋的首級。

曹操逃到舞陰城，獲知典韋死訊，痛哭不已。他派人去向張繡交涉，要回典韋的屍體，搭起臨時靈棚進行哭祭，然後派人送回其陳留家鄉安葬。

曹軍在舞陰城集結後，因為損失慘重，曹操已無心再戰，便下令退回許都。

張繡獲得曹操撤退的消息，立刻準備乘勝追擊。

賈詡勸他切莫貿然行事，張繡不聽，仍整隊追趕，結果在舞陰城遭到曹操親率主力軍反擊，被打敗。

但是曹軍並不追趕，繼續撤軍。

張繡敗返宛城，見了賈詡很是慚愧。賈詡卻勸他立刻回師再打。

張繡不解，賈詡表示兵勢有變，再擊必勝。

張繡連忙收拾殘軍再度追趕曹軍，果然獲得大勝，並得到不少兵器及輜重[21]。

張繡不知其中奧妙，詢問賈詡。

賈詡說：「曹操剛敗時，知道戰局嚴重，會自己斷後；一勝之後，以為危機已過，急著撤回，必將斷後大任交給其他將領。這時候，去追擊，自然勝了。」

張繡聽了，十分佩服賈詡的分析。

在曹軍敗逃中，平虜校尉于禁的軍隊沒被打散，且戰且退，追上了曹操。

曹操高興地對于禁說：「這一戰，我們輸得相當淒慘。將軍在混亂中能保持隊伍的整齊，即便是古代名將，也不過如此啊！」

說話間，張繡的地方軍隊追來。曹操立即命令于禁迎戰。

于禁一出馬，就把敵人打跑了，乘勢追擊。

張繡最後依附了荊州劉表。

21 古代軍事用語，指運輸部隊 帶的軍械、糧草、被服等物資。

40

于禁占領了南陽和章陵[22]。

曹操召開戰後總結會，說道：「窩囊！我接受張繡投降，留下他的小孀娘做人質，這個人質不是他的親人，不起作用，以致引起他的反叛，造成這種後果。現在我明白過來了，大家看吧！從今以後我不會再遭到這樣的失敗。」

呵呵，孟德啊，你那是扣押的人質嗎？你若狠一點，把張繡和賈詡做了那女人的陪嫁男僕，則安定和諧，妙不可言矣。

實際上，曹操失敗的真正原因，在於他驕傲輕敵，不在其他。

曹操戰張繡失利，上表封了英雄于禁之後，派武將裴茂征討李傕。

李傕戰敗被殺。郭汜也遭手下人殺害。董卓、李傕、郭汜集團，遂告消失。

為了集中力量在中原一帶用兵，曹操遣司隸校尉鐘繇持節前往督關中諸軍。

鐘繇到達長安後，寫信給馬騰、韓遂，分析利害得失，穩住了西涼地方。

秋收時節，曹操率軍擊敗了侵犯陳地的袁術，又到鄰近的淮、汝一帶視察。

猛將許褚率領一批壯士前來投奔。曹操十分高興，當即任命其為都尉。許褚跟典韋一樣，做了警

22 現在的湖北省棗陽縣東南。

衛團團長。

張繡投效劉表後，漸漸緩過勁來，跟劉表屢屢向北進犯。曹操派曹洪進討，曹洪作戰不利，以致張繡越發狂妄。

十一月間，曹操再次率兵南征張繡。

到了宛城附近，曹操想起上次在這裡陣亡的將士，進行祭奠，痛哭了一番，部下無不感動，紛紛請戰。

曹軍攻下了湖陽。攻城時，許褚率領壯士衝鋒在前，生擒了劉表部將鄧濟。曹操立即火線提拔許褚為校尉。

回軍休整，蓄勢再戰。次年五月，曹操第三次南征張繡。

軍師荀攸勸阻曹操說：「張繡與劉表互相依靠，勢力比較強大。張繡外來，沒有根基，軍需全靠劉表，時日久了，劉表後勤吃力，兩人勢必發生摩擦。不如暫緩進擊，以待其變，或者確認機會成熟後，再次誘降張繡。若逼之太急，他們互相救援，我們反而不易取勝。」

結果曹操急於討伐張繡，沒有採納荀攸的建議，率領著荀攸、郭嘉、曹仁、曹洪、于禁、呂虔、許褚等浩浩蕩蕩出發了。

這個季節，原野一片金黃。若風雨順遂，不久將是小麥大豐收。曹操心中十分欣慰。

由於大軍路過，鄉民不明所以，一個個嚇得四處逃散，田裡見不到一個農民。

漢末以來，戰禍連連，軍紀太壞，為百姓帶來了不少痛苦，一聽說有軍隊到來，無不逃之夭夭。鑒於此，曹操覺得保護百姓的莊稼顯得尤為重要。

因此，他向各軍團下達指令：「吾等奉天子明詔，出兵討伐叛逆，與民除害。方麥熟時，不得已而起兵。大小將校，凡過麥田，但有踐踏者，定將斬首。軍法嚴正，勿得疑慮。」

命令頒布，全軍誰也不敢馬虎。經過麥田，都主動下馬，一手牽馬，一手扶麥，小心翼翼。曹操自己也很小心，拉住轡繩慢慢地走。

正小心翼翼地走著時，冷不防麥田裡，幾隻野雞忽然拍著翅膀，從曹操的坐騎面前飛過。馬匹倏然一驚，躥到了麥田裡，踩壞了大片麥子。

曹操立即招來主簿，問他：「應該怎麼定罪？」

主簿說：「明公一軍之主，況乎野雞驚擾，怎麼能定罪呢？」

曹操說：「我自己下了命令自己破壞，怎麼能叫別人心服？」

曹操說完，便做出一副準備自殺的樣子。謀士郭嘉看出曹操的心意，立刻阻止，並表示說：「古者春秋之義，法不加於尊。丞相統領大軍，怎可置大事於不顧？」

曹操想了很久，面帶嚴肅地說：「既然春秋有法，不加於尊，我姑且暫免死刑，但仍以頭髮代替好了。」

說完，割下一縷頭髮，交給主簿，並傳令各軍營示眾：「丞相踐麥，本當斬首號令，今割髮以代。」全軍悚然，紀律大整，沒有人再敢輕忽軍令。

曹軍這次南征時，張繡駐軍於穰城[23]。張繡向劉表告急，劉表立即發兵救援。

曹操在荀攸建議下，採用慢攻策略，於穰城前面的湍水對岸築城，以長期作戰。

荀攸認為，張繡的軍糧全部仰賴劉表，不符合劉表一向保守的戰略。只要堅持對峙，劉表勢必無

23 現在的河南省鄧州縣。

法忍受張繡軍隊的長期消耗。相反的，如果曹操逼得太急，反而會使劉表基於同盟之誼，加入對抗。

曹操也同意荀攸的說法。但是當他看到張繡耀武揚威，便無法忍受，派許褚率精銳部隊猛攻穰城。

張繡軍受到強大壓力，劉表便率軍前來援救，這使得穰城對岸的曹軍腹背受敵。曹操後悔了，說：

「怪我沒聽正確意見。」

其實曹操想速戰速決，軍隊糧食供應困難也是實際情況。

經過觀察和思考，曹操大膽選擇湍水和湟水匯流處，這些地勢較平緩而且較寬敞的安眾城做為會戰之地。為了誘敵，曹操下令放棄城池，半夜向西北撤軍。

張繡和劉表看到曹操棄城，以為曹軍畏懼，連夜便來追趕。

張繡率軍先渡湍河，擋住曹軍退路，劉表由西南方向施壓曹軍，乍一看，曹軍已被逼入死地。曹操故意拖延撤退速度，讓張繡、劉表聯軍占據渡口。其實他早下令撤走了輜重，並將軍隊埋伏於山腳的另一邊。

天亮後，張繡和劉表發現曹營已空，以為曹操連夜逃走，又看見輜重痕跡，更確信自己的判斷，於是加速追趕曹軍。

張繡、劉表的軍隊才開始追擊，才發現山坡高處出現大量曹軍騎兵，向張、劉聯軍猛攻。張繡、劉表頓感意外，忙將軍隊調整到右側，但右側又出現曹操的大量步兵。

連續的意外攻擊，曹操居高臨下運用他最擅長的步騎混合戰，很快地將張繡及劉表的主力部隊打得大敗，不得不退回穰城。

然而賈詡在穰城部署了堅固的防禦工事，使得曹操無法有效攻城。但張繡、劉表聯軍主力已嚴重受損，也不再有力量向曹軍挑釁了。

張繡、劉表聯軍死守穰城，曹軍一時又拿他們沒轍，如此僵持到七月，曹操下令主力部隊撤回兗州。

這一系列戰役中，曹操三戰兩勝，西南方的局勢得以緩和。南方緩和了，北方的袁紹正在同公孫瓚廝殺，東方的呂布跟袁術剛剛火拼，兩敗俱傷，荀彧建議趁此有利時機進行東征。

曹操聽從荀彧之計，揮戈東征，直指袁術。

袁術見天下大亂，想做皇帝，召集手下人商議說：「今劉氏微弱，海內鼎沸。我家世代為高官，百姓都是知道的。我想應天順民，登基稱帝，不知諸君意下如何？」

這件事關係重大，大家都不願吱聲，只有主簿閻象發言，認為時機不成熟。

袁術心中不高興，問前來投歸的張承：「我以土地之廣，士民之眾，仿效漢高祖當皇帝，不行嗎？」

張承回答道：「這在於德，不在於強。如果僅憑勢大而稱皇帝，是不可能的。」

散會後，袁術給江東的孫策寫信，心想老部下總該支持自己稱帝吧。

不料孫策回信說：「董卓驕奢橫暴，擅自廢立，招致天下痛恨，你怎麼能步他的後塵呢？你家五代都是朝廷名臣，輔佐漢室，享受恩寵，無人能比，理應效忠守節，報答王室，這是天下人所期望的。」

袁術看了回信後，大失所望，氣得生了一場病。病好後，恰值曹操出兵南征張繡之機，自己就趕忙稱帝了。

袁術急不可待地自己當上了皇帝，祭祀天地，分封公卿百官，然而日子並不好過，朋友、同夥都不願承認他。

袁術請老朋友沛相陳珪來輔佐他，陳珪不幹，還回信加以責備。袁術想任命兗州刺史金尚為太尉，金尚堅決不幹，還打算逃跑，袁術一氣之下竟把他殺了。孫策得知袁術稱帝，表示同他斷絕關係。曹操趕緊抓住機會，表舉孫策為討逆將軍，封吳侯。曹操東征之前，袁術與呂布剛打過仗，袁術軍隊死傷慘重。曹操乘勢宣布袁術罪狀，意在一舉剿滅。

袁術自知不敵，倉皇向南逃去，留下部將橋蕤、李豐、梁剛、樂就等人抗拒曹操。曹操領兵進擊，將橋蕤、李豐、梁剛、樂就等人全數斬殺。

袁術退到淮水以南，簡直像一隻喪家之犬。走投無路之際，袁術送信給袁紹，答應將帝號讓給袁紹。袁紹多少念一點手足情，派人招降袁術。袁術於是收拾人馬，從徐州北上青州，準備投歸袁紹。

幾千軍馬北上投歸袁紹，走到下邳[24]，袁術忽然得知劉備已經盤踞徐州城的消息——徐州是北上的必經之路啊，這該如何是好？

袁術正在抓耳撓腮，軍士送來情報，說關羽、張飛、朱靈、路昭共五萬兵馬，由劉備指揮布防於距離徐州城約八十里的關口。

軍士又送來情報，這是一封戰書。

「袁術老賊，擅稱帝號，天理難容，看在袁紹面上，暫且饒你。若從吾胯下爬過，放你投兄。」落款「張翼德」，三字彷彿豹眼圓睜，瞪著敵手。

袁術將之撕成碎片，大罵張飛一個殺豬匠，輕辱大將軍：「我還未到虎落平川之時！」便袁術命

24 現在的江蘇省睢寧縣西北一帶。

紀靈攻打關口。

張飛執丈八蛇矛，大吼一聲，將紀靈殺死。於是袁術做魚死網破的打算，麾軍直衝山口。

劉備分兵三路，自己擋在山口中央，朱靈、路昭布兵於山口左側山頭，關羽、張飛列兵於山口右側。

劉備還在門旗下責罵袁術大逆不道，欺君作亂，大聲喊道：「我等在此為你送葬！」

袁術回罵劉備：「你這編席織屨、朝三暮四的小人，怎敢輕視我！」

袁術指揮大軍衝殺。劉備暫且後退數里，讓左右兩路舉隊殺出。從下午到黃昏，血流成河，屍橫遍野。

在黑夜的掩護之下，袁術退到江亭，清點人馬，只剩下一千多人，糧草又被叛將雷薄、陳蘭搶走。

酷熱難當，糧食差不多光了，只剩下三十斛小麥，也被奪去。

驕奢慣了的袁術終於病倒，口渴至極，要火頭軍送糖水來止渴。

火頭軍說：「只有血水，沒有糖水。」

袁術大聲喊道：「我袁術也是做過皇帝的人，怎麼落到了這個地步啊！」由於一時氣急攻心，喊得太猛，他當場倒地，口吐鮮血，瞪直了眼睛。

袁術吐血而死的第二天，侄兒袁胤護送袁術的靈柩和妻子逃到廬江的隊伍，被徐璆全部殺戮。

徐璆奪了袁術的玉璽，赴曹營中獻於曹操。曹操表封他為高陵太守。

41

呂布自認體力過人，武藝出眾，時人又稱讚「人中有呂布，馬中有赤兔」，因此趾高氣揚，不可一世。

曹操曾與呂布展開拉鋸戰，將呂布打敗過一次。呂布逃向徐州，跟徐州牧劉備結夥。後來由於袁術的離間，呂布掉轉槍頭，向劉備駐守重地下邳發動突襲。

這時劉備的拜把兄弟張飛鎮守下邳。張飛措手不及，大敗逃走。劉備領兵來救，也被呂布打敗。

劉備轉而投歸曹操。曹操以劉備為豫州牧，仍屯原地，對付呂布。

此時，曹操的東征大軍吃掉了袁術，掉頭進攻呂布據守的彭城。

曹操軍隊攻勢淩厲，很快拿下了彭城。呂布倉皇逃走，退守徐州治所下邳。

下邳堅固，是個很難攻下的基地，曹操打算撤軍。

荀攸、郭嘉勸阻曹操說：「呂布有勇無謀，幾次作戰都失敗了，銳氣已經喪失。三軍以將帥為主，主將的銳氣大減，全軍也就沒有鬥志了。我們應趁呂布的銳氣還沒有恢復，加緊進攻，必能獲勝。」

曹操認為有道理，便鼓舞士氣，繼續攻城。

劉備的結拜兄弟關雲長，聽說下邳城中有個美人——呂布部將秦宜祿的小妾杜氏，十分貌美，又善解風情，便向曹操申請，自己奮力攻城，城破後讓他娶了杜氏。

曹操順口說道：「沒問題，城破了給你。」

關羽拼了命地進攻下邳，卻不知怎的，越攻越不放心，老怕攻克了城曹操不給他杜氏，攻攻停停，又數次去向曹操落實：「說好了啊，杜氏歸我。」

曹操說：「答應了嘛。」

關羽走出軍帳，曹操問左右：「姓關的老惦著杜氏，莫非那娘兒們真的傾國傾城？」

為了儘早攻破下邳，曹操下令掘引下邳西邊的泗水、沂水，進行水攻。

大水將至，呂布感到實在難以堅持下去了，於是登上城樓向下吆喝：「你們不要再圍城了！我奉先，向明公自首就是！」

呂布帶著部分將士，登上南門城樓。

下邳的這個城樓是白色的，人謂「白門樓」。

在白門樓上，呂布讓左右割下自己的頭去獻給曹操。左右不忍，於是呂布走下城樓，開門出降，束手就擒。

曹操率文武官員登上白門樓，當眾處置呂布一夥。

呂布對曹操說：「從今以後，天下可以安定了。」

曹操覺得呂布說話沒頭沒腦，問：「你說這話，是什麼意思？」

呂布說：「明公所憂慮的主要是呂布，呂布現在已經降服了。如果明公統帥軍隊，讓呂布帶領騎兵為先鋒，何愁天下不會平定？」

曹操愛猛將，聽了呂布的話有些猶豫。

呂布見劉備在曹操身邊坐著，便對劉備說：「玄德公，您是座上客，我是階下囚，繩子把我捆得太緊了，您就不能為我說句好話嗎？」

劉備沒有開口。

曹操接下來說：「捆綁猛虎，不能不緊啊！」

曹操命人給呂布鬆綁，說：「你為何不直接對我說，而要去求劉使君呢？」

主簿王必一看曹操想放呂布，急忙向前勸阻說：「呂布是一介強虜，其部眾就在附近不遠，不能給他鬆綁啊！」

曹操聽了，對呂布說：「我本來想給你鬆綁，主簿不同意，怎麼辦呢？」

劉備一直靜觀事態變化，一言不發。他見曹操有讓呂布活下來的意思，就順勢加一把火，說：「是不能鬆綁。明公難道忘了呂布是怎樣跟隨丁建陽和董太師的嗎？」

丁建陽是丁原，董太師是董卓，都是呂布殺過的主人。

劉備的話一下子提醒了曹操，他想起呂布賣主求榮、反覆無常的履歷，感到確實不能養虎為患，於是向劉備點了點頭。

呂布見此情景，瞪著眼睛罵劉備：「玄德，你這小子最不拉人屎！」

曹操口稱「可惜」，下令處死了呂布。

關羽著急地尋覓機會，要娶那個美人杜氏。

曹操派人把杜氏找來，不看不知道，一看嚇一跳，果然美豔無比，天下無雙，便說：「留在後帳，備用。反正下邳城也不是老關攻克的。」

關羽白操心一場，白猛打一仗，未得到美人，心裡很是難受，從此開始記恨曹操。

曹操消滅袁術，擒殺呂布，勢力範圍擴展到了東南。

戰爭結束後，曹操還得到了不少有用人才，主要的有陳登、陳群、張遼、臧霸等。

陳登，字元龍，是陳珪的兒子，二十五歲時任東陽縣長。在圍攻下邳時陳登立了功，曹操提拔他為伏波將軍。

陳群字文長，張遼字文遠，臧霸字宣高，都是有功的。

臧霸協助曹操招降了孫觀、吳敦、尹禮等小軍閥。曹操對這些小軍閥厚加款待，將他們全都任為郡守、國相，讓他們發揮才能。

臧霸還為曹操收降了徐翕和毛暉。這兩個原為曹操的部將，在呂布與曹操爭奪兗州時，雙雙背叛了曹操。曹操平定兗州後，他倆投奔了臧霸。

曹操說：「得要徐翕、毛暉的腦袋。」

臧霸說：「明公是想成就霸王之業的人，還是請以大義為上。」

曹操接受了臧霸的意見，不再追究徐翕、毛暉的罪過，反而把他倆都任命為郡守。

第7章

四世三公作祟

42

話說曹操揮戈東征的時候，漢獻帝劉協卻在深宮密謀著一件大事。

這天，劉協看了曹操薦舉大臣的奏章，像往常一樣，隨手寫了「准奏」二字，不由得哀歎一聲。

伏皇后在側侍奉，聽得漢獻帝哀歎，忙問緣故。

漢獻帝沉默良久，對伏皇后說：「朕自即位以來，奸雄數起，所謂皇上，一直只是個傀儡罷了。曹操在四方征討，日後必有異謀，早晚他若得了天下，你我夫婦還不知葬身何處呢！」

伏皇后一聽，原來這麼嚴重，不覺哭了起來，淚如雨下，哭著說道：「滿朝大臣，都享用著朝廷的俸祿，難道就沒有一個人能有計策，解決問題嗎？」

劉協說：「有是有一個，董國舅。」

伏皇后一聽，覺得這個董太后的侄子、董貴妃的哥哥董承，確實是個可以信賴的人，便說道：「皇上既覺得董國舅可以託付，應趁曹操回朝之前，有所安排。」

漢獻帝當即咬破手指，用血寫成一封密詔，讓伏皇后密密地縫在一條玉帶的紫錦襯內，然後召董承入宮，將玉帶賜給了他。

董承知道皇上賜玉帶必有緣由，回家便仔細察看，發現了藏在紫錦襯內的血詔，一看竟是漢獻帝要他聯絡忠義之士，剪除曹操。

董承不禁一驚，但隨即想到，自己受盡冷遇，就是因為有曹操，也只有滅掉曹操，才能有出頭之日，於是便連夜謀劃起來。

第二天，董承暗暗去找侍郎王服、長水校尉種輯。兩人都是他的至交，也都對曹操不滿，讀了血詔之後，即起誓立盟，決心效忠漢獻帝。但再一想，又感到手無重兵，很難付諸行動。

說到滅掉曹操，勢必要介紹劉備。在此介紹一下，前文已略有提及的劉備，。

劉備是河北涿縣人，自稱是中山靖王劉勝的後代。

中山靖王劉勝，最大的功績是搞女人，一生搞女人無數，兒子一百多個，世系中分支太多。實際上，劉備不過就是姓劉而已。

劉備少時，和母親靠織草席、販賣草鞋維持生活。十五歲跟著公孫瓚去同郡名士盧植的私塾認字讀書。

劉備不是讀書的料，只喜歡玩狗騎馬，傾慕豪俠，因此反而結交了當地不少同類——整天遊蕩街頭的不良青少年。

西元一八四年，黃巾軍起義的時候，二十四歲的劉備組織起一支義勇軍，名義上是助朝廷鎮壓黃巾起義，本心是對天下有想法。

當時資助劉備錢財的，是涿縣大商人張世平和蘇雙。

劉備選了兩個貼身衛士，一個是河東解良——今天山西運城人關羽，一個是河北涿州人張飛。關羽在家鄉犯事，潛逃到了幽州涿郡。張飛家是個大富戶，劉備生法兒讓張家為他出了不少馬匹和軍餉。

在張飛家的小桃園裡，劉備跟關羽和張飛喝了雞血酒，結了生死義，發誓「不求同年同月同日生，只願同年同月同日死」，開始了他們的小軍閥生涯。

劉備打黃巾軍，像雞蛋碰石頭，吃了敗仗，無奈去幽州投奔師兄公孫瓚。公孫瓚賞給劉備一個平原國相的職務。結拜兄弟關羽、張飛也分別封為分部司馬，各統部隊。命運好轉了，劉、關、張三人常常擠在一張床上睡覺，一是為安全計；二是劉備對二弟、三弟不辭辛勞地隨身守護心存感謝，以示親密。

公孫瓚派劉備領兵支援青州刺史田楷攻打袁紹，劉備伺機將公孫瓚手下的將軍趙雲挖到了自己手裡。

曹操東征徐州陶謙，劉備領兵去救援陶謙。曹操撤軍後，陶謙表舉劉備為豫州刺史。陶謙死後，劉備接替陶謙，為徐州牧。

呂布無處去時，曾來投奔徐州，劉備接納了他。誰知道呂布看上了劉備的老婆，尋找機會攻打劉備。劉備戰敗，投歸了曹操。這正是曹操在處置呂布猶豫之時，劉備加一把火害死呂布的緣由之一。

程昱對曹操說：「劉備這傢伙，陰得很，而且有野心，終究不會甘居人下，不如趁早除掉他。」曹操沒有決斷，徵求郭嘉的意見。

郭嘉說：「程昱的話有道理。不過您起義兵，為百姓除暴亂，以誠信招攬俊傑，還擔心他們不肯前來呢？現在劉備既有虛名，又是失敗來投，若把他殺了，豈不落下一個害賢的壞名聲？天下荒亂，正值用人之際，殺了劉備，其他有本事的人就會產生懷疑，另擇主人，您將依靠誰去平定天下呢？除掉一人之患，卻使四海人才失望，是不可不仔細考慮得失的。」

曹操聽了，笑道：「奉孝考慮事情全面。您說得確實有道理。」

曹操回頭又對程昱說：「現在正是收攬英才的時候，殺掉一個人，失去天下智士的心，這是不可以的。」

於是，曹操表舉劉備為豫州牧，並分給他一些兵，讓他仍屯駐小沛，以對付徐州的呂布。

現在曹操攻克下邳，誅殺了呂布，覺得應該將劉備帶在身邊，方為妥當。遂以車冑為徐州刺史，表舉劉備為左將軍，任命關羽、張飛為中郎將。

劉、關、張三個拜把子兄弟只好跟著曹操回軍，內心並不安生。

怎麼不安生？劉備「胸懷大志」，關羽為下邳城的美人杜氏吃悶醋，張飛更想讓大哥早日稱帝，自己好幹軍委主席。

建安四年（一九九年），三月間，劉備動了殺機。

曹操征討呂布取勝之後，帶著劉備回到許都。曹操特地上表為劉備奏請軍功。

漢獻帝聽說劉備是中山靖王之後，按宗譜上的輩分，自己該稱他皇叔，有意拉攏，就立即封劉備為左將軍。

董承等人正在為實施漢獻帝的密詔物色人選，覺得劉備甚是理想。

深夜，董承便帶著玉帶詔密見劉備。劉備見到鬼鬼祟祟的董承，感到有情況，立即將董承請進內室。

劉備待董承坐定，說：「國舅深夜來此，定有要事。」

董承便將玉帶詔一事相告劉備。劉備說既然是奉詔討曹，一定效勞。

從此，劉備便暗中聯絡刺客，準備選擇時機，殺害曹操，好執掌朝廷大權。

早在劉備頭一次投奔曹操時，曹操手下就有人建議殺了劉備，以免後患。當時，曹操的勢力處於發展階段，正值廣收天下人才，收買人心之時，不便殺一個蟊賊而嚇走天下賢士。

曹操沒有對劉備怎麼樣，養癰遺患，現在危險臨近了。

43

劉備暗中緊鑼密鼓，為了不讓曹操起疑心，明裡隱藏鋒芒，避免曹操對他產生懷疑。

劉備的韜晦之計，是閉門拒納賓客，每日在後院種菜，親自澆灌，裝出一副胸無大志的樣子，以表示對政治不感興趣。

曹操雖然並不知道玉帶詔的事，但對劉備埋頭種菜的舉動，多少有些懷疑，決定親自去試探一下。

青梅時節，曹操請劉備喝酒聊天。

一見面，曹操便笑著說：「將軍在家做的大好事！」

劉備得知曹操邀他做客，已是暗暗吃驚，聽曹操這麼一說，以為玉帶詔的事已被曹操偵查到了，不知曹操將如何處理，心中七上八下。

曹操沒在意劉備表情的微妙變化，拉過劉備的手說：「學種菜也不容易啊！」

劉備一聽，緊張的心情才算稍稍緩解。

曹操領著劉備來到花園涼亭，兩人對坐。曹操命人摘來新鮮的青梅，放入酒裡烹煮，一邊飲酒，一邊談話。

正飲著，忽然天上烏雲密布，大雨將至。曹操不為所動，興致勃勃地對劉備說：「將軍久歷四方，必知當世英雄，請為我指點指點。」

劉備便歷數了天下知名之士。曹操聽後，笑了笑說道：「所謂英雄，應是胸懷大志，腹有良謀，能包藏宇宙，吞吐天地的人！」
劉備問道：「誰能配得上呢？」
曹操示意劉備共飲，飲下一大爵酒，藉著酣態，以手指了指劉備，然後又指了指自己，說道：「當今天下英雄，唯使君與鄙人罷了！」
劉備聽了嚇一跳，以為曹操真的覺察了他的密謀，連手中剛剛拿起的筷子也掉在桌上。
這時，天上正好滾過一陣雷。劉備立即俯身拾筷，趁機掩飾說：「暮春迅雷巨震，竟也如此厲害，嚇得我手抖啊！」
曹操笑道：「大丈夫也懼雷聲嗎？它並不是很響啊！」
這一次飲酒談話之後，劉備心有餘悸，覺得曹操已經對他存有戒心了，怕再待下去必遭曹操處置，於是便一面與董承等積極籌畫，一面暗中與關羽、張飛商量脫身之計。
劉備對關羽、張飛說：「曹操必然會懷疑我，不能再種菜了，此地不可久留了。」
劉備在尋找脫身時機，湊巧袁術要從徐州經過，袁譚從青州去迎戰袁術，劉備就主動提出去截擊。因為劉備熟悉那一帶地勢，曹操就派他前往。劉備受命，立即帶著老二、老三走了。
程昱、郭嘉聽說劉備藉機脫身溜走，趕緊前來勸曹操說：「您上次不肯殺掉劉備，考慮得確實深遠。讓他隨在軍中，也是明智的做法。但如今您給他兵馬，讓他出征，不太合適，現在他肯定懷有二心了。」
董昭也急急前來，說：「劉備大愚表像之下深藏陰險，又有關羽、張飛作為羽翼，放出去就不好辦了。」
曹操聽了大家的話，有些後悔，說：「可是我已經應許他了呀！」

考慮到劉備已經走遠，追趕也來不及了，曹操只好作罷。

果然不到一個月，劉備反了。到達下邳，在曹操派到那裡的徐州刺史車冑迎接他的時候，突然襲擊，殺了車冑，公開打出了反叛曹操的旗號。

劉備自己做了徐州牧，讓關羽守下邳，行太守事，自己和張飛率軍駐守小沛。

曹操在徐州的統治並未牢固，以前騷亂的郡縣藉勢脫離曹操，歸附劉備，這使得劉備的勢力有所增強。

不過劉備實際控制的地盤並不算多。鑒於此，他派部下孫乾去河北聯合袁紹，共同對付曹操。

曹操說：「這傢伙到底還是成了禍害。」馬上派司空長史劉岱、中郎將王忠領兵討伐劉備。

劉備和他的拜把弟兄反叛得正起勁，甚至有點銳不可當，笑話劉岱和王忠說：「像你們這樣的角色，就是來一百個，又能把我怎樣呢？就是曹操親自來了，結果如何也未可斷定！」

劉備反叛，暗算曹操的小集團也暴露了，但劉備顧不了董承，沒有帶著他們逃竄。

建安五年（二〇〇年），春，董承聯絡王服、種輯，準備約定劉備內外夾攻，一舉消滅曹操。

不料，董承的計畫洩露了。曹操這才知道，自己差點遭人暗算，立即將董承、王服、種輯等人及其全家老小都捉來殺了。

殺了董承，曹操仍怒氣未消，又帶劍來到宮中，質問漢獻帝：「董承謀反，陛下知不知道？」

漢獻帝裝聾作啞：「董卓已經死了。」

曹操厲聲道：「不是董卓，是董承！」

漢獻帝嚇得啞口無言。曹操命人將董承的妹妹董貴妃捉來訊問。

漢獻帝求情說：「董妃已有五個月身孕，望將軍寬恕。」

曹操說：「我想寬恕，法理難以寬恕。」遂將董貴妃交給有司治罪。

宮中危機解除，外部危機產生。袁紹在劉備的攛掇下，集中大軍七十萬，豎起了「消滅曹操，保國安民」的大旗。箭已上弦，弓已張滿，大決戰隨時爆發。

為了避免兩面受敵，在同袁紹決戰之前解除後顧之憂，曹操想親自東征，以除掉劉備這個蟊賊。

有人勸阻曹操：「現在最大的敵人是袁紹，他眼看就要南下了，而您反而去東征劉備，要是袁紹趁機攻打我們後路，怎麼辦呢？」

曹操說：「留下劉備，已成禍患。袁紹兵馬不少，但他優柔寡斷，反應遲鈍，不會立即採取大的行動。」

諸將仍有疑慮，唯郭嘉贊同曹操的決定，說：「明公謀斷有理。劉備剛剛得勢，眾心還未歸附，急速進兵攻打，一定能夠取勝。至於袁紹，他確實多疑而遲鈍，不會很快就到的。」

曹操認為郭嘉說得很對，於是在官渡[25]一線布置防務，對付袁紹。

曹操在官渡安排完畢，親率精兵以迅雷不及掩耳之勢，撲向徐州。

劉備以為曹操正忙著對付袁紹，應該不會親自率兵東征。當他得知曹操到來的消息，急忙讓張飛和趙雲應戰，結果被曹操打得大敗。

劉備夾著尾巴逃往冀州，投靠袁紹去了。曹操活捉了劉備部將夏侯博，又俘虜了劉備的兩個老婆。

曹操趕跑劉備，又到下邳圍攻關羽。關羽抵擋不過，向曹操投降。

曹操奪回了徐州後，安排董昭為徐州牧，自己快速回軍官渡。

25 現在的河南省中牟縣北部一帶。

44

卻說劉備在下邳逼死袁術後，袁紹就想討伐劉備，但有人勸他，曹操挾持天子，發號施令，才是最大的敵人。於是袁紹聚集文官武將，商議舉兵征討曹操。劉備趕緊向袁紹提供有關曹軍的情報，促袁紹南下。

正如曹操及謀士們分析，袁紹優柔寡斷，部屬相互傾軋，遇大事難以達成共識。

田豐首先反對，說：「如今兵災連年，百姓疲敝，公家糧倉積蓄不多，不能夠大規模發兵。」他建議派人去遊說曹操，藉口河北土地富庶，物產豐饒，百姓安居樂業，正是建都之地，讓曹操獻出天子。如果實在不行，就以曹操獨霸天子，隔我朝謁之路為藉口，布置精兵，待時機成熟，便可一舉消滅之。

審配不屑一顧地說：「憑藉明公的文韜武略、強大軍力，吃掉曹賊易如反掌，何必等到猴年馬月！」

郭圖說：「說公孫瓚強大吧，卻也被我們徹底擊潰了，還猶豫什麼？」

謀士沮授傾向於田豐的主張，說：「冀州山河易守難攻，不宜隨便揮軍出擊。對外廣結英雄，內部加強生產及軍事訓練，三年之後，再展宏圖。如果急於去賭一戰之勝敗，萬一不盡如人意，悔之晚矣。」

田豐駁斥郭圖說：「公孫瓚怎可與曹操相比？用兵、治國、廣納英才，公孫瓚能比曹操嗎？」審配反駁道：「你這是長敵人志氣，滅自己威風！」

郭圖說：「與劉備合作，剿滅曹賊，上合天意，下合民情。」

袁紹覺得每個人的話都有道理，聽著聽著，腦子裡就亂糟糟的，像有無數隻蜜蜂在嗡嗡作響。

就在袁紹躊躇不決之際，許攸從門外進來。

袁紹便直截了當地問許攸，與劉備合作攻打曹操可不可行，起兵還是不起兵？

許攸看了看眾人，說：「明公討漢賊，扶王室，以強攻弱，以多勝少，應當起兵！」

袁紹懶得再考慮了，直接下令道：「起兵！」

田豐情急之下，以頭搶地，大聲呼叫：「不聽良臣之言，出師必不利！」

袁紹怒斥道：「你哭什麼，又不是叫你去奔喪！」

田豐聲淚俱下道：「我在學蹇叔哭師啊！」

袁紹大為惱火，心想「蹇叔哭師，秦軍兵敗崤山，這不是詛咒我袁紹嗎？」他越想越氣，命將田豐革職。

這時忽然傳來情報，說曹操在收拾劉備。

田豐也忽然轉了觀點，勸袁紹快速出擊，說：「曹操一時之間不可能脫身，我們立即舉兵從他的背後襲擊，可以一往而定勝局。」

袁紹說：「你先說不打，現在又讓我快打，什麼意思嘛！這兩天我孩子有病，等病好了再說。」

田豐氣得拿著手杖亂戳地面，說：「唉！大事完了。遇到這樣一個好機會，卻因一個嬰兒有病而白白扔掉，太可惜了！」

袁紹的另一個謀士逢紀，跟田豐關係不好，趁機告田豐的黑狀。袁紹一怒之下，要殺田豐。眾人跪地求情，袁紹才消了點怒氣，命人把田豐押入大牢，說殺敗曹操回頭再來跟他算帳。

曹操、郭嘉確實料著了袁紹的性格，曹操急襲劉備大獲成功，鞏固了徐州的統治，避掉了同時與劉備及袁紹同時作戰的狀況。

此時，袁紹派使者去南陽的穰城，約張繡從南向北進攻曹操，還給賈詡寫了信示好。而張繡有覺得袁紹兵多勢大，想要答應袁紹的邀請。

不料，在座的賈詡卻對袁紹的信使說：「你回去問問袁本初，他們兄弟間尚且不能相容，怎麼能容天下人士呢？」

張繡一聽這話，大驚失色，不禁脫口道：「您怎麼這樣說呢？」

賈詡自顧自地說話，沒有答張繡的腔。

袁紹的使者離去後，張繡忙問賈詡：「您拒絕了袁本初，我們今後怎麼辦呢？」

賈詡又出乎張繡的意料說：「不如歸附曹公為好。」

張繡說：「袁紹強大，曹操弱小，我們又曾經與曹操結下冤仇，殺死他的兒子和侄子，這怎麼行呢？」

賈詡胸有成竹，不慌不忙地對張繡分析道：「將軍所言，正是我們歸附曹操的原因。」

賈詡的意見是：袁紹勢強，我們以這麼少的人馬投奔他，他必定不把我們看得很重；曹公人馬較少，得到我們這部分兵力，肯定會高興。

賈詡說：「凡是有志於建立霸王之業的人，向天下展示的是他博大的胸懷，不會計較個人私怨。

曹公就是這樣的人。」

賈詡的這番話，是他幾年來對曹操本人和天下形勢多方觀察的結果。賈詡見張繡勢單力弱，很難獨自發展，必須依靠強者。劉表靠不住，呂布、袁術均已死去，只能在袁紹、曹操之間選擇了。曹操雖然力量較弱，但前途不可限量。因此，他勸張繡依附曹操，不要疑慮。

張繡見賈詡分析得很有道理，便大著膽子，率部投降曹操。

正如賈詡所料，曹操胸懷寬闊，不計較張繡殺自己子侄和愛將之仇，熱情地歡迎了張繡，任命他為揚武將軍，表封他為列侯。為示誠意，還與他結為兒女親家，讓兒子娶了張繡的女兒。

張繡一遍遍向曹操表決心，要效力，要立功。曹操對賈詡不僅熱情歡迎，而且還非常感激。他拉著賈詡的手說：「使我取信於天下的，就是先生啊！」

賈詡勸張繡投歸曹操，讓曹操擁有向天下人展示自己胸懷寬闊、不計私怨的機會，這對曹操取信於天下，爭取更多的智慧之士發揮了正面的功效。

曹操先任命賈詡為執金吾——首都公安局局長，表封都亭侯，旋即遷升為冀州牧。因冀州在袁紹實際控制之下，曹操便將賈詡留在了身邊，參與軍事。從此賈詡便加入了荀攸、郭嘉等謀士成員，成為曹操智囊團中的重要角色，開始為曹操的北戰西征出謀劃策。

曹操用兵河南，蕩平徐淮，消滅了袁術，擒殺了呂布，打跑了劉備，收降了張繡，從而控制了黃河以南的大片地區。

與此同時，袁紹在河北同公孫瓚交兵，向四周擴張勢力，也屢屢得手。

袁紹字本初，籍貫河南上蔡，人稱「四世三公」，「門生故吏遍天下」。「三公」是當時掌握最高軍政大權的三個官：太尉、司徒和司空。太尉執掌全國軍事，司徒執掌全國行政，司空執掌全國的監察執法。

這些年，趁著亂世，袁紹占據了冀、青、幽、並四州，控制了黃河以北地區。他以長子袁譚為青州刺史，兒子袁熙為幽州刺史，外甥高幹為並州刺史，自己以大將軍、冀州牧坐鎮鄴城。

袁紹要討伐曹操。曹操的部下對於這個消息很是震驚，有些人認為曹操無力抵抗，有失敗的危險。曹操對於自己的短處和長處是很清楚的。

短處是兵、糧都比較少。由於曹操占據的中原地區是戰亂的中心，生產遭受的破壞較大，雖然施行屯田，囤積了一些糧食，但仍然無法與袁紹相比。

就長處而言，在此之前，荀彧、郭嘉曾經分析袁紹，歸納了曹操的一些優勢條件。

袁紹為政紀律不夠分明，放縱豪強大族，百姓討厭他。曹操為政嚴、猛兼具，抑制豪強，親撫百姓，較有威望。

袁紹任人，看門第資歷，唯親是擢，跟著他的，多為務虛名而沒有實際本領的人；曹操則不問親疏遠近，任人唯才，手下多為有真才實學、想幹一番事業的人。

袁紹表面寬厚而性易猜忌，任人而又不信人，內部裂痕叢生；曹操則寬宏大量，用人不疑，內部比較團結。

袁紹不懂得用兵要領，軍令不嚴，士兵雖多卻難以發揮作用；曹操則法令嚴明，賞罰必行，又用兵如神，士兵雖少，卻是能拼死戰鬥的勇士。

袁紹遇事猶豫不決，常常失去大好時機；曹操處事果斷，善於隨機應變。

荀彧和郭嘉都有很強的洞察力，不為表面現象所迷惑，能抓住問題的根本，他們的分析，是比較符合實際的。

曹操對戰勝袁紹自然是有信心的，他開導部下說：「袁紹野心大而智謀少，表面上氣勢洶洶，實際上膽小如鼠，忌人之能，缺少威嚴，兵雖多而分化不明，將驕惰而政令混亂。他土地雖廣，糧食雖豐，那都是為我們準備的。」曹操的這段話說得實在的，鼓舞了大家。

在曹操的陣營內，只有孔融流露出失敗情緒。

孔融說：「袁紹地廣兵多，有田豐、許攸這樣的智士出謀劃策；有審配、逢紀這樣的忠誠之吏處理政事；有顏良、文醜這樣的勇將帶兵打仗。我們同他較量，只等著他取勝了。」

荀彧反駁孔融說：「袁紹雖地廣兵多，但法紀不明。田豐個性剛強，同袁紹合不攏；許攸貪得無厭，不識大體；審配專斷獨行，沒有謀略；逢紀心胸狹窄，驕傲自大。這幾個人在一起，互不相容，久必生變。至於顏良、文醜，無非匹夫之勇，一戰就可以擒獲。」

荀彧言而有據，語氣中肯，孔融啞啞嘴沒啥說的了。

曹操為有效地對付袁紹，及時充實了關中、河內、青州的守備隊伍，以防止袁紹進犯。又派于禁屯駐黃河岸邊，從正面阻擋袁軍。自己則駐軍於官渡。

袁紹派使者去荊州聯絡劉表，請劉表從南方攻擊曹操。

劉表答應了袁紹，實際卻按兵不動，坐山觀虎鬥，這樣的中立態度自然對曹操有利。

45

袁紹手下有個酸腐文人，名叫陳琳，能寫文章，袁紹命他寫了一封密信給劉備。陳琳東拼西湊，胡拉亂扯，弄成了一封臭婆娘裹腳布似的密信，也就是流傳的《為袁紹檄豫州文》，大意如下：

我聽說，聖明的君主面臨危局制定策略來平定變亂，忠心的臣子面臨災難尋求對策來確立自己的地位。所以先有了不凡的人，然後有不凡的事；有不凡的事，然後能立不凡的功勳。這個不凡，是普通人無法想像的。從前強秦的國君軟弱，趙高執政，專權控制，作威作福，最終導致滅族之禍，至今背負罵名。到了呂后時期，呂祿、呂產專權，擅自處理政事，以及宮內事務，下級欺淩上級，全國的人都感到寒心。於是絳侯周勃、朱虛侯劉章，憤怒起兵，誅討叛亂，尊立劉氏皇帝，所以能國家興隆，他們也光照史冊，這就是大臣立功的典範。

司空曹操，其祖父曹騰是從前的中常侍，與左悺、徐璜，同時興風作浪，驕橫放縱，損害風化，虐待百姓。他的父親曹嵩是曹騰的養子，藉助曹騰的地位，乘坐金車玉輦，勾結權勢，篡奪皇位，顛覆皇權。曹操是宦官閹人的後代，本來就沒什麼品德，狡猾任俠，喜歡製造動亂和災禍。袁紹統領豪傑，剷除奸佞，又遇董卓專權，欺淩百官，虐待百姓，於是拔劍擊鼓，發動諸侯，召集英雄，不追究他們從前的過錯，都予以任用。袁紹和曹操共同商討討伐董卓，本來以為曹操是英雄之才，委以重任。

誰知曹操愚昧短見，輕易發動進攻，打了大敗仗，喪失了許多兵力。袁紹又分給他軍隊，上表讓他擔任東郡太守、兗州刺史，讓他披著虎紋將袍，執有獎罰的權力，希望他能夠像秦國將軍孟明視那樣將功贖罪。但是曹操趁機飛揚跋扈，越是變本加厲，剝削人民，殘害賢能良善的人。前任九江太守邊讓，英才俊逸，天下出名，直言正色，從不阿諛奉承，卻被曹操殺死，懸掛頭顱示眾，妻子兒女都被殺害。從此，官員怨憤痛恨，民怨更加沸騰，一個人振臂一呼，整個州都群起回應。所以曹操被徐方打敗，土地被呂布奪取，逃到東部故鄉，沒有立足之地。袁紹本著扶弱懲強的意願，而且不和屢屢叛變的呂布同黨，於是又發動兵馬，征討呂布，金鼓震天。呂布敗北，消除了呂布對曹操的威脅。就算袁紹對兗州無惠，也對曹操有大恩。

後來皇帝遷居洛陽，群賊亂政。當時冀州正有北邊的疆土之患，所以派從事中郎徐勳為使者，下令給曹操，讓他繕修洛陽宗廟，保護年幼的皇上。曹操卻趁機放縱專行，住在宮內，玷污王宮，敗亂法紀。一個人擔任三項重任，專制朝政，封爵、賞賜都出自自己的想法，判罪、刑罰都出自他一人之口。他喜歡的人就讓其五族都受到恩惠，他討厭的人就夷滅人家的三族。在公眾場合議論的都被公開處決，私下發牢騷的就祕密殺害。百官都不敢說話，在路上只敢用眼色打招呼。尚書只是名義上主持朝會，公卿們只是名義上做官而已。

前任太尉楊彪，歷任司馬、司徒、司空，位置極高。曹操因為小的怨恨，誣告他以罪名，棒打鞭抽，什麼刑罰都用上，恣意虐待，不顧法律的約束。又有議郎趙彥，忠諫直言，他的建議都值得採納，所以朝廷獎勵他，給他加官晉爵。曹操打算篡權，杜絕言路，擅自逮捕並殺害了他，事先竟不讓皇帝知道。還有梁孝王，是先帝的親弟弟，他的陵墓很是尊貴，松柏桑梓，莊嚴肅穆。而曹操率領將領士兵，親自發掘他的陵墓，打破棺槨，露出屍體，盜取金寶，讓朝廷流淚，百姓感傷！曹操還成立所謂的發丘中郎將、摸金校尉，他的軍隊所過之處，肆意搶奪，沒有墳墓不被挖掘的。曹操身處高官，卻做桀紂之事，禍國殃民，毒害人鬼。再加上苛捐雜稅，人們互相提防加害，羅網布滿田野，陷阱充塞道路。人們稍微一動手就碰上羅網，一動腳就踩到陷阱，所以兗州、豫州百姓無法生活，京都洛陽民怨沸騰。曆觀古今書籍，所記載的無道大臣，曹操是最厲害的。

袁紹忙於征討叛亂，沒來得及教誨曹操，以為對他寬容，或許他自己有所收斂。誰知曹操豺狼野心，包藏陰謀，竟然想毀壞國家棟樑，孤立大漢皇帝，殺害忠正之人，自己成為梟雄。去年袁紹北征，討伐公孫瓚。公孫瓚也是個大賊寇，抵抗了一年。

曹操趁袁紹還沒有打敗公孫瓚，暗地發布命令，打算藉皇上的名義，偷襲袁紹，所以領兵到了黃河邊，正要過河，行藏敗露。公孫瓚被袁紹平定，曹操鋒芒被挫，企圖沒有實現。現在他又屯兵在敖倉，以黃河為屏障，打算以螳螂一樣的胳膊，擋住袁紹的大車。袁紹身負漢帝委託，聲震宇宙，雄兵百萬，驍勇將士眾多，擁有像中、黃、育、獲一樣的勇士，和良弓、勁弩的強勢，並州橫跨太行山，青州疾進到漯河。大軍渡過黃河做為先鋒，荊州出兵宛葉作為後援。聚集猛士，兵臨敵軍，就像舉起烈火來燒蓬草，傾覆滄海沖刷一切，有什麼消滅不了？如今漢室衰弱，綱紀廢弛，朝廷沒有一個賢人輔佐，擔任輔臣的沒有一個有氣魄的。朝廷之內，精明能幹的大臣，都垂頭喪氣，無所依賴。就算有忠義之人，被暴虐的曹操所脅迫，如何能施展能力？曹操又派七百精兵，圍守皇宮，對外說保衛皇上，其實是拘禁天子。擔心他篡位的打算，趁機發作。這是忠臣肝腦塗地的時候，烈士立功的機會，怎能不把握住啊！

現在曹操矯詔稱制，派遣軍隊，擔心邊遠的州郡不聽指揮，違抗命令叛變於自己，以發喪的名義，被天下人恥笑，這是聰明的人不做的事。

從現在起，幽州、並州、青州、冀州四州同時進兵，各縣各郡也整頓義兵，包圍曹操的邊界，顯示威風，共同匡扶社稷。不凡的功勞，就要獲得了。

能獲得曹操人頭的，封為五千戶侯，賞錢五千萬！曹操部下偏將官吏有投降的，一概不予追究。廣宣恩信，大加厚賞，布告天下，讓大家都知道皇上有難了。請大家認真學習這篇檄文，就像學習朝廷指令一樣吧！

袁紹豢養的文人陳琳，把他聽說過的歷史上的惡事醜聞堆積在一起，連篇累牘，無所不用其極地大吹大擂袁紹，猛砸猛扁曹操。

西元二〇〇年早春，袁紹大軍開進黎陽[26]。

袁軍在黎陽建立了前線指揮部，準備督軍渡過黃河，同曹操決一雌雄。

26 現在的河南省浚縣東北一帶。

第8章

官渡預定天下

46

卻說袁紹讓陳琳寫了一篇討曹檄文，除了送給盟黨劉備，還抄了無數份，四處張貼，八方送人，抹黑曹操，炒熱了戰爭的議題。有人得到袁紹討伐曹操的檄文，上報曹操。

曹操看了，對這些批評自己的言論視而不見，對其文采卻讚賞不已，拍著大腿說：「好有勁道的文章，這桿筆很不簡單啊！」

檄文再厲害，也拯救不了袁紹的用兵水準。打仗靠的是槍桿子，不是筆桿子。

曹操是有策劃的，他的應對戰略是先挑選河內要地，打下穩定的基礎。

早在曹操圍攻呂布時，河內太守張楊不長眼，吆喝著要支援呂布，被部將楊醜殺死。不過張楊的每個部下都有自己的心機，另一部將眭固又殺死楊醜，率眾依附了袁紹。

袁紹表揚眭固幹得好，讓他領兵屯駐射犬[27]。

射犬雖然是個小地方，但具有非常重要的戰略地位。

曹操帶曹仁、徐晃、史渙等將領，組織精銳部隊，渡過黃河，北攻射犬。

眭固見曹軍攻勢猛，怕守不住射犬，令部下繆尚等人堅持戰鬥，自己帶領一部分人馬瘋狂北奔，說是去向袁紹求救，實為逃跑。

27 射犬是個小鎮，在沁陽縣東北，屬於野王縣。

誰知曹軍先去截擊眭固，眭固沒彈騰幾下子，就被殺掉了。

曹操親自在前線指揮軍隊，圍攻射犬。繆尚等人無力抵抗，率眾投降。結束了戰鬥，曹操任命魏種為河內太守，配備了一個班子，加強河內地區的防務。於是曹操在黃河北面有了一個戰略據點，可以有效地在西側牽制袁軍了。

接著，曹操又把軍事觸角伸向青州，派臧霸等人，連續用兵青州，最後攻下齊和、北海等地，在東側牽制袁軍。

袁紹的東、西兩翼都被牽制住了，他要進攻曹操，只能從正面向南發動攻勢。曹操的正面如何防禦呢？

側面不用憂慮了，曹操幾乎將主力都用在了正面，在黃河南岸布置了層層防務，對付袁軍。

曹操選派大將于禁駐守延津[28]，選派東郡太守劉延扼守延津東南的白馬[29]，選派程昱守衛白馬東南的鄄城[30]。

東漢時期的黃河在今日的黃河北部數百里，當時的延津、白馬和鄄城，都位居黃河南岸。曹操將這幾個地點組成了一道軍事防線，隔河對望北岸的黎陽[31]，袁紹的前線指揮部所在地。

在黃河沿線布防的同時，曹操還派兵加強了官渡的防務。官渡屬於正面防務，袁紹揮劍所指，便是這個方向。

---

28 現在的河南省新鄉東南。
29 現在的河南省滑縣東部。
30 現在的河南省與山東省交界處。
31 現在的河南省浚縣東北。

在北部防線中，守鄄城的程昱的兵力最少，只有七百人，曹操準備給他增加兩千，程昱從大局出發，不肯接受。

程昱說：「分兵力給我，你那裡減少了兵力，對全域戰略沒有好處。袁紹擁有數十萬之眾，自以為所向無敵，見我兵少，必定不放在眼裡，不會輕易前來攻打我這幾百人。如果給我增加兵力，袁紹反而可能先來攻打。若他來攻打，兩千多人仍然守不住。所以，不要增加兵員了，請主公不要憂慮我這裡。」

曹操同意了程昱的意見，沒有給他增兵，對賈詡說：「程將軍的膽量，世所罕有啊！」

袁紹進駐黎陽前線指揮部不久，聽說程昱手下的兵很少，果然認為不值得去攻打鄄城，而是派遣大將顏良領兵渡過黃河，進攻白馬。

沮授見袁紹讓顏良打先鋒，擔任這次進攻的主將，諫阻說：「顏將軍性情急躁，沉不住氣，雖然十分勇武，但不能獨當一面。」

袁紹說：「你們這些謀士，每逢我有部署，就要說三道四！」

顏良率軍到達白馬，即對曹軍展開猛攻，駐守白馬的東郡太守劉延向曹操告急。

當時曹軍總共也就幾萬人，曹操不敢貿然分散兵力救援，只是命劉延堅守城池。顏良圍困白馬一個多月，曹軍死傷不少。

到了四月間，曹操見袁紹沒有大舉南渡的跡象，決定前去救援白馬。

荀攸向曹操獻計，說：「強敵在前，我軍兵少，正面交鋒恐怕不易得手，應設法分散袁紹的兵力。主公您領兵向延津做出渡河襲其後方的姿態，袁紹必然向西堵截。這時我們以輕騎突襲白馬，攻其不備，一戰就可以擒獲顏良。」

「聲東擊西，很好！」曹操贊同這一作戰方案，親自引兵，佯向延津。袁紹果然分兵，前往阻截。曹操見袁紹中計，立即掉頭率輕騎向東，直插白馬。

47

這時候，關羽仍在曹操軍中。

曹操十分喜歡關羽，想把他留下來為己所用。

曹操似乎忘了下邳美人杜氏之事，也忘了劉備哥兒幾個叛變之事，任命關羽為偏將軍，並給劉備老婆派了好幾個侍女。

曹操對關羽的厚待，就是整天設宴，請關羽吃肉喝酒，大宴不斷，小宴更繁，一邊吃肉喝酒，一邊跟關羽聊天。

自古英雄愛美人，關羽尤其如此。察言觀色的曹操，想起了關羽對下邳美人杜氏的強烈要求，便進行「補償」——贈送了十個美女給關羽，而且親自將美女送到關羽家中。

關羽卻當著曹孟德和二位嫂嫂的面說：「二位嫂嫂有六個侍女，不算多，就讓她們也去侍奉好了。」

看來，時過境遷，不是下邳戰時的情形，美女無法令關羽動心。這下怎麼辦？送財物吧。

凡是好東西，曹操便大堆大堆地送給關羽，準備了許多綾羅綢緞及金銀器皿，親自送與關羽。關羽根本不過目，全部送給二位元嫂嫂收藏。

曹操看到關羽的袍子舊了，便讓人量身定做一襲十分華麗的戰袍相贈。

關羽推辭再三，終於穿上了。

哪知關羽把曹操贈送的新袍子當內衣穿，外面還要罩上劉備給他配發的舊袍子。

曹操見關羽穿戴不倫不類，笑曰：「雲長這穿戴……為何如此節儉呢？」

關羽說：「不是節儉。舊袍是俺大哥所賜，我穿上就像見到了大哥，音容歷歷在眼前。不敢以明公新賜，而忘兄長之舊賜，所以套起來穿。」

曹操歎道：「穿衣都如此講究，雲長真義士也。」

能有這樣的部下加兄弟，劉備應該知足了。曹孟德若能擁有這樣的兄弟，一定奉若神明，天天供在佛龕之中。

這一天，曹操又請關羽赴宴。酒足飯飽之後，曹操送關羽出府，看到關羽的坐騎很是瘦弱，問：「雲長坐騎為何這般瘦弱？」

關羽說：「我身軀太沉，馬不能承載。」

曹操吩咐左右牽來一匹坐騎。那坐騎高大雄健，渾身紅如火炭。關羽說：「這馬世所罕見，這是呂布的赤兔。」

曹操說：「請雲長上馬一試！」

關羽也不推辭，飛身上馬。一抖韁繩，赤兔馬揚起蹄子，如脫弦之箭一般奔出，一道輕塵漫起之時，已遠離了相府大門。

一群人靜靜望著赤兔馬遠去的影子。

「莫非他這一去……」滿寵很是不安，對曹操表示憂慮。曹操揮手止住了滿寵的話。

一會兒，馬蹄聲由遠而近，迎著旭日，那棗紅馬像一團火焰，燃燒著，越來越旺，越來越大。眨眼工夫，關羽已飛身下馬，撲通一聲，雙手抱拳，跪在曹孟德面前：「謝丞相賜予這匹良馬！」

曹操奇怪，問關羽：「我送你美麗的戰袍和天仙般的女人，你都不曾跪拜，今日送你一匹馬，你卻行大禮。馬再好也不過是一匹畜生，雲長為什麼如此賤人而貴物呢？」

關羽說：「丞相送赤兔馬與我，說明丞相太了解我關羽的心情。我騎上它日行千里，有朝一日得知皇叔的下落，我即刻就能與兄長團聚了。」

美人杜氏留遺憾，美駿赤兔可擁有。為什麼？一旦打聽到劉備行蹤，便能乘上此馬，即刻團聚啊！

精明的曹操，覺察關羽心神不定，絕無久留之意。

曹操喚來張遼，說：「你跟老關一向交好，你問問他，到底怎麼想的。」

張遼去問關羽：「兄長到曹營這麼久了，曹公待你如何？」

關羽答：「丞相寬厚待人，我關某感激萬分。」

張遼說：「既如此，你該安心了吧，為何常常生出復投皇叔之念頭？」

關羽答道：「我與皇叔、翼德，雖非手足，但自桃園盟誓之日起便遠勝手足，世人都知道。」

張遼說：「兄長的話，文遠不敢盲目苟同。識時務者為俊傑，處事不分輕重，非大丈夫所為。玄德待你，未必超過丞相待你，為何苦苦念著玄德，對丞相厚愛視若無睹呢？」

關羽道：「以前的事情，不說了。曹公待我不錯，我十分清楚。然而，我和劉大哥拜過把子，發誓死也要死在一起。這個誓言不能違背。最後我也不能留在這裡，打聽到大哥的消息我就要離開。不過，走之前，我會報答曹公這段禮遇恩情。」

張遼將關羽的話轉告了曹操，後來陳壽在編纂史書十，也將關羽的話記進了《三國志》裡。

曹操說：「哎呀，雲長真是有仁有義。他若不走，這樣的人我定得重用。你估計他什麼時候離去呢？」

張遼回答說：「關雲長受主公厚恩，聽他話音，必定在報效主公之後才會離去。」

此時白馬前線，袁紹的大將顏良與淳于瓊等，進攻白馬越來越瘋狂了。

曹操佯進延津，和袁紹打了個馬虎眼，誘使袁紹上當之後，立馬率軍返回，以張遼和關羽為前鋒，殺奔白馬。

48

曹操援軍切入神速，離白馬只有十多里路，顏良這才發覺情況不妙，慌忙放棄圍城，扭頭迎戰。然而曹軍精銳，如入無人之境。

顏良軍隊聲勢龐大，將軍的主車又格外招搖，讓關羽輕易發現目標。他騎著馬飛一般衝到顏良跟前，顏良還沒反應過來，就被砍死於馬下。

關羽下馬割了顏良的頭，奔回陣營中交給曹操。

曹操由衷地讚美道：「雲長真是神將。」

關羽用衣袖拭了拭偃月刀，輕描淡寫地說：「我不值得稱道，我三弟張翼德於百萬軍中取敵上將之頭，就如同口袋裡抓東西一般輕鬆。」

曹操乘勢掩殺，袁軍陣腳大亂，紛紛潰逃。曹軍取得勝利。

曹操解了白馬之圍，但估計白馬很難守住，便將軍隊撤出，並遷出城中人員，沿黃河向西轉移。

關羽認為，自己對曹操已經有所報答了。

關羽說過報答了曹公的禮遇恩情再走，曹操猜測關羽可能準備走了，於是厚加賞賜，向皇上表彰，封他為漢壽亭侯，期望再次挽留。

卻說袁紹白馬失敗，喪失了大將顏良，氣急敗壞，十分惱火，便下令大軍渡河追擊曹操。沮授再次前來勸阻。

沮授對袁紹說：「現在我們最好的辦法，還是將大軍駐紮在黃河北岸，分些兵力去攻打官渡。如果能夠攻下，大軍再過河也不為晚。假使貿然南下，萬一失敗，恐怕有全軍覆滅的危險。」

袁紹想起來審配的話：「沮授這小子和曹賊以前私交甚密。」驕傲自負的袁紹暴躁地說：「田豐不讓我出戰，你不讓我進兵，你們都他媽沒安好心！」

袁紹根本不聽沮授的勸告，大軍開始強渡黃河。

沮授面對滔滔的河水，不禁歎息說：「上面固執驕傲，下面貪圖戰功。滾滾的黃河水啊，我們還能北渡回來嗎？」

沮授感到失望，便推說有病，向袁紹辭職。

袁紹還在氣頭上呢，不但不准許，還將沮授教訓了一通，說等打敗曹操再治他的罪。

袁紹領軍進至延津以南，派大將文醜和新近投奔的劉備領五六千騎兵追擊曹操。

前哨探馬報告，曹操親率數騎在山丘上，正指揮輜重車隊撤退。

文醜決定揮軍追擊。劉備勸說，這是曹操的誘敵之計，請勿妄動。

文醜不聽劉備的，也未向袁紹請示，便主動攻擊曹操。

曹操早在南坡建立了特別瞭望臺，用來觀察袁紹軍的追擊行動。當哨兵發現文醜軍急速逼近時，曹操下令繼續觀察，詳細報告。

「大概有六百騎在快速逼近！」

「又發現有不少騎兵及步兵緊隨其後！」

「主將文醜在前頭的騎兵隊中，大約半個時辰便可到達！」

「後面尚有數千人的部隊，雙方相差一個時辰以上的距離！」

「好了！」曹操說不必再報了，令騎兵隊在敵人可以看到的山丘上解下馬鞍休息。

這時，由延津地帶和白馬城中撤退出來的輜重部隊，正撤向南坡。

大將呂虔非常著急，說：「應當讓這些輜重車隊暫時退向營區，以免遭到袁軍的突擊。」

曹操笑而不語，眾將大惑不解。

荀彧看出了曹操的計謀，向諸將解釋道：「這是釣魚的餌，為擒捉敵人用的，怎麼能把它們白白扔掉呢？」

劉備知道曹操善用奇兵，苦勸文醜慎重行動。然而文醜一方面滿懷顏良被斬的仇恨，一方面看不起劉備這個敗軍之將，根本不聽勸告。為了搶功，自己帶著五六百輕騎猛追，將大軍交付劉備後行。

文醜的部隊看到小山丘上的曹軍都解甲下馬休息，以為曹軍疏於準備，無法應付自己的突擊，又見到輜重車隊正通過南坡，於是迅速攻向南撤中的輜重車隊。

山上的曹軍，有的用頭盔輕輕揮舞，像在搖扇一般，有的斜躺在顯眼的地方。有人見到文醜的騎兵逼近輜重車隊，急催曹操上馬出擊。

曹操口中嚼著一片樹葉，悠閒地說：「不到時候。」

眾將士都摒住了呼吸。眼看文醜的騎兵隊攻入輜重車隊，像蒼蠅一般一擁而上，搶劫車上的東西。文醜叫著，似在阻止他們的混亂，但士兵完全不聽指令，瘋狂地搶奪財物。

曹操突然低吼：「時機到了，全體上馬！」

曹操一聲令下，六百多名輕騎，如猛虎出山般，殺入亂糟糟的文醜部隊。

文醜挺身獨戰，軍士左衝右突，像暈頭的兔子，相互踐踏，鬼哭狼嚎。文醜發現招架不住，只得撥馬回走。

曹操用馬鞭直指往回奔走的文醜說：「文醜河北名將，與顏良齊名，誰替我出馬？」張遼、徐晃應聲驅馬而出，直追文醜。

文醜回頭看見二將趕來，按住鐵槍，拈弓搭箭，飛射張遼。張遼低頭躲閃，頭盔的紅纓被嗖地射掉了。

張遼奮力再追，面頰上又中了文醜一箭，張遼落下馬來。

徐晃迎上去，揮斧如風，截住廝殺。那文醜孤注一擲，殺紅了眼睛。卻只見徐晃的大斧迎著日頭一閃，文醜的腦袋就像熟透了的瓜果，掉在了土坡下。

後面趕上來的劉備大軍見文醜已死，不敢戀戰，紛紛敗退。

有人說文醜是關雲長斬殺的，《三國演義》也這麼說，其實是瞎掰的。因為這一仗關雲長沒來，他在旅社裡陪劉備的兩個老婆呢。

劉備見勢不妙，倉皇逃走。

徐晃在延津斬殺袁紹大將文醜，立了大功，曹操立即擢升徐晃為偏將軍。

曹軍和袁軍雙方在白馬、延津激烈交戰的時候，曹操已經提前派遣于禁和另一員大將樂進率領步騎五千，從延津西面，北渡黃河，繞到袁紹後方的汲縣、獲嘉，發動突然襲擊。

于禁和樂進，精騎突進，採取閃電攻勢，連續毀掉袁紹城寨三十多座，俘、殺數千人，迫使袁紹部將王摩、何茂等二十多人投降，有效地牽制了袁軍主力，支持了曹操的正面戰場。

戰爭告一段落，曹操論功行賞，遷于禁為裨將軍，其他參戰有功者，均獲相應獎勵。

關羽從延津戰場回來的將領口中得知劉備投奔了袁紹的重大消息，本來時刻準備著的，這下知道該朝哪裡跑了。

關羽將曹操所賞賜的侍女和財物全部留下，把漢壽亭侯的大印掛在牆上，給曹操留下了一張紙條，寫了些感謝的話，然後帶著劉備的兩個老婆，私自出了曹營，尋找劉備去了。

曹操部下聽說關羽離去，要求前往追趕。

曹操說：「雲長是奔他的主子去了，不要追吧！」

程昱說：「今日放了關羽，讓他去投袁紹，分明是為虎添翼，不如殺了關羽，以除後患。」

曹操通知各處關隘守將，看到關羽一干人等，不要盤問，只管放行。

誰知那節通信實在落後，通知人員沒有關羽跑得快，關羽闖了曹操五處關隘，竟殺了六員守關大將，連連奪路奔逃，百里不曾歇腳。

老關以「斬顏良」的實際行動對曹操所做的報答，又被他的大刀亂砍抵銷淨盡。但曹操認了，未作任何追究，只是厚葬了死於關羽刀下的守關將士。

49

在白馬、延津兩次戰鬥中，曹操採用機動靈活的戰術，聲東擊西，出奇制勝。曹操的勝利，鼓舞了陣營中的士氣，打擊了袁軍的威風。顏良、文醜兩員大將被殺，袁軍為之震動，曹軍為之振奮，必將影響戰局的發展。

然而曹操雖勝了兩局，但並未根本上改變袁強曹弱的形勢。曹軍無論人數還是糧食，仍然只有袁軍的十分之一。硬性決戰，很可能吃大虧。因此，曹操撤退到官渡一線，加強防守，尋找機會。

袁紹連連失利，又折損顏良、文醜兩員大將，急恨交加，迫不及待地要將曹操置於死地。

這年夏天，袁紹率主力軍，推進到陽武，在今天的河南原陽縣東南，官渡以北，紮下大營，欲與曹操進行大決戰。

這時沮授又來勸阻袁紹，分析說：「我軍人數眾多，但不如曹軍勇猛。曹軍的糧食和物資，卻不如我們充足。因此，曹軍希望速戰，我軍則利在緩搏。我們用持久戰的辦法消耗曹軍實力，最後就能把它拖垮。」

沮授的「論持久戰」，對袁軍來說，是可行的。可是袁紹高傲輕敵，自以為同曹操決戰定能取勝，不需延緩。

八月，暑熱季節，袁紹軍隊逼近官渡，安下營寨，進行決戰的準備。

九月，曹操派兵對袁軍發動了一次試探性的進攻，未能取勝。此後便深溝高壘，固守營寨，不再出門玩了。

袁紹見曹操堅壁不出，便命令士兵在曹軍營外堆起土山，在山頭上築起瞭望臺，居高臨下，以箭射擊曹軍。有時候也能射傷城中活動的士兵，因而曹軍在營中來往行走，都得舉著盾牌，或匍匐運動，很是不便。

曹操對於袁紹的小技倆嗤之以鼻，心想：「你那兩把小箭厲害？瞧我的！」

曹操命工匠連夜趕造了一種發石車。以簡單的機械原理，向敵方陣地拋射石塊。由於拋射石塊時響聲隆隆，像打雷一般，故而又稱「霹靂車」。

曹軍運用這輛「霹靂車」拋射石塊，將袁紹的瞭望臺砸得粉碎。

袁紹心想「天上不行，我就地下」，他又命令士兵暗中挖掘地道，直通曹營，以便進行偷襲。

曹操感到了腳下的震動，便命令士兵在營區之內，沿著牆壁，挖掘長塹，截斷袁軍挖掘的地道。袁軍一旦挖透，露出頭來，便遭剁殺。

就這樣，雙方之間，你來我擋，前後折騰了一個多月。

袁紹雖然糧食充足，但十多萬大軍齊聚官渡一線，補給線拉長，難免有很多破綻。於是曹操考慮在袁紹的糧道上做做文章。

曹操就此問計，荀攸說：「袁紹的運糧車隊，早晚各來一次，押車的將領叫韓猛。這個人能打能衝，但很輕敵，可派兵去偷襲他，一定能成功。」

曹操認為此計可用，遂問：「派誰領兵去執行任務合適呢？」

荀攸說：「可以派徐晃去。另外，史渙也可以的。」

曹操便派徐晃、史渙率領精兵突襲袁紹運糧車隊。

當袁紹的數千輛運糧車快要到達官渡時，曹軍閃電出擊。第一批軍隊人人抱著易燃物，拋向袁軍糧車；第二批軍隊各個手執火把，逢車放火。眨眼間，長蛇一般的車隊被燒成了火龍。

袁軍的補給糧被曹軍燒掉，自然是重大損失，袁紹一時間不能發動對曹軍強有力的進攻。但是，曹軍方面也有越來越多的困難。

由於袁紹的營寨太多，東西綿延數十里，曹操需要分兵與之對抗。幾萬軍隊一分散，變得零零星星。曹軍一個營寨要招呼袁軍近十座營寨，極易疲憊；糧食方面的供應也日益困難，數次面臨斷糧的危險。

就在這時，袁紹派遣劉備領著小股人馬跑到汝南，在曹操屁股後面不斷騷擾。先前投降曹操的汝南黃巾軍首領劉辟，此時又投降了劉備。

曹操得到報告，心中很是憂慮。

曹仁見狀，請求前往收拾劉備。

曹仁說：「南方一些縣，以為我們正同袁紹大軍在官渡對峙，情勢危急，加上劉備又兵臨城下，所以背叛了我們。不過，劉備剛剛統領袁紹給他的軍隊，還沒有得心應手。我們快速行動，定可擊破之。」

曹操立即派曹仁率領騎兵南擊，果然到那裡就打敗了劉備。

劉備只好灰溜溜地跑回袁紹大營。

叛曹的汝南小軍閥劉辟也被曹仁拾掇掉了。

劉備敗回，見到袁紹，誆騙袁紹說：「劉辟不好好合作，致有此敗。將軍若再能給我點軍隊，讓我重赴汝南開闢根據地，然後伺機說服荊州劉表，聯合抗曹，必能成功。」

袁紹遂又撥給劉備一些軍隊，讓他再去汝南打遊擊。

劉備二赴汝南，恰逢另一個小軍閥龔都起來反對曹操，劉備便歸附了龔都。龔都、劉備聯合起來，有數千人之眾，力量雖不算太大，但足以對曹操後方構成一定的威脅。曹操派大將蔡陽領兵進討汝南，結果被龔都、劉備聯軍殺死。

將士疲勞、糧食不足、後院起火……種種問題紛至沓來，讓曹操萌生了退兵之意。曹操致書留守許都的荀彧徵求意見，荀彧立即回信，不贊成退兵。

「袁紹這次把主力部隊全都拉出來，集中到官渡，是要與主公決一勝負的。主公如果不能打敗袁紹，勢必給他造成機會。正值關係全域成敗的關鍵時刻，不宜撤退。主公以十分之一的兵力，堅壁固守，扼住了袁紹的咽喉，使他寸步不能前進，已有半年了。在此要害之際，先退兵者，勢必屈居劣勢。眼見袁軍就要勢竭力盡，此時正是用奇謀戰勝敵人的好機會，主公萬萬不可失去啊！如今，軍中糧食雖然短缺，但還沒到絕對危急的時候。」

曹操讀了荀彧的信，很受鼓舞，非但不退兵，還增強了同袁紹周旋到底的決心。為慎重起見，他又徵詢隨軍謀士賈詡的意見。

賈詡說：「主公的賢明勝過袁紹，武勇勝過袁紹，用人勝過袁紹，決斷軍機也勝過袁紹。有其『四勝』，用了半年時間，卻還沒平定袁紹，原因在於主公只想做得萬全無失。耐心等待時機，果敢決斷，局勢會改觀的。」

曹操聽後說：「我知道您的意見了。謝謝您。」

曹操便設法解決糧食補給問題，穩定軍心，鞏固後方。命令軍隊加強防守，注意觀察敵軍動靜，尋找有利戰機。

就在此時，鎮守關中的鐘繇送來戰馬兩千多匹，供軍前使用。

曹操大喜過望，給鐘繇回信說：「得到了您送來的戰馬，很救我這裡的急啊！將軍此舉，同昔日蕭何鎮守關中，供給劉邦前線軍需一樣的情義深重啊！」

50

官渡。七萬人對七十萬人。以一當十。

袁紹一個勁兒地增兵。曹操在軍帳內昏暗的燈光下看書。「凡戰者，以正合，以奇勝。故善出奇者，無窮如天地，不竭如江河。終而復始，日月是也。死而更生，四時是也。」

曹操反覆咀嚼其意，分析當下戰局。現在不僅是兵員少，還有後勤問題，糧食供給困難。漸漸地，他把目光聚焦在「以奇勝」的「奇」字上。

不覺已是黎明，喊殺聲隱隱傳來。

情報官說，是袁紹親引大軍挑戰來了。

袁紹金盔金甲，嶄新錦袍，閃光玉帶，立馬陣前。左右排立著張郃、高覽、韓猛、淳于瓊等戰將。

曹操讓張遼出戰，隨之命夏侯惇、曹洪引數千軍馬衝向敵陣。

審配見曹軍衝陣，下令放起號炮，萬弩齊發。

曹軍死傷太大，往南撤退。袁紹乘勝驅兵掩殺，曹軍大敗，退回官渡南岸的營寨。

袁紹緊追不捨，逼近官渡下寨。

審配建議袁紹撥兵十萬，在曹操寨前築起土山，居高臨下，以箭射殺曹軍。

袁紹照辦，選精壯兵士，十天之內就築成了幾十座高寨，在高寨上置設雲梯，弓弩手爬上雲梯，亂放箭矢。曹軍死傷很多，外出汲水做飯都膽戰心驚。

曹操滿腦子轉著一個「奇」字，召開軍事會議研究出奇制勝之策。

劉曄建議製造「發石車」，可發石打碎敵人的雲梯。

曹操讓劉曄畫出草圖，連夜讓軍中懂木工活的士兵打造，造了不少發石車，在城內空地上，對著土山上的雲梯。待敵人弓弩手爬上雲梯，便大喊一聲，同時發石。

炮石飛出，空中處處飛石，敵人不敢爬上雲梯放箭了。

審配又讓袁紹打地道戰，掘地道直通曹營。曹操知道了，命人在營寨外圍繞土牆開挖長溝。這下袁軍費了九牛二虎之力挖掘的地道沒用了。

雙方相持了一百多天，盛夏來臨。兗、豫兩州，本來貧困，雖在屯田後改善不少，仍難應付較長時間的軍需。因此，百姓紛紛起來反戰，尤其是西南，在劉備的鼓動下，鬧騰得很凶。

誰能去滅劉備的威風呢？

經過深思，曹操決定派曹仁和徐晃去。

袁紹很快探得曹仁引軍南下，曹軍左翼空虛，立刻派韓荀率軍乘虛而入。沒想到曹仁很快擊敗劉備，又很快和徐晃軍團雙雙返回。

韓荀不是曹仁的對手，交戰不過一個時辰便敗了。

曹軍的補給日益困難。雖然留守許都負責供應的荀彧沒有任何抱怨，負責戰場後勤的賈詡盡了最大努力，但曹操還是感到補給上的重重困難。更為嚴重的是長期以寡敵眾，軍隊無法休息，難免疲憊。

曹操給荀彧寫了一封信，訴說心中的不安，甚至打算放棄官渡退守許都的想法。

荀彧回信表示，現在軍需困難重重，可敵人也一定不輕鬆。進入決戰時刻，任何一方撤退都會失去氣勢，往後一定陷入不利的局面。關鍵時刻，宜用奇兵取勝，請絕對不要放棄。

曹操彷彿吃了一顆定心丸。負責後勤的荀彧都有信心，身在前線的總指揮怎能認輸退卻呢？

曹操進一步分析，袁軍從黃河以北一直拉到官渡，戰線非常長，補給上的艱難和危險無疑更大。只要派出輕騎部隊，破壞袁紹的補給線，他就會不戰自潰了。

郭嘉分析，華北地區秋收剛過，袁紹的運糧車必在最近啟程。負責運糧的將領可能是韓猛，此人武藝高，但不慎重，搜尋攻擊機會，一定會取勝。

曹操問誰可擔當此任，前往破壞敵人糧道。

荀攸說，徐晃可擔大任。

袁紹當然知道糧食之於戰爭的重要性，把押糧任務交與心腹戰將韓猛，把軍需祕密屯在烏巢，足見其軍需安排並不比曹操遜色。

袁紹沒料到曹操先下手。

徐晃率領輕騎截擊了韓猛的運輸部隊，燒毀了袁紹所有的運糧設備。

袁紹不怕，還有烏巢，北方四州物產豐饒，可以再運。

袁紹手下謀士許攸，字子遠，自小跟曹操是要好的朋友，清楚曹操的性格，知道曹操的用兵特點。他建議袁紹分兵兩部：一部原地應戰，一部襲擊曹操的老窩許都。

許攸說：「曹操軍力都在官渡，許都勢必空虛。派輕騎兵晝夜兼程，去襲擊許都，定能成功。那時就可以奉天子以討曹操。即使拿不下許都，也可使曹操首尾失顧、疲於奔命，這對我們仍然是有利的。」

許攸這一掩襲之計確實是高明的，也是曹操所擔心的。袁紹當然也不難做到。

袁紹生性多疑，知道許攸跟曹操有舊，不相信許攸對戰局的分析，不採納許攸的建議。他傲慢地說：「費那個勁幹嘛？我要在這裡捉住曹操。」

許攸碰了壁，很不高興。

正巧，審配從鄴城捎來密信，說許攸的家人犯了法，案情可能涉及許攸。這麼一聯繫，袁紹更懷疑許攸有叛逃之嫌，喝令左右拉許攸下去斬首。眾人苦苦相勸，袁紹才說：「今番饒你死罪，今後不得在我面前進言。」

許攸思來想去，決定去投奔曹操，於是星夜離開袁紹大營。

曹操與許攸是年輕時的朋友，聽說許攸前來投奔，曹操急忙出迎，連鞋子都沒來得及穿，光著腳一溜小跑，拍手笑著說：「子遠這一來，我的大事可成了。」

兩人手拉著手，到營中坐定。

許攸先問曹操：「袁紹兵力很強，您打算怎樣對付他呢？」

曹操正在考慮回答，許攸又問曹操軍中現在還有多少糧食。

曹操一怔，該不會是詐降吧？

曹操回答說：「糧食支持一年，沒有問題。」

許攸聽後笑著說：「不是這樣，您還是說實話吧！」

曹操見許攸言談舉止不像詐降的樣子，就把戒心稍稍放鬆了些。不過，他仍有保留地說：「不過……現在只能支持半年了。」

許攸不高興地說：「您是不是不想打敗袁紹啊？為什麼還是不肯說實話呢？」

曹操知道瞞不過了，只得對許攸說：「都是戲言，戲言。其實軍中只有一個月的糧食了。誠懇期望子遠教我破敵之策。」

許攸見曹操信任自己了，便向曹操介紹了袁軍的情況，說：「袁紹的糧草基地，守備並不嚴密。烏巢守糧將官淳于瓊是個酒鬼，日日喝酒，天天昏醉。可以選派一支輕兵，冒充袁軍，前去襲擊，出其不意地燒掉那些糧草。不過三天，袁紹軍隊就會潰敗了。」

許攸的計策，正合曹操出奇制勝的意圖，曹操非常高興。

但事關重大，曹操還是避開許攸，召集幾位謀士研究劫糧方案。

荀攸說：「不會是圈套吧？袁軍在烏巢設下埋伏，想分割殲滅我們吧？」

郭嘉說：「要檢驗這一情報的可靠性，辦法很簡單。」說罷附在曹操耳邊嘀咕了一遍。

51

當晚，曹操留許攸在帳內喝酒，幾杯酒下肚，便說不能再喝了，就躺在床上，從蚊帳中看許攸自斟自飲。

曹操躺下去約莫半個時辰，就邊裝著打鼾，邊窺探許攸動靜，自言自語：「明、明天，烏、烏巢……」

許攸沒反應，饒有滋味地飲酒吃菜。

第二天，郭嘉高興地說：「劫糧計畫可行！」

曹操問為什麼，郭嘉說暗中派人窺探了袁紹和淳于瓊，沒有埋伏跡象。

曹操讚歎道：「奉孝年輕有為，老夫自愧弗如。」

賭注就押在烏巢！天黑了，曹操整軍出發。

曹軍穿著袁軍的服裝，打著袁軍的旗號，每人都揹一捆乾柴。為了不發出聲響，他們每人口中含著一根草棍，馬嘴也加上嚼子[32]，抄小路向烏巢摸去。

途中遇到袁軍盤問，曹軍就回答：「袁將軍怕曹操偷襲糧草倉庫，特意派我等去烏巢加強守衛」，袁軍信以為真，也就放行了。

32 是橫放在馬嘴裡的金屬條狀物，藉以控制馬的行動。

拂曉時刻，天模模糊糊地亮了，天地間混沌之間，曹軍包圍了烏巢的屯糧營區。老將淳于瓊，驍勇兇猛，一向高傲自信，此刻，還在打呼嚕，想必是昨晚又多喝了幾杯。

曹軍立刻圍住糧草大垛放起火來。營中袁軍看見四處起火，頓時大亂。淳于瓊不知虛實，出戰不利，只得退回營中，等待袁紹派救兵來。

袁紹得知烏巢遭襲，不派重兵去救，反以為這是進攻曹操官渡大營的好機會。

袁紹對長子袁譚說：「趁曹操在禍害烏巢，我們去奪取他的大營。只要把他的大營拿下，他就無家可歸了。」

袁紹派大將高覽、張郃等做前鋒，去進攻曹操大營。

張郃說：「淳于瓊怕抵擋不住曹操。若淳于瓊失敗，糧草沒了，大勢就危險了。我們還是趕快去解救淳于瓊吧。」

袁紹說：「攻打曹操的大本營，曹操必定撤軍回救，烏巢危險自然解除。」

張郃又嘟噥說：「曹操軍營堅固，恐怕一時很難拿下。如果淳于瓊等人戰敗被抓獲，我們這些人也可能成為他的俘虜。」

袁紹固執己見，說：「休得多言，休得多言。」

袁紹派張郃、高覽率領重兵，攻打曹操官渡大營。

果如張郃所料，曹操的大本營防守堅固，袁軍打不下來。

曹操得知大本營被攻的消息後，並不撤軍回救，堅決要把烏巢攻破，親自指揮士兵，猛烈攻擊淳于瓊。

袁紹派了幾千人來救援烏巢。曹操的偵察員報告說：「敵人的騎兵越來越近了，快分兵去迎擊吧！」

曹操只顧猛攻淳于瓊，喊道：「等敵人到我的身邊再報告！」

曹軍將士奮不顧身，拼死作戰，很快攻破淳于瓊大營。

淳于瓊受傷溜走，其餘袁軍部將大都被殺死。前來救援的袁軍，見大勢已去，紛紛逃散。

打掃戰場時，曹軍抓住了淳于瓊，割下他的鼻子，押送給曹操。

曹操過去曾與淳于瓊同列西園八校尉，淳于瓊是右校尉，也算同僚。曹操不想殺他。

許攸提醒曹操說：「他以後一照鏡子，就會想起來自己是怎麼掉了鼻子的。」意謂淳于瓊是要記仇、報仇的。曹操於是下令把淳于瓊殺了。

攻打曹營的袁軍將士，聽說烏巢糧食被燒光、淳于瓊等被殺的消息，軍心動搖，攻營無力。

袁紹又催戰說：「攻不下曹軍大營，提頭回來！」

張郃和高覽意識到自己的命運恐怕和田豐、沮授差不多，決定率兵投降曹操。二人將攻城器具燒掉，降了曹操。

曹操拈鬚笑道：「感謝袁紹又為我輸送了兩員戰將，看來河北真是一個出人才的好地方啊！」言罷哈哈大笑。

袁紹無論如何也不敢相信，自己七十萬軍隊對付不了曹操的十萬軍隊。假如當初聽了田豐、沮授的規勸，情形又將怎樣呢？

袁紹想到這裡，後悔不迭，老淚縱橫：「這，這難道是天意？！」

袁紹淚眼婆娑中，顏良、文醜、淳于瓊等愛將的英武形象歷歷如在目前，可他們已血灑疆場。

袁紹望著身旁耷拉著腦袋的將士幕僚，厲聲吼問：「田豐在哪兒？沮授呢？」

四下靜悄悄。袁紹才感覺到了自己的失態，無限悽楚地把袁譚端詳了一陣，目光移到壁上懸掛的寶劍。

袁譚似乎意識到不好，緊緊抱住袁紹，聲淚俱下地說：「自古道『留得青山在，不怕沒柴燒』。爹一向氣度寬宏，千萬莫想不開啊！」

極度悲哀的袁紹終於靜了下來，隨之而來的是咬牙切齒的憤怒——「曹賊，終有一日，我將用你的腦袋祭奠死難將士的陵墓！許攸、張郃、高覽，這幾個叛賊，終有一日，我將生吞活剝你們！」

袁紹下令全營撤軍。

曹操探知袁紹撤軍，立刻下令曹洪、張遼等急速攻擊袁紹的大本營。

袁軍在曹軍的全線進攻面前，毫無抵抗力，士氣低落，四散奔逃。

袁紹聽說衛隊潰散，知大勢已去，來不及穿甲戴盔便跨上馬背，只有長子袁譚率侍衛緊隨其後。

袁軍輜重車輛、金銀珠寶盡皆丟棄，在慌亂中僅率八百餘輕騎渡過濟水而去。

袁軍被屠殺十多萬，濟水、官渡水盡成紅色，屍首塞河，水為之阻。

袁紹的謀士沮授被曹操的軍隊活捉。

曹操愛惜沮授的才能，想勸他投降，說：「袁本初沒有謀略，不採用您的計謀。如今天下尚未平定，這正是我們共商大事的時候。」

沮授推託說：「我家人都在冀州，他們的性命握在袁氏手中。希望您能諒解我，還是讓我快點死吧！」

曹操聽了不禁感歎，說：「我要是早日得到此人，打天下還會有什麼可以憂慮的呢？」感歎之後，仍是不想殺，暫送沮授到營中安置。

沮授打算逃歸袁氏，在路上被守關將士殺了。

曹操派人清理袁軍丟下的資料，發現一批信件，其中有些是從許都、曹軍中發出的。曹操手下人認為其中准有人同袁紹暗中勾結，主張嚴加追查。

曹操說：「老袁強盛的時候，我都感到難以自保，何況他人呢？」

為了解除有關人員的疑慮，曹操下令將這些信件全部燒毀。這一舉措，使那些原來暗通袁紹的人都放下心來，棄袁而親曹了。

袁紹軍敗北逃，有人對被袁紹關在獄中的田豐說：「您勸阻袁紹南征，事實證明是正確的。袁公回來後，肯定會重用您了。」

田豐搖頭說：「袁公表面寬和，內心嫉恨。若他得勝回來，在歡喜之餘，還能饒我一命。戰敗之後又氣又惱，肯定要向我發洩，我是活不成的。」

田豐算得很準。袁紹回到鄴城，果然殺了他。

官渡之戰，改變了袁、曹之間的力量對比，曹操由劣勢轉為優勢，往後就是消滅袁氏殘餘勢力，推進北方統一。

第9章

傾國傾城甄洛

52

話說官渡一戰，曹操以少勝多，袁紹元氣大傷。曹操見袁紹蔫了，對自己構不成威脅，便計畫進兵江東。

江東原由孫策控制，孫策新死，其弟孫權繼承權力，但尚未穩固。

曹操手下侍御史張紘勸阻曹操說：「趁別人辦喪事的機會出兵討伐，這不符合道義。若不能取勝，反而增加一個仇人。不如利用這個機會厚待孫權，也好給自己留條路。」

曹操接受了張紘的意見，表舉孫權為討虜將軍，兼會稽太守。並派張紘為會稽東部都尉，希望他逐步影響孫權，讓孫權歸降曹操。

西元二〇一年，春天，曹操的軍隊在兗州東平進行了休整。

曹操說：「咱就去打劉表吧，劉表過去長期和袁紹同盟，非常討厭。」

荀彧建議曹操，先別揮師南下：「袁紹新敗，正應趁他處境困難的時候，徹底打敗他。若您遠道勞師江漢之間，一旦袁紹勢力復活，乘虛襲我之後，大事就壞了。」

曹操聽了荀彧的話，覺得有道理，於是打消南征劉表的念頭，決定進軍河北，徹底消滅袁氏勢力，平定冀、青、幽、並四州。

在北進之前，曹操突然南顧，親自率兵掃蕩汝南的龔都和劉備一夥。

此時關羽已經找到了劉備，拜把子弟兄們又團聚了。龔都未戰先逃。劉備也慌忙開溜，同關羽、張飛、趙雲等帶著將士們到荊州投靠劉表。

曹操沒打一仗，僅轉了一圈，便肅清了汝南的心腹之患。

西元二〇二年，青黄不接的春月，曹操回了趟故鄉譙縣，見到家鄉父老遭受的戰爭災難，很是痛心。

於是他下了一道「軍譙令」，說：

我起義兵，是為天下攘除暴亂的。中原逐鹿，導致人民大量死亡，終日行走不見人影，使我萬分悲痛。

自我興起義兵以來，凡是犧牲的將士沒有後代的，要尋覓他們的親戚來做為後代，發給他們撫恤金，分給他們土地和耕牛，由官府設立學校，免費培養他們的子弟。

曹操又下令為烈士們建立紀念館，豎立紀念碑，讓後人祭祀他們。

「這樣，如果死者地下有知，我死後去見他們時，也就不會感到羞愧了。」曹操說。

曹操利用戰爭間隙，用以工代賑的方法，主持修建了溝通汴、淮水系的睢陽渠。這項大型水利工程，對中原東部廣大地區民眾的脫貧致富，發揮了重要作用。

接著，曹操率軍進駐官渡，做進軍河北的準備。

袁紹可能感覺到巨大的打擊即將來臨，竟然病倒，乾脆死了。

袁氏集團失去了主帥，但仍有一定勢力，仍控制著冀、青、幽、並四州。

袁紹的小兒子袁尚，繼承袁紹的爵位，為冀州牧，駐紮鄴城。其長子袁譚仍為青州刺史，駐紮臨淄；另外一個兒子袁熙仍為幽州刺史，駐紮薊城；外甥高幹仍為並州刺史，駐紮晉陽。

袁氏兄弟之間，有著錯綜複雜的關係，袁譚和袁尚在爭奪繼承權的鬥爭中關係已越演越烈。

原來，袁紹喜歡幼子袁尚，打算立他為後嗣，然而袁譚為長子，理當為繼承人。正在袁紹猶豫未決時，他離開了人世。

袁紹手下的主要官員也是兩派。支持袁尚的審配、逢紀，立即同袁尚的母親劉氏勾結，假託袁紹遺命，立袁尚為嗣子。

袁譚自然很是不滿，但見大局已定，跟支持自己的辛評、郭圖等，也就勉強接受了這個現實。

袁尚派袁譚領兵去鎮守黎陽，以抵禦曹軍進攻。袁尚不信任袁譚，派逢紀去做監軍。袁譚見曹操大軍壓境，請求袁尚給他增派軍隊。袁尚聽審配的話，怕他勢力大起來，不給他添兵。

袁譚一氣之下，把袁尚的親信逢紀給殺了。從此，他們兄弟之間的關係更是惡化。

曹操在九月間率軍渡過黃河，進攻袁譚。

袁譚吃了敗仗，向袁尚告急。

袁尚怕黎陽有失，想派兵增援，又怕袁譚吞掉他的軍隊，於是留審配守鄴城，親自領兵趕赴黎陽上陣。

結果袁尚、袁譚弟兄倆合起來，也不是他曹叔叔的對手，數戰數敗，只得退到城中固守。

在此之前，袁尚已經布置了西北戰事，派他所任命的河東太守郭援，同並州刺史高幹，聯絡匈奴的狐突泉單于、涼州刺史馬騰，共同發兵，對付曹軍。

針對這種新的軍情，曹操通知司隸校尉鐘繇擺平西北。

鐘繇一方面進兵，一方面派員前去說服馬騰改變立場。馬騰同意了，派長子馬超率領一萬多人合兵鐘繇。鐘繇打了幾場勝仗，殺死或收降敵將，很快解決了問題。

西元二〇三年，東漢建安八年二月，曹操率軍奮力進攻黎陽，不日攻克，袁尚、袁譚敗逃鄴城。黎陽是冀州的橋頭堡。曹操占據黎陽，自然取得了戰略主動權。他乘勝追擊，四月間到達鄴城。鄴城守備堅固，曹操想進行攻堅，早日拿下。

郭嘉獻策於曹操說：「主公請勿著急。袁紹生前沒有確立兩個兒子哪個是繼承人，如今這弟兄倆各樹黨羽，互相爭鬥。我們進攻太急，他們就會聯合起來對付我們。我們暫緩攻擊，他們之間就會發生火拼。」

曹操說：「那我們退避三舍，靜觀其變？」

郭嘉說：「不妨做出向南征討荊州劉表的姿態，待到形勢變化，再來進攻。」

荊州劉表此時確實在瞅著中原局勢的發展，時刻準備著打過來。回師南下，也可以對劉表產生一定威懾作用，使他不敢輕舉妄動。

曹操接受了郭嘉的建議，安排了黎陽的守備，於五月間率軍離開了河北。

53

曹操率軍離開河北，休整三個月後，於八月間動身南征，到達西平[33]，便接到了袁尚、袁譚互相攻伐的消息。

原來曹操一撤軍，袁譚便要袁尚給他的軍隊更換新的鎧甲，以便追殺曹操。袁尚不給，袁譚大怒，領兵攻打袁尚。

袁譚和袁尚在鄴城外空地上展開激戰，結果袁譚大敗，退守南皮[34]。

袁尚繼續追打，袁譚逃到平原[35]，袁尚領兵將平原團團圍住，攻打甚急。在袁尚的多次圍攻下，袁譚越來越難以支持，無計可施，便派手下人辛毗向曹操求救。

辛毗見到曹操，說明袁譚求救之意。曹操立即召集僚屬們商議對策。

眾人提出了各式各樣的意見，不少人說應該先平定荊州，而荀攸力主趁機去收拾袁氏兄弟。

荀攸認為，天下混亂，劉表坐保一隅，可見其沒有征服四方的雄心壯志，不足為慮。袁氏兄弟如果和睦相處，守住袁紹的基業，河北四州之地是很難馴服的。如今兩兄弟間關係惡化，勢不兩立，只要一方吃掉另一方，其力量就會統一起來，力量一旦統一，就難以圖謀了。

33 現在的河南省西平縣以西。
34 現在的河北省滄縣西南。
35 現在的山東省平原縣南邊。

荀攸的意見，實際上是對原來郭嘉意見的引申。曹操認為正確，便採納了。

十月間，曹操率軍北上，到達黎陽，劍指鄴城。

袁尚得知曹操要攻打自己的老巢，慌忙解除平原之圍，回師鄴城，其部將呂曠、高翔叛歸曹操，曹操封二人為列侯。

袁譚卻在此時暗中給呂曠和高翔送來將軍的印綬，打算拉攏兩人。曹操知道了，表面上依然友好，派人去平原為自己的兒子聘求袁譚的女兒，以穩住袁譚。袁譚怕曹操起疑，就答應了親事。

之後，曹操藉口糧食不足，又率軍退回黃河南岸。

袁尚一看曹操退走，留審配守鄴城，又親自領兵攻打平原。

弟兄倆剛剛開戰，曹操趁機揮師，直搗鄴城。

鄴城守備堅固。曹操指揮將士，起土山，架雲梯，挖地道，招數用完，都不奏效。

最後，曹操在城的四周開挖壕溝，長約四十里。壕溝又窄又淺，拍馬一躍即過。審配在城頭上望著，暗暗發笑。

只有曹操清楚，鄴城的陷落已是難免了。

薄暮時分，漳河流水滔滔，莽莽田野上嚴霜覆蓋，出來巡營的曹操，遠望著指日可下的名城，躊躇滿志。

附近營帳中有人唱歌，隨風傳來即興編出的歌詞：

「……圍城將破，玉帛何多，千金萬金，不如此奴，哦……哦……哦……圍城將破，玉帛何多，千金萬金，不如此奴，哦……哦……哦……」

曹操聽得，忽然悟到了所唱所指，不覺一笑，心裡半天未得平靜。

軍士們唱的，是鄴城中傾國美貌的女子——袁紹兒子袁熙的妻子甄氏，中山郡無極縣人，名喚甄洛。

甄洛的家庭累世簪纓，本屬高門望族。其先祖中有位叫甄邯的，曾經做過漢室太保，終身輔佐朝廷。甄洛的父親甄逸，官居清原令，也名重一時。

俗話講，水滿則溢，月滿則虧。甄家不久又歸於敗落。

甄洛三歲喪父，十歲歿兄，只留得寡母孤女，相依為命。後來又遭戰火，燒得片瓦不存，無處可以棲身。

幸有甄逸生前好友野王令劉粱憐她們母女生活無著，把二人接到家中居住。兩家並為一戶，生活雖非舊日可比，倒也衣食充裕，心緒安寧。

劉粱有位公子，名叫劉楨，字公幹，生得眉清目秀，英俊瀟灑，而又才思敏捷，下筆成章，遠近譽為第一才子。甄洛小劉公子兩歲，素以義兄相稱，時常向他學習詩文。

甄洛的胞兄在世時，就常引導甄洛誦讀詩書，甄洛也常用胞兄的筆硯習字。如今寄宿劉家，義兄是出名的文士，教她著詩作文，正是她十分愉悅的事情。

甄洛整日「楨哥」地喚，劉楨教她的詩文學得奇快，一兩遍後，即可出口成誦。

甄洛自小就美豔驚人，及長，又博覽群書，成了遠近聞名的才女，堪稱才色雙絕。

時光荏苒，無數個夜晚，燭影灶旁的歡聚，花叢月下的嬉戲，劉楨和甄洛靈犀相通、心照不宣。

誰知天有不測風雲，野城同以前的清原一樣，燃起了熊熊戰火。

袁紹的軍隊攻打野城，劉楨在戰亂中逃失，甄洛不幸為士兵所擄。

在三天的爭戰中，劉粱率領守城將士抵抗得極為英勇，連殺了袁紹的幾員大將。袁紹大怒，下令攻入城中之後殺盡劉梁一家老小。

也是甄洛命不該絕，千鈞一髮之際，袁紹的祕書陳琳一句話將她救了下來。為袁紹代筆撰寫討曹檄文的陳琳，字孔璋，他看到甄洛姑娘閉月羞花般美麗，頃刻就要做了魯莽軍士的刀下鬼，頓生憐憫之心，喝令軍士住手，要放她逃生。

軍士們聽得陳琳斷喝，不敢下手，但又怕違背了袁紹的命令，就把甄洛押到內帳，請袁紹決斷。

袁紹看到甄洛面若三月桃花，豔絕天地，既不忍殺，又不肯放，思量半晌，最後決定賜給兒子袁熙為妻。

袁熙本是一介武夫，為人粗悍，相貌醜陋，跟甄洛那翩翩年少、才俊超人的義兄劉楨相比，簡直是地下天上。

甄洛厭惡袁熙，懷念義兄，可是事到如今，哪裡敢道半個不字。嘴上不敢略有微詞，心裡依舊愛恨分明。新婚之夜的洞房內，甄洛嚶嚶悲泣，拒不就範。

惱怒的袁熙抽出一把利劍嚇唬她，滿屋裡寒光閃閃，殺氣逼人。

甄洛不敢再哭，也不敢再叫了，雙手掩面，聽任擺布。

很快，袁熙奉命出守幽州，他要將甄洛帶到任上去。

甄洛萬分害怕，猶如一隻小羊即將被牽進屠場。她藉口留在鄴城照顧婆母劉氏，由劉氏出面，將她暫時留在了鄴城。

誰知袁熙出守幽州不久，曹操的大軍就來了，圍困了鄴城。

甄洛終日心裡驚恐，坐臥不安，無異於籠中的一隻驚鳥。

甄洛嫁給袁熙之後，陳琳出入袁府，他們偶爾見面，陳琳教她學習詩文，還用討曹檄文為教學教材。

甄洛根本不知道，陳琳在檄文中所列舉曹操的惡行，十之八九屬於妄筆誣言。她認為那些都是真的，曹操像魔鬼一樣殘害天下，殺戮無辜，恩將仇報，簡直太可恨了，太可怕了！

外人都清楚，曹操早年與袁紹一起興兵結盟，盟軍分崩後各據一方。其實是袁紹小肚雞腸，導致互相間的征戰沒有止息。時至今日，袁氏父子與曹操已互為死敵。

袁紹數月前病死，曹操並未因此延緩攻擊。

人們也在憂慮，曹操一旦攻破鄴城，袁家上下老小，包括甄洛，焉有命在？

其實曹操不是人們所想像的那樣，他巡營回到帳內，即傳令三軍：「城破之日，無論何人均不准擅自進入袁氏宅第，違者必嚴加究辦。」

諸軍將士以為曹操在保護袁氏家屬，都覺得他顧念舊情，難能可貴。

54

當天深夜，曹操突然命令軍隊，將所挖數十里的壕溝加寬加深，各為兩丈。黎明之際，又寬又深的壕溝挖成了。曹操下令，決引漳河，以水灌城。鄴城一下子變成了汪洋中的孤城。

隨後整個夏天，三個月時間，鄴城為大水圍困，城中缺糧，有一半以上的人活活餓死。

袁尚得知鄴城危急，率兵一萬多人回來解救。

曹操召集部下商討對策。不少人認為，袁尚回救老巢，勢將死戰，不如避開鋒芒，撤向一邊。

曹操說：「偵察一下。他要從大路來，說明他不顧安危，下定必死的決心，我們可以避開。若走西山小路而來，說明他心虛膽怯，可以打他。」

袁尚從小路跑回來了，離鄴城不遠，舉火向城中發出信號。鄴城守將審配知道援軍已到，一面舉火呼應，一面率軍出城，企圖裡應外合，打個勝仗。

曹操早有計劃。出城的審配受到曹軍強力阻擊，又逃回城中。接著袁尚軍隊也被英勇的曹軍打敗。

袁尚領著殘兵敗將，逃到漳水邊上，還沒紮下營寨，又被曹軍包圍。

袁尚見大勢已去，吆喝說要投降。曹操不答應，加緊圍攻。

於是袁尚的大部分部將都降了，僅有袁尚帶著幾十個人逃竄了。

城中袁軍得知袁尚慘敗，頓時士氣低落，鬥志瓦解。

審配還給部下打氣，說：「曹軍已經疲憊不堪，我們要堅守死戰。幽州袁熙將軍的救兵就要來了。袁熙也是我們的主人，怕什麼呢？」

但是，審配的侄兒審榮、部將蘇由等人，趁審配不注意，打開東城門，投降了曹軍。鄴城易主的這個時間，是西元二〇四年，漢獻帝建安九年。

隨曹操在軍中作戰的兒子曹丕，字子桓，年輕氣壯，帶領先鋒隊，打頭衝進鄴城。審配率兵與曹軍展開巷戰，「殺！殺！殺！」喊聲衝天。最後審配戰不過，躲進井裡藏起來，被曹軍發現，活捉了他。

曹操欽佩審配忠於袁尚的骨氣，想把他留下來。

可審配在鎮守鄴城期間，殺了想投降曹操的副將辛評一家老小。原先郭嘉勸辛評離開袁紹，辛評不悟，後來覺醒，想投降曹操，讓審配殺了。辛評的弟弟辛毗痛哭不止，堅決要審配抵命，曹操只好把審配處死了。

卻說曹操在郡衙內，處理一應接收事務，難以分身。忙碌得差不多之後，想到豔名滿天下的甄洛。曹操問降將蘇由：「聽說袁紹的幾個兒媳婦都很美，到底怎麼樣？」

蘇由是個善於察言觀色之人，回答道：「老袁的幾個兒媳，確實個個貌若仙子。但在這幾個兒媳中，要數這二媳婦甄氏最美。不僅姿色絕倫，而且還知書達禮，善解人意。劉夫人在袁府中是以脾氣古怪聞名的，誰也侍候不好，只有這個二媳婦甄氏，最合劉夫人的脾氣，劉夫人十分喜愛。甄氏在袁府中調和上下，親融內外，府中人人都喜愛她。」

一員守城武將說起這甄氏來，都如此頭頭是道、心馳神往，可見其美名實在是家喻戶曉啊！

曹操舒舒臂，展展腰，正待命令部下處理袁氏家屬之事，回顧時，卻不見了曹丕在身旁。

曹操以為曹丕年少好動，觀光街巷去了，心裡說：「小小鄴城，讓袁紹荒廢多年，還有景致好瞧嗎？」

豈不知曹丕自有盤算，在父親不注意時，偷偷溜出郡衙，領著幾個貼身衛士，策馬直奔袁氏府第。

軍士把守著袁府大門，見曹丕下馬就朝裡進，橫戈攔住，說道：「奉將令守門，任何人不得入內。」

曹丕拔劍大喝道：「吾正是奉命行事，還不快快讓開！」

隨從們借威呼喝：「讓開，讓開！」

軍士們認識隨軍作戰的曹公子，既怕違了將令，又怕得罪了曹丕，兩難之間，不免猶豫不定。

曹丕不失時機地持劍擋開戈戟，大踏步闖進門去，貼身衛士隨著一擁而進。

崗哨們不敢上前阻攔，只得遣人飛報中軍。

曹丕進入袁府一看，重門疊院，倒也顯出富麗豪華。只可惜戰亂失修，加之時在晚秋，花草枯萎，黃葉鋪地，門窗自開，籠鳥餓死，一片荒涼景象。

曹丕佇立院中側耳靜聽，蕭蕭秋風送來一陣隱隱哭聲，遂手持利劍，循聲找進一間偏房。

曹丕進入外間，發現內間的門還在緊閉著，哭聲正從裡間傳出來。

曹丕遂猛踢內門，喝問道：「誰人在裡面哭泣？」

屋裡沒有回答，但即刻停了哭聲。

曹丕將臉貼在門縫看進去，發現是一女子席地而坐，正嚇得渾身打戰，雙手捂著面孔，由指縫裡驚恐地偷看著門口。

曹丕厲聲道：「事到如今，還不開門投降，難道等死嗎？」說著用力推門，推得吱吱嘎嘎。

屋內女子哆嗦著來到門邊，猶豫片刻之後，用顫抖的手拉開了門閂。

曹丕進入內室，見室中女子倭髻歪斜，衣衫淩亂，雖說哭聲稍歇，但淚眼婆娑。

女子顯然是個聰明人，見對方惱怒，劍閃寒光，急忙伏身於地，哀聲求饒說：「將軍饒命，將軍饒命。」聲音恐懼，聽之楚楚可憐。

曹丕伸手抓住女子的頭髮，朝上一提，女子仰起臉來。

這時曹丕猛吃一驚，心頭立刻軟了。他萬萬沒有想到這張面孔竟是如此的光豔照人：不是桃李，比桃李更豔；不是荷花，比荷花更美；不是春風，比春風更柔；不是明月，比明月更媚。

曹丕是個公子哥兒，見過美人無數。相比之下，其他所謂美人都變成了烏鴉，而眼前的人兒，簡直是隻金鳳凰。

這時，曹丕又發現老太婆一名，躲在門後的牆角，嚇得渾身篩糠，說不出話來。

曹丕說：「出來。告訴我，你們是什麼人？」

老太婆走出來，顫顫巍巍地說：「老嫗我是袁、袁紹之妻劉氏，這少婦，是我兒子袁熙之妻，甄氏。」

曹丕的心咚咚地跳將起來，面前的美人原來就是聞名遐邇的甄洛啊，怪不得令人心旌搖動！

曹丕喜愛擊劍，善於騎射，武功不凡，同時又讀書萬卷，通曉古今，做得一手錦繡文章。他此時年屆一十八歲，對美貌少女常懷愛慕之情，站在甄氏面前，憐香惜玉之意更是油然而生。

曹丕說道：「險些傷了絕代佳人，真是太魯莽了。我是曹將軍之子，五官中郎將曹丕，讓你們受驚了。」

劉老太婆說：「將軍饒了我婆媳性命，就是至恩大德，一定犬馬相報。」

這時候甄氏的情緒稍稍安定下來，才敢怯怯地打量曹丕。她發現曹丕的霸氣已經消失了，臉上現出了溫和的神色。

在甄氏的眼裡，頭戴束髮金冠、身披錦繡戰袍的曹丕，個子矮了一些，面孔稍顯黑瘦，但雙目炯炯，富有神采，整個人於威武之中透著幾分儒雅。論長相，這位將她刀下放生的青年軍官雖不及義兄劉楨，但較之袁熙，卻是強過千倍。

曹丕久久注視甄洛，不願移動目光的情形被劉氏看在眼裡，她不失時機地說：「曹公子如果不嫌甄氏粗陋，老妾願將她獻出，服侍公子。」

此時曹丕已是有意收納美豔的甄氏了，就命令衛士好生照看，任何人不得欺辱她。

甄洛便被曹丕軟禁在袁府一所華麗的小院裡，獨坐空房，不由得思緒紛紜。她已從劍下逃生了，可往後的命運，還是難以預料。

春天險些死於袁氏之手，及秋，又幾乎喪命於曹家刀下。高門望族，刀劍如林，尤其在這兵荒馬亂的年月！

她再也不願生活在公侯將相之家，她願飛到鄉里，飛到林間，飛到草澤，飛到水邊，做一隻自由自在的小鳥，雖沒有錦衣美食、奴婢僕役，卻可免遭膽戰心驚的性命之虞。

然而，她無力自主，只能被動地等待著命運的擺布。

過了一個時辰，曹丕再度進入袁府，徑直進入甄氏所在的房間。甄氏已然沐浴過了，也梳了頭髮，換了衣裝。

曹丕滿眼只見到美豔動人，鼻端只聞得幽香絲絲，早已癡了。曹丕忘了戰爭，忘了曹家的事業，甚至忘了周圍的一切存在，覺得世間再沒有比這個女子更可愛、更重要、更值得為之拚命爭取的東西了，伸臂便將柔軟的甄氏擁進懷裡，擁向床榻……

55

接收鄴城，事務繁雜。曹操在郡衙內忙到黃昏，才忙得告一段落，這時想起心事，命人立即去把甄洛接來相見。

左右奉命，去了一會兒，就轉來回稟：「報告！五官中郎將午間進入袁府，聽說已經納了甄夫人。」

曹操聽了，面色由紅轉白，由白轉青，半晌沒有作聲。

曹操的謀士孔融，字北海，雖說有點另類，曹操從沒有低看他，還是讓他同別的謀士一樣隨軍，享受高級待遇。孔融是個細膩的人，看到曹操的情緒變化，就說：「曹公，武王破紂的時候，將美貌的妲己賜給周公，至今傳為美談呢！」

曹操聽了一怔，想了想，說：「北海博覽群書，請問此事載於何處？」

這是孔融編造的，歷史上是沒有此事的。孔融微微一笑，從容地答道：「將古比今，大概應該有這樣的事吧。」

曹操明白了孔融的意思，勸諫自己罷了念頭，將計就計。

這時曹丕也不失時機地出現了，並不直接向他老爸說甄洛之事，而是找來富豪崔琰說媒，攛掇著將崔琰的小侄女許配給弟弟曹植。

事已至此，別無他法，曹操索性大笑起來，下令將甄氏許配給曹丕為妻，將崔琰侄女許配給曹植，並決定次日為曹丕完婚。袁氏的舊府變成了曹家的新居。

為了給曹丕完婚，院落打掃得乾乾淨淨，門窗擦洗得纖塵不染。

一度蕭條的宅第頓時熱鬧起來，人來人往，笑臉相映，絲竹管弦，不絕於耳。

烽火才熄，喜事登場。曹、袁雙方的屬吏，盡數冠服一新，從四面八方的街巷走來祝賀。戰爭劫難之後殘破的鄴城，因此顯得喜氣洋洋。

婚禮之後，新人雙雙拜見尊長，曹操這才見到此前軍營中兵卒們吟唱的美人兒。

曹操在座上細看甄氏，相貌、神情、體態、舉止，果然沒有半點瑕疵。

新人拜罷，雙雙站起。

曹操含笑說道：「子桓，你今年十八歲了。新婦不愧為人間絕色，又溫柔知禮，我想你也應該知足了吧？」

曹丕連忙點頭稱是，看一眼甄洛，難掩滿心歡喜。

曹操又說：「從此應該收起心來，致力正事，做好我的臂助，再不可像往日般的孩子氣了。」

曹丕恭敬地答道：「是，父親。孩兒一定收起心來，致力正事。」

曹操轉過臉，溫言柔語地對甄氏道：「我與袁將軍是故交啊。征戰的事，實屬無奈，事已至此，也就不必多說了。我只是記掛著，袁顯奕還在幽州……」

袁顯奕即守任幽州的袁熙，曹操此時提及他，自然是想藉此了解一下新兒媳婦的心事。

甄氏很聰明，介面說：「公公請不必說下去了。顯奕娶了我，實際兩人相聚的日子不足三月，彼此又合不來，因此他出守幽州，我就自願留在了鄴城。今日由公公做主，子桓和我名分已定，以前的事就當它是一場夢吧！」

曹操聽了極為高興，得意地說道：「這才是好孩子。只要曹氏得昌，一定不會虧待了妳。子桓還不夠老成，真要有什麼不如意的事，妳儘管來跟我說，我自然為妳做主。」

甄洛微抬眼瞼，望一眼面前英雄蓋世而又兒女情長的公公。與曹操視線相接的一剎那，甄洛大受震動，不禁趕忙低下眉來。

曹操根本不是陳琳所形容的惡魔，而是十分溫和、慈祥，尤其是那目光，令她又驚又羞，難以自持。

直至回到內室更衣時，曹操那雙特殊的眼睛彷彿仍亮在甄洛面前，讓她心潮動盪不定，情緒紛亂不休……

洞房設在華麗的天香閣。

天香閣也曾是當初袁熙與甄氏成親的地方，不同的是，如今鳩巢鷹占，另換新郎了。

三更敲過，萬籟俱寂。院子裡照路的燈籠已經熄滅。窗外有了腳步聲，接著門被推開，曹丕走進來了。

甄氏的心緒早已不再驚恐了，她覺得曹家比之袁家，讓人願意接受。曹丕也決然不同於袁熙，感情豐富細膩，而且他尊重她。

兩天以來，廝守交談，曹丕知道甄氏甚通文墨，甄氏也發現曹丕具備很高的詩人天賦，這無疑使雙方的感情錦上添花。

甄氏雙頰紅暈，睫毛微閃，燈光下更顯得嬌豔萬分。

曹丕走近來，擁起她，她則就著他的一抱之勢，輕盈地偎進他的懷裡，瞇起美麗的眼睛，迎接他忘情的親吻。

接下來的時光，曹丕精力充沛，永無止息，真正地挑動了甄洛的女性情懷。

甄洛覺得，就在一夜之內，自己成熟了，像一朵花舒展地開放，比以往更豔，更盛，更加蕩心動魄了。

自這個夜晚起，甄洛的生活發生了改變，她眼裡的鄴城也隨之改變，再不像以前那樣整日灰暗著，飄浮著滿天風沙了。

曹丕放棄了狩獵活動，荒廢了政事參贊，甚至疏遠了詩文密友，全心全意都在甄洛的身上。早上看著她巧手整衣，對鏡理妝；晚間再看著她洗盡鉛華，玉體橫陳，不願有一時一刻的分離。

滿足與喜悅相輔相成，在曹丕與甄洛之間生長、彌漫，他們感覺整座鄴城都被踏在腳下了，沒有誰可與他們比肩。

曹丕常常說：「洛洛，我此生什麼都不需要了。有了妳，世事樣樣成空，只有妳才真實地存在。我此生不能沒有妳。無論將來怎樣，我們永遠不分開。」

第10章

文心文采三曹

56

曹操解放鄴城之後，即刻頒布休養生息的種種措施，扶持百姓生產，快速恢復慘遭戰火荼毒的經濟，受到了各界的讚賞。

甄洛喜愛詩文，驚喜地發現曹家原來是個詩書之家，公公曹操筆力雄奇，丈夫曹丕辭章俊美，還有個小弟曹植，十四、五歲，詩文靈秀超眾。

這一日，甄洛孿有興致地在天香閣裡抄寫曹丕的詩作《燕歌行》，一邊抄，一邊詠，一邊感歎。秋風蕭瑟，草木零落，白露為霜，候鳥南飛……蕭條的景色牽出思婦的懷人之情。良人無奈滯留他方，遲遲不得歸，一定思歸戀故鄉。女子呢，整日在相思中生活，憂來思君，苦悶不堪，想藉琴歌排遣，卻又短歌微吟不能長，只好望月興歎了。

他的筆致怎麼如此委婉呢？

他的辭采怎麼如此清麗呢？

他的體察怎麼如此精微呢？

他的情感怎麼如此纏綿呢？

曹丕回來了，沒有像往常那樣與甄洛說話，熱烈地表示親愛，而是悶悶地坐在那裡。

甄洛發現曹丕神情異常，就推開硯臺，放下筆管，走過來問他：「你心神不定的，外面有什麼事嗎？」

曹丕問她：「我似乎聽你說過一句，你認識陳琳？」

曹丕這樣突兀地一問，甄洛的心猛地顫抖了幾下。

曹軍破鄴入城前夕，甄洛見過陳琳一次。當時情況十分危急，陳琳安慰她和劉氏不要驚慌，就忙著去了郡衙。

不過大軍入城後，直至今天，她不曉得陳琳的下落和消息。不意這時曹丕突然問起，她怎能不感到驚訝呢？

甄洛問曹丕：「說的是陳孔璋吧？」

曹丕說：「是的。」

她說：「陳孔璋是袁紹的祕書，曾經教過我詩文，應該說，他也是我的老師。」

曹丕臉色一變，急忙說：「快別這麼講，難道妳不怕受連累嗎？」

甄洛吃驚起來，問：「到底出了什麼事？」

曹丕說：「陳琳已經被抓起來了，很多將領主張斬首。但有幾位文友找到我，要我在父親面前替他說話。」

甄洛驚恐不定，半晌，突然大聲說：「他又不是戰犯，不能殺他。」

曹丕沉吟了一會兒，說：「你不知道，他曾對我們曹家信口雌黃，污言穢語，連祖宗三代都罵了啊！」

「可……他救過我的命。」甄洛說，「而且，他是天下有名的文士，你也是這樣愛才的，怎能讓才子被殺掉？」

曹丕說：「我去見見父親。」說完就走了出去。

甄洛不由得俯身在床榻上痛哭起來，哭著說：「孔璋，你是我的救命恩人，如今我卻不能救你，我無能，我無能啊……」

哭了一陣，她爬了起來，心想我還得設法救陳琳，不能老在這裡哭啊。

可是救他，能有什麼辦法？

想來想去，還是只能等曹丕回來，再求他去公公那裡為陳琳說情。

曹丕去了不久就回轉來，甄洛急切地向他詢問陳琳的吉凶禍福。

曹丕說：「父親沒有說話。」

甄洛央求曹丕，無論如何要再設法相救。

曹丕歎息了一聲：「天色已晚了，對陳琳的處置也許要放在明日。我去同阮瑀、徐乾等文士再商議一下也好，說不定大家能想出救助陳琳的計策也未可知。」

晚餐之後，曹丕出去了。天也黑了，甄洛忽然生出一個莽撞而大膽的念頭：自己去面見公公，幫助陳琳化險為夷。

曹操暫時住在袁府後院。

晚上的首長駐地，燈影幢幢，衛士如林。

甄洛終於悄悄地來到了曹操的窗下。

屋內燭火放光，映照出曹操的身影。是在處理軍機檔，還是在讀書？她不敢貿然打擾，就停住了腳步。

她聽曹丕說過父親有夜讀的習慣，無論戰事多忙，行軍多累，從不間斷。三十年來的戎馬生涯中，他手不捨卷，登高必賦，遠望必詩，出言豪放不羈，為語慷慨壯烈。

過了一會兒，甄洛斷定曹操是在讀書，就輕手輕腳地走了進來。

曹操聽到了動靜，側頭一看，見是甄洛走了進來，頓時驚喜異常地站起了身，說：「哦，妳來了。」

甄洛這才發現，自己根本沒有想好，以什麼藉口，用什麼理由，替陳琳說話，為陳琳開脫。站在曹操面前，腦袋裡忽然一片空白，驀然間滿面發熱，額上生出微微細汗。

曹操問：「妳一個人來了，子桓呢？」

甄洛強裝鎮定，回答道：「他同幾位文友聚會，晚餐後就去了。」

曹操卻也不再多問，讓她坐了，找話說：「我方才在處理檔，又看到了陳琳罵我的文章。鄴下，有人才呀！」

甄洛怯怯地說：「孩兒也讀過陳琳的詩文。陳琳確是文采燦爛，妙筆生花。讀他的文章，如啖膾炙，餘香不盡。」

曹操說：「妳也有這樣的見地？不愧是我曹家的媳婦。陳琳作得這麼好的詩文，本該是明辨之士，不應誤入歧途，助紂為虐。」

甄洛的心像小兔子，咚咚咚地猛跳起來，想聽曹操繼續說下去，聽出點眉目來，曹操卻不說了。停了片刻，甄洛只好試探地問道：「似乎聽子桓說起，部下已經縛住了陳琳？」

曹操說：「是的，而且還不止一個人建議殺掉他，我不想那麼做。

「有人說，作下長篇文章，無理辱罵，言語污穢，不堪入目，如今不殺，更待何時？我說不要怕罵，尤其不要怕查無其實的空罵。真正強大的人是罵不倒的。陳琳代表袁紹罵我，我不是反而更為強大了嗎？」曹操繼續說：「有人說我唯才是舉，愛才若渴。然而，才情越高者，也為禍越烈，譬如刀劍越快，也越能傷人。以此看來，還是將陳琳斬首為好。我說，陳琳既然肯歸順，我們還是應予接納。」

甄洛聽到此處，心裡高興，但還是掩飾了，順水推舟地說：「公公赦他無罪，必得天下文士之心。」

57

卻說甄洛莽撞地面見曹操，雖然沒有暴露為陳琳說情的企圖，但絲毫沒有準備退路的她到他面前之後，知道說情有效了，卻又膽戰心驚，怕他忽然問她一些讓她答不上來的話。

曹操始終沒問可能使她窘迫的話。

說完陳琳的事情，曹操又扯起生活的話題，很快使她平靜與輕鬆下來。

曹操問她的家世，問她以前習詩學文的情形，問她現在的生活裡有沒有什麼委屈，像一位慈愛的父親，而又不僅僅是一位慈愛的父親。

曹操聊著天，在房間裡踱步，不意間走到了她的身側，很自然地撫著她的肩背，說知道她的棋藝，什麼時候得閒了要同她對弈。誇讚她是好孩子，自小流離顛沛，生活坎坷，卻懂得自立、上進，詩書琴棋，樣樣使人高興。

甄洛沒有領受過父愛，默默地聽著，心尖兒突突亂顫。

曹操的豪邁、蒼勁加仁慈、和藹，又是這樣地令人崇拜，她忍不住就要扭過身來，撲進他寬厚的胸懷。

當然，甄洛這天晚上沒有胡亂衝動，道過「晚安」，依依不捨地離開了曹操。

次日，陳琳就被曹操封為軍師祭酒，與阮瑀同管軍謀記室，掌管機要文書，算是重用了。

此時，正值戰亂頻繁的年月，全社會追崇武功，忽略文事。曹操重視陳琳之舉，大開了招賢納才之門，四海文士，無不遙望鄴下。不長時間，鄴下一城之微，竟薈萃百名文士，可謂人才濟濟。

令人驚喜的是，甄洛的義兄劉楨也出現在鄴城。

——楨哥，他也回來了！

曹操抽空，還對袁紹的妻子進行慰問，對袁紹的家人進行優撫，親自到袁紹墓前祭奠，而且痛哭流涕，見者無不動容。

曹操在文學方面的帥才，引來大量的文士，而他在政治上的仁愛之舉，更引來許多文武才俊，集於旗下。除了前面說到辛評的弟弟辛毗鐵心歸附外，還有崔琰、牽招等。

辛毗，字佐治，聽名字就是個參謀。他先跟著兄長辛評輔佐袁紹，後跟從袁譚。袁尚攻擊袁譚，袁譚就是派辛毗去曹操處求救的。辛毗傾心於曹操，在戰爭中所做的參謀，都是不利於袁氏兄弟的。

崔琰，字季珪，年輕時尚武，二十歲以後發憤讀書。為袁紹騎都尉時，曾勸袁紹不要過黃河與曹操決戰。袁譚兄弟相爭時，他託病，哪個也不支持。

牽招，字子經，先為袁紹督軍從事，袁紹死後，追隨袁尚。曹操圍攻鄴城時，袁尚派牽招到上黨督辦軍糧，還沒有回來，袁尚就被打敗逃走了。

為袁紹寫討伐曹操檄文的陳琳，不用說了，曹操也重用了他。

曹操問陳琳：「你為袁本初寫檄文，盡可以列舉我的所謂罪狀就是了，怎麼還把我的父親和祖父也牽連上了呢？」

陳琳說：「唉，什麼叫罪過？這就是罪過，罪過。我實在沒什麼好辯解的。」

可是原來的謀士許攸出問題了。

許攸自恃逃離袁紹投降曹操後，在曹氏勝袁氏的戰爭中立了大功，曹操解放鄴城後，他經常和曹操逗樂取笑，甚至當著眾人的面，也毫無分寸。

開會前，對著很多人，許攸大聲地說：「阿瞞，你若是沒有得到我的幫助，是不會得到冀州的。」曹操口說「是的是的，沒錯」，心裡不是滋味。

許攸有一次出鄴城東門，向左右的隨從說：「若不是我許攸，曹家哪能出入此門呢！」有人把這話捎給了曹操。曹操認為許攸既然歸附自己，對自己就得有起碼的尊重，接連發生大不敬的事情，是腦子有問題了，於是把許攸下獄。

許攸進了小號，仍不改悔，後來就被處死了。

曹操解放了冀州首府鄴城之後，上了一道表文，向漢獻帝進行全面彙報。獻帝看過表文，發來詔書，讓曹操兼任北方的最高長官——冀州牧。

這時的曹操，已將「知天命」，他在治理鄴城的同時，放眼四外，覺得需要他去平定的地方還是太多，他還不能稍有休息。

曹操懷念家鄉，懷念中原，巡視鄴城防務時，情不自禁地吟出一首著名的《卻東西門行》。曹操的詩，慷慨豪邁，風骨傲拔。形式上也大開大闔、舒緩從容，表現出非凡的氣度和胸襟。《卻東西門行》以沉鬱悲涼之筆，抒發老英雄思鄉之情。

轉戰年久，「老之將至」，戰爭連綿，自然對故鄉越加思念。然而，四方軍閥作亂，禍害百姓，做為老兵。他仍然要「戎馬不解鞍，鎧甲不離傍」，繼續戰鬥下去。

此後許多年，曹操以鄴城為工作重心，出去征戰時，讓曹丕守鄴城，這裡的經濟建設和文化建設沒有間斷。

58

曹操實際上已經執掌了東漢王朝的政治權力，但他沉著冷靜，不思篡奪。漢獻帝劉協的「建安」年號，便一直使用了二十五年。「建安」之後，還續了個「延康」。

西元一九六年是建安元年，西元220年改為「延康」，前後二十五年的時間，是為「建安」。「建安文學」「建安風骨」，或曰「漢魏風骨」，是中國文學史上閃耀的篇章。

漢獻帝建安時期，是曹操和曹丕的統治盛年。「建安文學」的繁榮，主要在於曹操對自由文學的愛好和提倡，曹丕、曹植和文士們對曹操文學觀念的追隨，他們前呼後擁，形成了以曹氏父子為中心的文學集團及盛極一時的鄴下文風。

以曹氏父子為代表的「建安文學」，與當時社會生活的各個方面息息相關，在中國史上，在中國文學史上，綻放出前所未有的絢美異彩。

原先大漢統治者竭力推崇的思想，譬如所謂儒術，都在非常的社會動亂中失去了支配地位，人們的意識獲得了空前的大解放，轉化為清爽、自由的新方向。

以曹操、曹丕、曹植三人為代表的文學創作，反映了社會的動亂和民生的疾苦，同時表現了統一天下的理想和壯志，有著鮮明的時代特色。

崇高的政治理想、濃郁的悲劇色彩、強烈的個性、人生短暫的哀歎，這些要素結合起來，就構成了建安或漢魏的文學風骨。

「建安文學」的代表人物，除了曹操、曹丕、曹植「三曹」，就是孔融、陳琳、王粲、徐幹、阮瑀、應瑒、劉楨等「七子」。

「三曹」與「七子」直接繼承了漢樂府民歌的現實主義傳統，普遍採用五言形式，以風骨遒勁而著稱，並具有慷慨悲涼的陽剛之氣，所形成獨特的詩歌風格，被後人尊為典範，成為文學批評史上的一個重要的概念，一個主要的標準。

需要說明的是，無論是「三曹」還是「七子」，都長期生活在以洛陽為核心的中原大地，其剛健的文風早已成為河洛文化的組成部分。

建安時期，中國文壇以「三曹」「七子」等人為代表，成就了文學史上光輝燦爛的黃金時代，在這個大分裂、大動盪的時代中，綻放出絢麗的文化異彩。

第11章

老驥志存千里

59

曹操占領鄴城後，袁譚並沒有無所作為，他趁機奪取了冀州東北部的地盤，進擊躲在中山國的袁尚。袁尚畢竟嫩，敗了，逃到幽州去，找他二哥袁熙。

袁譚收納了袁尚餘部，準備奪回鄴城。

曹操正觀察著，這時他派遣使者給袁譚送戰書，指責袁譚背信負約，宣布斷絕親家關係，準備開打。

這時是西元二〇四年，冬天，曹操揮軍，進攻袁譚。

袁譚哪裡是曹操的對手，退守南皮，現河北省東南部。西元二〇五年正月，曹操不顧天氣寒冷，身先士卒，跟袁譚大戰于南皮城下。

這場仗從早晨一直打到下午，對於遠來的曹軍來說，損傷很大。

曹操見硬拼效果不佳，想後撤一下，另想辦法。本家侄子曹純建議「不撤，繼續猛打」。

曹純說：「我軍遠道而來，前進尚無法克敵，後退必喪軍威，有傷軍心。我們是孤軍深入，難以持久。現在敵人新獲勝利，勢必傲慢，我們堅持不撤，勝利就在眼前。」

曹操認為侄子的話有道理，便親掌鼓槌，擂鼓督戰，結果袁譚大敗逃走，被曹純的騎兵追上，砍下了腦殼。

袁譚手下有個王修，去外面為袁譚運糧，回來聽說袁譚已經死了，便來見曹操，要求收葬袁譚的屍首。

曹操答應了王修，同時要求王修順便將拒不投降的樂安太守管統的頭取來。王修認為管統不降，殺了不是辦法，就說服管統，一起來見曹操。

曹操對王修的做法很滿意，赦免了他倆。

曹操攻破鄴城時，抄沒審配等人的家產，數以萬計，這次攻破南皮，查閱官吏，見王修家穀物不滿十斛，藏書倒逾萬卷。曹操感歎不已，立即任命王修為司空掾，即司空副手，另代理司金中郎將，管財務。

曹操破南皮，還徵召了士人劉放為己所用。

劉放，字子棄。曹操得鄴城後，劉放曾勸上司王松歸附曹操。曹操在南皮攻打袁譚時，王松讓劉放代筆給曹操寫信，然後投歸了曹操。

曹操見信寫得很有文采，又聽說王松的來歸是劉放勸說的結果，非常高興，任命劉放為軍事參謀。

接著，曹操領兵北上，進攻盤踞幽州的袁熙。

在曹操大軍壓境的形勢下，袁熙部將焦觸、張南突然發動兵變，打得袁熙措手不及，帶著袁尚投奔烏桓去了。

袁熙帶著袁尚跑了，留守幽州的焦觸和張南率領一些郡縣的官員向曹操投降。曹操接受了他們的投降，封焦觸、張南為列侯。

經歷了數月的征討戰爭，到了八月間，曹操占據了幽州的大部分地區。接下來，要討伐的，輪到并州刺史高幹了。

西元二〇六年，正月，曹操進行了充分的準備，親自領兵西征。

此時天氣嚴寒，軍隊經過太行山時，行軍異常艱難。負重車輛艱難地前行。迂回曲折的羊腸小路，沒有人煙，只有漫天飛舞的大雪。北風呼嘯著掠過枯樹，發出「沙沙」之聲，讓人感到無比的蒼涼。虎、豹的吼叫聲迴蕩山谷，熊羆[36]等寒帶兇猛動物，常常出現在隊伍前面，貪婪地望著這支遠征大軍。

告別家鄉，告別都市的征人，都不免無限傷感。曹操的心情尤其沉重而憂鬱，他和大家一樣，想回到東方的故鄉。北征，艱苦的北征。這可是最後一次北征行動了，咬緊牙關，一定要挺下去。然而，河水深凍，橋樑斷絕，軍士們常被阻擋在半途上。行軍途中更常迷失方向，到了晚上沒有投宿的地方，又不能停下來，否則會有被凍僵的危險啊！

走呀走，從日出走到日落，再從日落走到日出，人馬困餓不堪。戰士們揹著行囊就地拾柴生火做飯，砸碎堅冰燒開水，你一瓢，我一簞，沒有言語，彼此只有一個念頭——趕快翻越這冰雪皚皚的太行山。

面對此情此景，曹操又醞釀了一首氣勢磅　的長詩《苦寒行》，譜成曲子，由軍士們傳唱。

36 熊科動物中體型最大的一種。

60

春正月，曹操大軍終於到達了壺關，和樂進、李典的先遣部隊會合。

壺關守軍拼死固守。曹操回眸茫茫太行，回想北征的辛酸，感到無比憤慨。於是，他向大軍下令：「勝利就在眼前，將士們，奮勇攻下壺關城！」

曹軍士氣大振，全力強攻了一個月，壺關卻依然沒有被攻下。曹操便召集眾將領研究對策。

曹仁說：「壺關城的防禦工事相當堅固，存糧又多，一味強攻，只會徒增傷亡。即使雙方陷入僵持，如此耗費時間，會增加我方補給的困難。不若網開一面，減輕壓力，利於攻克。」

曹操覺得頗有道理，便同意實行。

高幹見有隙可乘，遂將壺關交給夏昭、鄧升兩人防守，自己率隊向袁氏盟友南匈奴求援。南匈奴見袁氏衰微，不願再和他們有任何聯繫，宣布保持中立，並拒絕高幹的投奔。高幹不得已，只好帶數名親信投奔荊州劉表。夏昭見等待援軍的希望落空，大勢已去，只好打開城門投降曹操。

高幹逃出並州，渡過黃河，到達洛陽一帶，被上洛督尉王琰的守軍所擒，後被殺。

壺關之役後，曹孟德已完全掌握青、冀、幽、並四州的經營統轄權。

這年八月間，青州東萊郡長廣縣三千多貧苦百姓造反，由一位名叫管承的帶頭。另有徐州東海太守昌豨，為人反覆無常，降而復叛。

曹操於是揮師向東，前去平定管承和昌豨。

曹操到了淳於[37]，派樂進、李典率兵前去攻打管承，派于禁、臧霸前往討伐昌豨。管承戰敗，逃往海上小島去了。

昌豨耐打，曹操又派夏侯淵前去支援。昌豨戰敗請降，將軍們都認為他服從了，可以赦免他。于禁卻說：「你們難道不知道曹公一貫的命令嗎？敵人提前投降，可以接納；在被圍以後投降的，一律不予赦免。奉行法律，遵守命令，這是我們侍奉曹公的根本。昌豨還是我以前的朋友呢！縱然是朋友，我也不會為此丟掉原則。」

之後，于禁親自到昌豨那裡與他訣別，說：「我很難受，但沒辦法。」他流著眼淚，將昌豨斬首了。曹操聽說這件事後，歎息說：「他不到我這裡投降，而去找于禁，這不是命中註定要找死嗎？」

西元二〇七年，春天，曹操打了一圈勝仗。

論功行賞。曹操此番大封功臣，給漢獻帝寫了個請示報告，擢拔二十多人為列侯，其餘的也按功勞大小依次獎勵，還下令撫恤犧牲將士的家屬，免除他們的徭役負擔。

曹操把自己封地的收入分給將士們，再次獎賞他們：「我和諸位共同征戰，有智之士出謀劃策，全體將士竭力奮戰，才克服險阻，平定叛亂。我享受著三萬戶的封邑，現在把封地的租稅分給大家，以表心意。」

在這次表彰的過程中，曹操特別對尚書令荀彧、軍師荀攸提出表彰，說：「忠心正直，精心謀劃，鎮撫內外的是荀文若，僅次於他的是荀公達。」文若是荀彧，公達是荀攸。

荀彧、荀攸早已分別封為萬歲亭侯和陵樹亭侯，曹操便請示漢獻帝，給荀彧增加食邑一千戶，給

37 現在的山東省萊陽市東南。

荀攸增加食邑六百戶。

曹操向漢獻帝提出的《請增封荀彧表》，是一份關於荀彧的奏議。

> 以前袁紹叛逆，駐兵官渡。當時我軍數量較少，糧食不多，想撤退。尚書令荀彧向臣指出堅持下去的好處，啟發臣改變了原本不高明的主張。
>
> 茲後，堅固營壘，穩固防守，擊毀了袁紹的糧倉，打敗了強大的敵人，轉危為安。袁紹被打敗以後，我軍的糧食也用完了，臣要放棄進取河北的計畫，想謀取荊州之地。荀彧又詳細地說明利害得失，使臣改變了原來的想法，回師攻打冀州，取得了平定北方的巨大勝利。
>
> 荀彧提出的這兩個計策，轉亡為存，變禍為福，計謀和功勞都不同尋常，是臣趕不上的……

曹操手握重權而不貪人功，對荀彧給予了充分肯定，不能不說他具有優秀政治家的博大襟懷，特別是公開承認自己趕不上下屬，難能可貴啊！

北方大部平定，幽州的一角尚未收復，就是遼西。

袁尚、袁熙在遼西，依靠烏桓人的勢力，進行反抗。於是曹操又展開了針對烏桓的軍事行動。

61

烏桓，是古代居住在遼寧西部和河北東北部的少數民族。東漢初年，光武帝劉秀曾封他們大小首領八十餘人為侯王，設置了校尉，進行地方治理。

烏桓和內地的漢族貿易互通了很長一段時間，相安無事。到了東漢末年，烏桓的勢力逐漸強大起來。

袁紹曾經利用烏桓的力量攻打公孫瓚。公孫瓚敗後，袁紹假託漢獻帝名義，封蹋頓為烏桓單于，封遼東屬國烏桓大人峭王蘇僕延為左單于，封右北平烏桓大人汗魯王烏延為右單于。

袁紹死後，烏桓繼續為袁氏效力，收留袁尚、袁熙，發兵攻擊曹操的軍隊，曹操因此要收拾烏桓。

為了確保軍糧供給穩定，曹操派董昭開鑿了平虜渠和白溝兩條水運通道。

平虜渠和白溝這兩條北方運河溝通了黃河和海河水系，是曹操在中國北方大地上創造的水利奇跡。

曹操在出兵之前，召集文武官員討論。

不少人擔心北征烏桓，因為恐怕劉備會勸說荊州的劉表襲擊後方，後方一旦不利，後悔可就晚了。鎮守兗、豫州的軍團頭目，以曹仁為首，都強烈反對北征。

反對派認為，遠征烏桓，勞師動眾，意義卻不甚大。

他們的理由是，袁尚目前已無實力，烏桓人貪而無義，不見得會支持袁尚到底。再說，連年在北方用兵，西南劉表已經坐大，加以劉備軍團在活動，若大軍北征，難免南方空虛，劉表、劉備襲來，大本營危險。

郭嘉則是極力贊同北征，說：「袁氏在河北影響深遠，又有恩於烏桓，如給他們留下反撲的機會，青州、冀州仍有丟掉的危險。曹公雖威震天下，但烏桓人自恃距離遙遠，對我們不會防備。突然襲擊，一定能徹底解決北方問題。」

曹操也覺得袁紹長久統治北方，對烏桓人影響頗大，若捨此而南征，萬一袁尚兄弟趁機死灰復燃，那麼冀、青兩州將永無寧日。

荊州劉表，對劉備有戒心，他擔心委劉備以重任，恐怕控制不了；不予重任，劉備又不會真心實意幫助他。劉表絕不可能把大權交與劉備，他們之間名為合作，實則較量。即使大軍北征，劉表也不會有什麼大的舉動。

分析了局勢，曹操遂決定出兵。

為鞏固後方的防務，曹操將荀攸留在冀州，曹洪協助；樂進負責右翼的防務，曹仁駐軍並州，負責左翼防務；夏侯惇負責豫州防務，並監視劉表軍團；又命于禁及李典駐紮西南區週邊，在必要時隨時支援夏侯惇。

布防完畢，曹操以張遼、張郃、徐晃、韓浩等主力，組成北征軍團，在易水河畔集結，進行了一段時間的寒冷地帶作戰演練，隨後進軍。

早在上年十一月間，曹操就曾為軍糧押運出塞北的交通問題，徵詢意見。董昭建議開挖通海的溝渠，由海上轉運。曹操認為可行，當即動工。

水運工程主要有兩個：一是呼沱入孤水的，叫平虜渠；一是由白溝入潞河的，叫泉州渠。建設完成之後，大部分糧運便均在海上進行，可避免河水結冰造成運輸困難。

五月，北征大軍到達右北平郡的無終城。郭嘉因水土不服上吐下瀉，臥病軍中。塞北地域，黃沙滾滾，狂風四起，道路崎嶇，人馬難行。郭嘉的病一天天加重，由人以車推著前行。

曹操十分不安地到車前探望郭嘉。英俊儒雅的郭嘉已被病魔折騰得不成人樣，面容憔悴，嘴唇乾裂。

曹操撫著郭嘉的手背，很是無奈地說：「困難重重啊，你這樣難受，我有意撤軍另圖，想聽聽你的意見。」

郭嘉聽了大為吃驚，掙扎著起身。曹操連忙將他扶起來。郭嘉說：「軍國大事，怎可因我的身體而延誤！千里遙遠，想襲擊敵人，兵貴神速。我軍輜重太多，行動遲緩。敵人得知消息，必然做好防備。不如留下輜重，輕兵晝夜兼程，出其不意，快速制勝。」

郭嘉聲音越來越低，最後曹操差不多是貼在他的病體上傾聽了。

郭嘉的話堅定了曹操的信心。

曹操留郭嘉在無終城養病，並在無終城探訪到在此隱居多年的舊將田疇。

田疇，字子泰，袁紹父子多次給他將軍印綬，都被他拒絕。田疇不滿烏桓侵擾，多次想討伐，只恨力量不夠。

曹操聽說了田疇的情況，派人去請，田疇愉快地歸附。曹操任命他為縣令，但暫不赴任，先隨軍參戰，為嚮導。

時間已近夏天，雨水充沛，道路幾乎全為雨水淹沒。袁氏及烏桓聯軍又嚴守住交通要道，曹軍無法行動，更無力進攻。

曹操同田疇商量如何進軍。

田疇說：「這條道路沿海，夏秋時節，經常淹水，淺的地方不能通車馬，深的地方又不能行船。但我知道一條小路，可以通行。烏桓以為我大軍被阻，不得前進，放鬆戒備。我們如果繞道而去，趁其不備，襲其空虛，蹋頓可以不戰而擒。」

曹操採納了田疇的建議，立即佯退，派人在路旁立下「方今暑夏，道路不通，且待秋冬，再行進軍」的大木牌。烏桓人得到情報，信以為真。

曹操詐敵成功，組織輕兵，疾進山路，逼向烏桓。

烏桓王蹋頓和袁尚、袁熙得知曹軍忽到，慌忙率數萬騎兵迎戰。

曹操一向以擅長指揮輕騎兵野戰而著名，但這是第一次面對擅長騎戰的遊牧民族要來一場大規模野戰，而自己的軍隊尚未全部到達，有的將領難免感到緊張。

曹操卻充滿了自信，他似乎為能進行一場輕騎兵大會戰而感到興奮。

當張遼前來稟報敵軍動態時，他立刻在虎豹警衛的保護下勒馬登高瞭望。

烏桓兵雖漫山遍野，卻不懂得布陣作戰，也談不上與袁氏兄弟軍隊的配合。

曹操決定以突擊的方式給予敵人以重創。

張遼的軍團被分成三部分：前鋒採用尖錐隊形，另兩部分組成波狀攻擊隊形。徐晃和曹純的輕騎兵為預備部隊，由側面攻擊。

勇猛無比的張遼，一馬當先，率騎兵攻入敵陣，展開屠殺。蹋頓聯軍抵擋不住，節節敗退，陣腳大亂。

烏桓兵團的三位部落首領，雖集結了部分兵力準備反攻，但很快就被曹軍的第二波、第三波攻勢衝散。

袁尚及袁熙軍團想前來支援，又被徐晃的輕騎兵擋住。

烏桓兵見大勢已去，三位首領兩死一傷，只得紛紛投降。蹋頓在逃跑時被曹純的部騎擒獲，當即斬首。

清點戰果，投降者有二十多萬人。走投無路的袁尚、袁熙及蘇僕延、烏延、樓班等人，逃往遼東郡，投靠遼東太守公孫康去了。

曹操撫慰烏桓兵團投降的將領，將降兵再交由他們重新編組。在受降儀式完成後，便釋放他們返回各自的原駐地。

在白狼山下，曹操感歎道：「這北方原野又可以太平一些時日了！」

曹操手下有人主張乘勝追擊袁氏兄弟，斬草除根。

曹操說：「我要讓公孫康把袁尚、袁熙的頭送來，不需要將士們再辛苦了。」

大家聽了，迷惑不解。

退兵不久，公孫康果然將袁氏兄弟及蘇僕延、烏延、樓班等人殺掉，把他們的頭顱穿成一串，給曹操送來，表示歸附。

眾人只歎曹操料事如神，膽大的向曹操請教其中奧妙。

曹操笑著回答說：「公孫康素來畏懼袁氏。二袁投降他之後，如果我們攻打他們急了，他們就會聯合起來對付我們；我們不打，他們之間就要互相殘殺，這是勢所必然的。」

曹操立即任命公孫康為左將軍，封襄平侯，繼續實行烏桓自治。

62

烏桓人敗北，袁氏殘餘勢力歸零，意味著曹操完勝，統一了北方，徹底結束了中原地區長期混戰的局面。

客觀上說，曹操在社會經濟的復甦和發展，已經建立起了相當大的功勞。平定烏桓之後，曹操把所得十多萬漢族降眾編入軍隊，又挑選一些烏桓騎兵，組建「天下名騎」，在之後的戰爭中，他們都建立了戰功。

曹操班師南返，經過渤海之濱，登上碣石之山，迎著蕭瑟秋風，俯瞰澎湃浪濤，夕陽西下，遙望遠處時隱時現的島嶼，想起經過艱苦奮戰得來的勝利，脫口吟出《觀滄海》：

東臨碣石，以觀滄海。
水何澹澹，山島竦峙。
樹木叢生，百草豐茂。
秋風蕭瑟，洪波湧起。
日月之行，若出其中；
星漢燦爛，若出其裡。
幸甚至哉，歌以詠志。

在這首氣勢雄偉的詩歌裡，日月、星辰、山海、樹木、花草，大自然諸種風光匯於一體，展示了曹操的壯闊胸襟。

詩中因水見山，由樹寫草，自風及波，從日月寫到星漢，立體的畫面，特別是那大海吞吐日月星辰的宏大氣勢，表達了曹操的豪邁情懷。

返回軍營，曹操仍心潮起伏，久久不能平靜。北方的袁紹、蹋頓雖然已討平，南方的孫權、劉備卻仍然盤踞一方。一統天下的大業尚未實現，豪情壯志仍在胸中沸騰。

想著想著，豪情又起，曹操大踏步跨至案前，揮筆寫下另一名詩《龜雖壽》。

神龜雖壽，猶有竟時。
騰蛇乘霧，終為土灰。
老驥伏櫪，志在千里。
烈士暮年，壯心不已。
盈縮之期，不但在天；
養怡之福，可得永年。
幸甚至哉，歌以詠志。

傳說中可以活到三千年的神龜，終有死亡的一天；能夠騰雲駕霧的騰蛇，也免不了死後化為塵灰。

人生短暫。雖人生近暮年，但要像伏在馬棚裡的老驥一樣，志在千里之外。

《觀滄海》和《龜雖壽》，同屬《步出夏門行》四章，總體表現老當益壯、志在千里的積極進取精神，胸懷平天下的豪情壯志。

在班師途中，有一件事讓曹操非常傷感——重要謀士郭嘉不幸病逝，年僅三十八歲。曹操幾乎不敢承認噩耗。他腦袋裡嗡的一聲，踉踉蹌蹌退後兩步，而後一團模糊。曹純連忙上前攙住。

四周一派肅穆。曹操突然大哭道：「奉孝之死，天喪我矣！」

曹操痛心地對荀攸等人說：「你們的年齡都和我差不多，唯獨郭奉孝最年輕。我準備平定戰亂之後，把身後的事情託付給他，不料他英年早逝，真令我心腸崩裂啊！這莫非是命裡註定嗎？」

曹操上表漢獻帝，請求給郭嘉增加封賞。

曹操還給在朝中的荀彧寫信，對郭嘉的才幹和品行給予高度的讚揚，對郭嘉的逝世表示深切的悼念。

北征大軍回到最初的軍事基地易水河畔。曹操站在蕭蕭風中酹酒，深切懷念那些把英魂留在北方廣袤原野上的將士。

在易水河畔，曹操將軍隊重新編組，部署北方的防備。

袁氏的勢力總算連根拔除，不論實質上或名義上，幽、並、青、冀四州已完全納入許都政權的體系。

這一年，曹操五十三歲。

第12章

整頓吏治風俗

63

曹操說：「禮不可以治兵也。」

禮，是中國文化裡滋味最酸的調味料，你來我往，酸來酸去，非常趣味。但用禮治軍，卻會壞事。曹操注釋過《孫子兵法》。在詮釋中，他強調「以法治軍」的原則，提出「設而不犯，犯而必誅」的主張。

曹操大半生在打仗，勝仗也多，每得到新的領地，他就想從軍隊中選拔有戰功又有才能的人擔任地方長官。這是統治的需要，又是對功臣的獎賞。

西元二〇三年，曹操頒布《論吏士行能令》。獎賞必須及時。曹操在《〈孫子兵法〉注》中說，獎賞不及時，白白浪費財力、人力。獎賞也不能過時。他不僅是這樣說的，而且每一次也都是確實執行。

曹操說，自己起兵以來，每戰必勝，是文武官員獻策出力的結果。天下還沒有完全平定，還要帶領大家一起去平定，獨自占有功勞，自己於心不安。

曹操進行封賞，態度嚴肅認真。遇到有功勞該封賞的，即使本人謙讓，也要想辦法讓他接受。

西元二〇三年，曹操奏封荀彧萬歲亭侯，荀彧推辭。他給荀彧寫信說，「您幫著糾謬輔政，舉薦人才，周密謀劃，提出計策，已經做得太多了。立功不一定都上戰場。希望您不要推讓了。」

西元二〇七年，給荀彧增封時，荀彧又辭讓。曹操又寫信說，「您的功勞，不僅是我在表奏中所說的事。您前後反覆謙讓，想學戰國時的魯仲連先生嗎？那實在是節操通達的聖人所不看重的啊！」

曹操肯定荀彧功勞的同時，對他過於謙讓提出批評，荀彧才接受了增封。

曹操遠征烏桓時，田疇是立了大功的。曹操表封田疇為亭侯，食邑五百戶。田疇認為自己沒有替舊主幽州牧劉虞報仇，是不義行為，不應該享受榮譽。

曹操體諒田疇的心志，沒再勉強。

南征荊州後，曹操還惦記著田疇，說道：「田疇一再辭讓，成全了一個人的聲名，卻違背了論功行賞的國家制度，損失是很大的。應該按照前表封賞，不要讓我繼續揹負「過失」下去。」他又耐心地繼續說服，田疇還是堅決辭讓。

無論如何，曹操執行論功行賞的原則，是認真的、嚴肅的。懲罰罪過，當然一樣嚴明。

西元二〇三年，曹操頒布《敗軍抵罪令》。

命令中說，眾將領兵出征，打了敗仗，要依法治罪，造成損失的要免除官爵。

懲罰罪過的規定，糾正了以前只賞功而不罰罪的偏向，體現了曹操以法治軍的精神。

對待士卒不能一味地施恩惠，也不能一味地行懲罰，否則，他們就像嬌慣的孩子，與你喜怒相對，不服管教，這樣反而害了他們，不能完善地調度他們。

曹操治軍，賞罰並用，增強了將士們的責任感，調動了上下的積極性，提高了軍隊的戰鬥力。

至於戰術規則，曹操制定頒布的更是格外細緻。

在軍營中，不准拉開弓弩；在行軍中，可以拉開，但不准搭上箭；行軍中舉直矛戟，展開旗幟，擂鼓行進，走出三里地後，才可以斜扛矛戟，捲起旗幟，停止擂鼓；還有「不得砍伐民間的桑柘棘棗」等具體紀律。

曹操頒布的《步戰令》，規定臨陣不准喧嘩，靜聽鼓音，指揮旗指向前方時則向前，指後則向後，指左則向左，指右則向右，相當具體、明確。

建立軍事法庭，更是曹操一大創舉。

為了依法辦事，使法令條例貫徹落實，西元二一四年，曹操下令，選拔在軍中執掌刑法的人，任用精通法理的人，來掌管軍事處罰事宜。

曹操在丞相府設置了全國最高法院——理曹，任命深明法理、執法公正的高柔為理曹掾。

曹操制定了軍事紀律，譬如行軍時不得踐踏田中的禾麥，違犯者要處死。

有一次，行軍途中，曹操的馬受驚亂跑，踐踏了麥田，他立即要求主簿給自己議罪。主簿說：「依《春秋》之義，罰不加於尊。您是軍中主帥，是不能治罪的。」

曹操聽了，嚴肅地說：「制定法律的人，自己違犯了，如果不治罪，怎麼統帥部下？我是一軍的主帥，不能殺掉，但也要處罰。」

最後曹操拔出佩劍，把自己的一綹頭髮割下來，擲在地上，受了「割髮代首」的髡刑。

髡刑是古代剃去頭髮的一種刑罰。傳統認識中，人們認為身體髮膚受之父母，毀傷了它，乃大不孝。因此，人們一般是不剪剃頭髮的，割髮被列為一種刑罰。

統治者宣揚「刑不上大夫」、「罰不加於尊」，曹操能夠表示自己不置身於法外，已是難得，割髮的行動，說明了他對「以法治軍」的重視。

64

曹操統一了中原，地盤變大了，在治理國家方面也排了日程。有政治頭腦的人，能打天下，也會治天下。曹操說，「文，注重德；武，崇尚法。兩手抓，兩手都要硬。這才行。」

曹操認為，天地間，人是最寶貴的。君主統治老百姓時，要任用賢能的官吏，讓人民能夠得到休養生息。為了讓百姓休養生息，過上和諧的日子，曹操痛斥邪惡，提拔賢良，對豪強地主勢力進行壓制和打擊，也就是還人民以安寧。

曹操的一貫態度是抑強扶弱，在當洛陽北關任職的時候，就這麼幹了。

曹操曾經任命滿寵「打黑除惡」，打到了曹洪的一個嘍囉，下獄。

曹洪給滿寵寫條子求情，滿寵不理。曹洪找曹操，曹操答應了解一下情況再說。

滿寵聽說了動靜，抓緊時間處死了罪犯。曹操聽後讚道：「幹得好，應該這樣幹。」

曹操委任楊沛為鄴城令。這個老楊，也是「打黑除惡」的能手，豪強們害怕，都提前派人騎馬跑到鄴城，告誡子弟賓客，各自收斂，不得造次。楊沛自然政績突出，後來被提升為護羌校尉。

曹操壓制豪強大姓的又一招數，是對鹽、鐵實行計畫管理。

鹽、鐵這兩種東西，關乎民生，也關乎國家的財政收入。以前由私人經營，為地方上的豪強富戶所壟斷，牟取暴利。有的鹽鐵商太富了，還以此圖謀不軌。

西漢財政部長桑弘羊，實施鹽鐵官營政策，國家壟斷抑制了豪強鉅賈，中央政府的財政收入大量增加。

「罷鹽鐵之禁，縱民煮鑄」，竇太后臨朝聽政時，讓一部分人先富起來，豪強富商又開始煮鹽冶鐵了，產生的嚴重問題延續了下來。曹操正式恢復鹽鐵官營政策，設「司金中郎將」，即金融監管委員會主任，進行管理，有效抑制了豪強勢力的發展，增加了財政收入。

與此同時，曹操還實行了新的「田租」、「戶調」制度。

要治理好國家，財富缺乏不是嚴重的問題，可以設法增加，最怕分配不公，財富不均，差距過大。袁氏父子統治時期，曾經縱容豪強大族恣意橫行，兼併土地。貧困的百姓替他們繳納賦稅，變賣了家財，還不夠應付。審配家族甚至藏匿罪人，成為逃亡罪人的窩主。有這樣不公平的社會現象，想得到老百姓的擁護，幾乎是緣木求魚。

現在曹操規定，百姓人家，每畝地收穀四升，每戶繳納絹二匹等，全年的上繳任務就完成了。除此之外，不准擅立名目，額外徵收。

郡守和國相，曹操告訴他們，責任就是嚴格檢查，不讓那些豪強大戶有所隱藏，不讓貧苦百姓有任何賦稅負擔的增加。

這就是所謂「田租」、「戶調」定額制度，是一項減輕農民負擔的重大改革。

曹操的「田租」制，定額是比較低的，一畝收租四升，就是與漢朝最低的「三十稅一」相比，也要低很多。自耕農、半自耕農，在增產情況下，也不用多繳納，讓生產力及生產意願大為提高。

「戶調」制的關鍵，是按戶徵收。

漢末長期戰亂，人口流動太大，按人口數統計，很不方便，按戶統計會比較容易。

曹操的「田租」及「戶調」，負擔較輕，加上禁止地方官額外徵收，對於改善農民的經濟生活、恢復和提高生產力、穩定社會秩序，發揮了正面的作用。

曹操還提高地主官僚們的賦稅。他自己帶頭，讓家鄉譙縣的縣令按章收取他家應交的賦稅。

曹操還規定了一個考核地方官員政績的標準，要求他們招徠、安撫流亡民眾回鄉生產，按照各郡縣增加的戶口數目和墾田數目進行賞罰。

關中地區，在董卓的部屬李傕、郭汜作亂之後，流入荊州的十萬多戶百姓，聽說家鄉恢復了秩序，社會比較安寧，都希望回歸，但他們又沒有生產農具、耕牛等謀生工具。

留鎮關中的官員便給荀彧寫信，建議將食鹽專賣的收入，用來購買牛、犁等，送給歸鄉的農民。荀彧將此建議轉給曹操，曹操很快予以採納。實行後，扶持了不少自耕農，恢復和發展了地方經濟，效果很好。

曹操統治下的各級地方官吏，各出奇招，召集安撫流民，救貧扶弱，一時間，藏在山裡的老百姓都出來安居了。

在扶持小農、幫助稼穡方面，成績最為突出的是河東太守杜畿。

杜畿崇尚寬懷仁惠，讓百姓休養生息。他督促農戶畜養牲畜，上自母牛、母馬，下及雞、豬，都有管理章程。百姓們勤於農業生產，家家都很富足，政府的賦稅收入也就大量增加。曹操後來西征馬超、韓遂，軍糧全賴河東供給。

曹操很高興地下令表揚杜畿：「河東太守跟我的思路一模一樣，我們之間沒有隔閡，現在增加他的俸祿為二千石。」

興修水利，是曹操的另一功勞。

曹操主持開挖了幾條發揮軍事、經濟功能的大運河，例如連貫汴河和淮河水系的睢陽渠；連貫黃河和海河水系的平虜渠與白溝等。

曹操鼓勵夏侯惇在陳留郡率戰士修建「太壽大壩」，謂「太壽陂」。這一蓄水工程，對屯田將士種植水稻有很大的幫助，同時讓附近老百姓的私田也受惠，可謂「民賴其利」。

曹操支持揚州刺史劉馥整治和興建芍陂、七門堰、吳塘等水利工程。這些建設讓稻田，公田、私田在灌溉方面都獲得了幫助。

曹操親自督促修築了冀州天井堰，共計十二道堤堰。堤堰之首，各設引水閘門，灌溉範圍綿延二十里。

曹操又將過去鄴城地方官西門豹開修的管道加以修復和改進，引漳水灌溉鄴地，對多數自耕農的私田生產有很大幫助。

65

曹操在管理政治方面，重視整頓社會風氣，對於影響團結、不利於穩定的結黨營私、造謠誹謗、顛倒黑白等行為，大力革除，絕不手軟。

西元二〇〇年，曹操曾經下了一道《為徐宣議陳矯令》，其中提到「自從國家發生禍亂以來，社會風氣頹廢，誹謗言論不絕。建安五年以前的此類案例，不再追究，此後若再發生，必以其人之道還治其人之身。」

曹操的這一道命令，針對的是徐宣詆毀陳矯案。

徐宣和陳矯原來都在廣陵太守陳登手下，後來都被曹操徵召為司空掾屬，加以信用。這兩人相處不睦，常有衝突。

陳矯原姓劉，過繼給舅父改姓為陳，又娶了劉氏本族之女為妻。徐宣便以此為藉口，肆意詆毀，污辱陳矯「窩裡搞」。

曹操認為，徐宣有意傷害對陳矯，不利於二人之間的團結，也不利於團隊合作。為了制止這種惡劣風氣，曹操下了這份令。

下達書面指令後，讓政風為之改善，只有個別人覺得官大，還敢頂風違紀。

曹操對顛倒黑白、無中生有的匿名誹謗，更是深惡痛絕，發現居心不良者，必予嚴查。他在西元二〇五年秋天就為此下了一道《整齊風俗令》。

結黨營私，是古代聖賢所痛恨的。聽說冀州的風俗，父子分屬兩派，互相誹謗。

歷史上有過這樣的事：直不疑沒有哥哥，有人說他與嫂嫂私通；第五伯魚[38]三次娶失去父親的孤女為妻，有人卻說他毆打岳父；王鳳擅權，穀永卻把他與申伯相比；王商忠義，張匡卻說他搞歪門邪道。

以上這些，都是以白為黑，欺騙上天和蒙蔽君主的例子。我想整頓社會風氣，像這四種惡相，不能根除，我以為是恥辱。

曹操舉出的四個例子，都是漢代的事情。直不疑，西漢文帝時，官至中大夫。第五伯魚，東漢光武帝時，為淮陽國醫院院長。

王鳳是王莽的伯父，西漢漢成帝的舅舅，為大司馬大將軍時，幹壞事，引起眾人不滿。谷永想向上爬，便拍王鳳的馬屁，上奏成帝，說王鳳「有申伯之忠」。申伯是周宣王的大臣。王鳳因此提拔穀永做了光祿大夫。

王商，字子威，西漢漢成帝時的丞相，為人忠直，不滿王鳳專權，遭到王鳳排擠。太中大夫張匡見王鳳陷害王商，便迎合王鳳，向漢成帝告王商的黑狀，誣陷王商「執左道以亂政」，王商因此被罷官。顛倒黑白，誹謗誣陷，不但是個人品德修養問題，而且關係到朝廷政治能否清明的大是大非問題，因此曹操下決心要除掉這種弊端。

38 第五伯魚，姓第五，名倫，字伯魚。東漢光武帝時，為淮陽國醫公長。

曹操說，既為臣子就應當盡忠於國家，用千匹絹萬石穀私下結好他人，是不會有好結果的。他希望官員之間不要私下互扯後腿，應當盡心竭力效忠國家，爭權奪利的事情絕不要沾，不要因為爭利而傷害自己的名聲，也不要因為追求高官顯爵而損害自己的品德。

僅僅停留在教育官員是不夠的，曹操意識到，整個社會的文化建設也是個正事。建設文化，要辦教育。曹操下令設置自上而下的教育官員，促進教育發展。

漢代的教育是比較盛行的。洛陽曾經有中央太學，各地方競相仿效，官學和私學的規模都比較大。東漢末年，長期戰亂，教育停滯，學校大部分已經停辦。

曹操向來重視教育，但早期逐鹿中原，忙於打仗，不具備發展教育的社會環境。打敗袁紹後，統治趨向穩定，便開始著手恢復廢棄多年的學校教育。

西元二〇三年，曹操下了一道《修學令》。

儘管當時曹操還沒有力量恢復國家的最高學府——洛陽太學，但他在連年親率大軍南北征伐的同時，能夠思考教育政策的發展，難能可貴。

曹操明白正面教育的迫切性，也大力提倡重視科學、反對迷信的新觀念。

曹操認為，公報私仇十分可恨，大辦喪事非常討厭，違背科學的舊風俗尤其不能容忍。

在西元二〇六年的《明罰令》中，曹操就對寒食節不生火的舊俗嚴加禁止。

太原、上黨、西河、雁門等郡，有著過寒食節的習俗，不燒火，吃冷食，據說是為了紀念介之推。介之推是晉文公重耳那時候的忠臣，在重耳流浪列國的路上挨餓時，他曾經割下自己大腿上的肉，熬湯敬奉重耳。

重耳回國後，老介跑進綿山中。晉文公想起來封賞他時，他死不出來。於是，晉文公下令放火燒山，想把他熏出來。沒承想這個老介死抱著大柳樹，自取「火葬」了。晉文公為了悼念介之推，帶頭在他的忌日時不生火，吃寒食，後來老百姓加以仿效，形成習俗。寒食舊俗，直接導致每年有不少人患上嚴重的胃腸炎，對老百姓身心健康危害極大。曹操說，伍子胥的屍體沉沒江中，吳國人沒有因此不喝水。紀念介之推，卻讓人們吃寒食，這豈不是一種偏頗？況且北方寒冷，老人、小孩瘦弱，逼他們吃冷食，非常不合理。

曹操說，此令下達之後，任何人不准再過寒食節。如有違犯，主管幹部判刑一百天，縣長扣發一個月的工資。

推行廉政建設、學校教育建設，反對迷信的科學文化建設，曹操所做的建設，皆屬大治之舉。

66

卻說曹操平定了北方，也鞏固了中原，於是南征荊州劉表及劉備，進而討伐江東孫權的相關事宜，便開始進行了。

劉表，字景升，西元一九〇年任荊州刺史，後改稱荊州牧。曹操掃滅群雄期間，劉表一直不願合作，有時還與曹操為敵。

曹操向張繡用兵時，劉表曾經支持張繡。官渡戰爭的時候，劉表與袁紹相勾結，只是沒有發兵支援而已。劉備反對曹操，被打敗，逃往荊州，也是劉表接納了他，讓他屯駐新野，即今河南新野縣地面。

新野位居荊州的北面咽喉，劉表想讓劉備在那裡站崗，防備曹操南下進攻。

曹操北征時，劉備鼓動劉表襲擊曹操的大本營許都，劉表未聽他的。

劉備夾在曹操和劉表之間，位置尷尬，經常發愁。

劉備雖說跟其他軍閥同時藉討伐黃巾軍起家，但在群雄逐鹿中原期間，他始終沒有地盤，沒有軍隊，先後輾轉依附公孫瓚、陶謙、曹操、袁紹、劉表等，四處奔命，寄人籬下，至今前程渺茫。

劉備意識到自己需要得到聰明人的幫助，於是下決心尋找有智謀的人。

經司馬徽和徐庶的先後推薦，劉備親自到一個叫隆中的偏僻農村，「三顧茅廬」，請出了一位名叫諸葛亮的人。

諸葛亮，字孔明，人雖年輕，但足智多謀，劉備請他做了軍師。

諸葛亮幫著劉備，曾經在新野北面的博望坡，以燒屯偽遁之計，打敗過曹操的守將夏侯惇。劉備誠懇地告訴諸葛亮，自己想爭奪天下，復興漢室，請求妙計。

諸葛亮對劉備說，「曹操雖然是主要敵人，但他力量強盛，有大批智謀之士輔佐，又有「挾天子以令諸侯」的有利地位，不能同他爭鋒。孫權占據江東，地勢險要，民眾歸附，可以跟他聯合。荊州是個戰略要地，劉表卻沒本事守住它。劉璋占據的益州，號稱天府之國，但劉璋不會治理。」

分析了天下大勢，諸葛亮又說，「荊、益二州，可以考慮。有了這兩個地方，跟西邊和南邊的戎、越人保持友好關係，東邊結好孫權，局勢一有變化，就可命令得力將領向洛陽一帶進攻，將軍你自己則率領益州軍隊北出秦川。你想想，到那時，老百姓誰不帶著好飯美酒，到你面前熱情擁軍呢？如果能夠做到這一步，將軍統一的事業就可以成功，做皇帝的願望也就能夠旦夕實現！」

劉備一聽，既高興又感謝，請軍師大力施展妙計。

諸葛亮幫助劉備擴充軍隊，用清查流動人口的辦法，軟硬兼施，招兵買馬，在很短的時間內，將軍隊由數千人擴充到數萬人。

這時候，劉表已身患重病。他擔心曹操、孫權的威脅，想藉劉備的力量以圖自保。劉備乘機提出願意屯駐與襄陽僅有一水之隔的樊城，以保衛荊州。劉表同意了。

曹操對劉備的不甘人下早就有所了解。他與劉備也不是沒有交過手，所以把劉備看成主要敵人之一。

曹操擔心劉備占據荊州。特別是得知劉表因病重依賴劉備的情況後，南征荊州的心情更加急迫了。

江東的孫權，字仲謀，聰明而有決斷。其兄孫策死時，把大印傳給了十八歲的孫權。

孫策對孫權說：「舉江東之眾，與天下爭衡，在戰陣之間決機取勝，你不如我；舉賢任能，使他們盡心竭力以保江東，我不如你。你應該好好幹出一番事業來。」他在臨死前交代張昭等人好好輔佐弟弟。

發展到此時，孫權已擁有會稽、丹陽、吳郡、豫章、廬陵、廬江六個郡的地盤。

孫策的部下，有人見孫權年輕，對他能否成就大業持懷疑態度。孫權靠張昭、周瑜等人的幫助，才把孫策舊部逐漸安撫下來。

張昭，字子布，曾被孫策任為機要祕書兼撫軍中郎將。孫策死後，他帶頭輔佐孫權，要求內外將校們忠於職守，綏撫百姓。

周瑜，字公瑾，同孫策是好朋友。因他年輕美貌，吳中人呼為「周郎」。孫策死後，他鐵心輔佐孫權。

在張昭和周瑜的共同支持下，孫權團結了文官武將，那些徘徊觀望以及想另找新主的人，也都穩定下來。

魯肅，字子敬，是周瑜的朋友，經周瑜介紹來輔佐孫權，深得孫權的器重。

孫權有一次同魯肅飲酒，請教建立功業之事，問魯肅有什麼高見。

魯肅說：「依我看來，漢室不可能復興，曹操也不可能一下子被除掉。為將軍打算，只有先鞏固江東，以觀察天下形勢的變化。逐步將長江一線據為己有，然後稱帝王，圖天下。」

孫權對魯肅的見解很佩服，說：「往後仰仗先生！」

曹操在西元二〇二年寫信給孫權，要孫權派個人質，雙方進行戰略合作。

周瑜勸說孫權：「不能派。」

將軍繼承父兄基業，兼有六郡之眾，兵精糧多，將士用命，鑄山為銅，煮海為鹽，境內富饒，人不思亂，怎麼能送人質呢？送人質，就是聽命於曹操，最多不過是個封侯的待遇，哪能與南面稱孤相比呢？不要急於派遣，慢慢觀察一下形勢再說。

孫權聽了周瑜的分析，決定不與曹操合作，沒有派遣人質。

西元二〇三年開始，孫權按照魯肅的建議，一次次地討伐劉表的江夏太守黃祖，均無果而返。

孫權大將甘寧獻策說：「將軍應早日占領荊州，不可落後於曹操。要消滅劉表，必得先消滅黃祖。黃祖一破，便可下荊州，向巴蜀發展。」

孫權接受了甘寧的建議，親率水陸大軍，猛打黃祖，最後打敗了黃祖，擄走了江夏城中男女數萬人口。

曹操得知孫權動靜，越發體會到南征荊州和江東的重要。

第13章

烏鵲月夜南飛

67

曹操要對付南方，必須先穩定中原的統治。

曹操跟漢獻帝劉協商討中央機構改革，精簡冗員，把司徒、司空、太尉「三公」廢除了。

漢獻帝提議恢復丞相之制，曹操說：「有必要。」

漢獻帝說：「寡人認為你當丞相最合適不過，朝廷內外方方面面的工作，都歸口到你這裡，我過問起來也方便。」

曹操一再謙讓，不肯接受。

漢獻帝說：「朕根本不是虛讓，換了別人為相，莫說朝廷，社稷天下恐怕也難以穩當。國家需要之際，切望擔起重任。」

曹操便接受了，正式當了丞相，總攬朝政，全面主持朝廷工作。

對曹丞相，朝廷大臣基本上全是支持的，唯孔融有了點不良反應。

孔融對曹操看不順眼，由來已久。

早在西元一九七年，曹操發現前太尉楊彪勾結袁紹，要殺楊彪，孔融反對：「楊先生大儒出身，海內有名，怎麼可以殺呢？你若殺了他，我明天就走，不來上班了。」

孔融的態度非常強硬，說著作勢要走，對著曹操拍屁股。

曹操說：「好了，不殺。」孔融才又轉了回來。

曹操為了節約糧食，下令禁酒。孔融反對，並寫了一篇專門講吃酒有好處的文章，四處送人，讓曹操難堪。

西元二〇五年，光祿勳郗慮上表彈劾孔融，漢獻帝罷免了孔融的官職。

孔融在家閒著，但他不是安安生生地宅著反省己過，卻整日舉辦酒會，邀請賓客暢飲。端起酒杯，孔融想說啥說啥，還念叨：「座上客常滿，杯中酒不空。我沒有憂愁，我沒有煩惱！」

曹操寫信給孔融，表面是調解他與郗慮的過節，實際上是勸誡他以後言行要注意。在信的末尾，曹操警告道：「我身為大臣，進不能風化海內，退不能建德和人，然而撫養戰士，殺身為國，打擊浮華交會之徒，還是有餘力的。」

孔融有點害怕了，給曹操回信，表示對曹操的苦心相勸，終身不忘，要同郗慮和好。

曹操因此又奏明漢獻帝，起用孔融為太中大夫。但孔融惡習難改，還是不跟曹操合作，常常諷刺挖苦他。

西元二〇八年，江東孫權派遣使者來見曹操。孔融當著孫權使者的面訕謗曹操，大聲說：「阿瞞不能跟你家大哥比啊，阿瞞自己也知道的，哈哈！」

曹操實在不能容忍了，於是提拔郗慮為御史大夫。

郗慮蒐集了孔融一些新近的違紀言行，指使參謀長路粹上書告發孔融，說他「謗訕朝廷，大逆不道」，「招合徒眾，欲謀不軌」。

漢獻帝批示由丞相曹操處理。

曹操對孔融進行了調查，發表了判決書《宣示孔融罪狀令》，列舉其「違反天道，敗論亂理」的罪行，要人們不要被孔融的「虛名」所欺騙，他的死，是罪有應得。

曹操誅殺孔融，固然有孔融自身性格的原因，更重要的是，曹操是在對「浮華交會之徒」進行清洗，是在遠征前夕，對後方進行鞏固和安定的果斷措施。

68

話說曹操要對南方作戰，西北還是個不大穩定的地方呢。西北軍閥馬騰十分勇猛，軍隊也不少。曹操率領大軍南征，一旦馬騰在後面向中原動手，後果不堪設想。

西元二〇二年，袁尚在黎陽跟曹操互相牽制的時候，曾派使者去聯絡關中馬騰、韓遂的軍閥勢力，意圖襲擊曹操後部。

那時，曹操曾表奏鍾繇為侍中，領司隸校尉，持節督關中諸軍。鍾繇給韓遂、馬騰寫信，陳述利害，韓遂和馬騰才表示聽朝廷和曹操的，方才免了曹操的西顧之憂。

後來，匈奴單于作亂，侵略北方。鍾繇等進攻圍剿，不克。袁尚的部將郭援、高幹又趁機勾結韓遂、馬騰，想結成同盟，襲擊曹操。

坐鎮長安的鍾繇派遣部屬張既前往遊說，馬騰聽從張既的勸告，讓兒子馬超率領一萬多軍隊，聽命鍾繇，打敗了郭援和高幹，斬了郭援的腦袋，收降了高幹與匈奴單于。

此次曹操將南征荊州，出兵前要化解馬騰等擁兵割據關中的問題，於是派張既持節率團，再度出使，去請馬騰離開西北，到中央來工作。

張既軍事使團受命，五更啟程。

軍事使團有個副團長名叫王圖，本是衛戍部隊的營長，未能隨團出發，天已大亮才匆忙現身。軍令如山，這個王圖竟然如此兒戲，於是被五花大綁起來，送交軍事法庭，斬首示眾。結果在緊要時刻，有一美麗的女子哭著跑進曹操的辦公室，為王圖求情。

這個膽大的女子何人也？

女子喚作來鶯兒，曾是洛陽城裡色藝俱佳的知名歌女。曹操任職西園典軍校尉的時候，即聞其大名，有一次視察，驚喜地見到了十六歲的來鶯兒。

來鶯兒婉轉的歌喉與曼妙的舞姿，征服了曹操。於是，一代梟雄與洛陽女兒成了無話不談、無事不做的異性密友。

董卓統治洛陽的時候，曹操花錢為來鶯兒贖了身，指使她離開了即將戰亂的京都，遠赴鄉下暫避。後來的年月，曹操戎馬倥傯，刺殺董卓，結盟關東，擒殺呂布，收降劉備，決戰袁紹，征服烏桓，不得片時消停。而來鶯兒心繫這位亂世英雄，每時每刻都想捨身追隨。

曹操平定北方，回到中原，來鶯兒找到了他，曹操就讓她居於營中。

來鶯兒仍然如從前一樣漂亮多情。在戰爭的空隙裡，她以動聽的歌喉與美妙的舞姿，為曹操帶來了歡樂，一掃他戎馬生活中的枯燥和寂寞。

曹操將來鶯兒視為善解人意的知心異性，但曹操畢竟年老了，正值青春年華的來鶯兒，難耐寂寞，在軍營裡，一雙大眼睛四下亂看，不停地尋找。

一個英俊的身影闖進了來鶯兒的眼簾，繼而漸漸深入她的心底。這人就是曹操府中的青年警衛營長王圖。

王圖一表人才，魁梧而機警，頗得曹操的賞識，經常受到曹操嘉獎。

來鶯兒很快地愛上了英俊帥氣的王圖。曹操忙於軍國大計，並不知道來鶯兒的變化。卻說曹操這次委任王圖以使團副團長的職務，讓他跟從張既前往西北「請」馬騰進朝廷工作。這是立功的事情，也相當艱鉅和危險。

曹操老英雄，很忙，不是每天夜間都能「訪問」來鶯兒，王圖便在跟來鶯兒溫存的時候，把使命告訴了她。

來鶯兒想到不可預測的未來，淚流滿面地抱著王圖不放，不覺雞啼天曉，讓王圖錯過了五更出發的時間。

天亮了，王圖才出現，被抓了起來。

來鶯兒為救王圖，什麼也不顧了，對曹操說出了她與王圖的私情。

來鶯兒說，是她抱著王圖硬不讓他起身的，並情願代替王圖一死。

其實，一個人想死是容易的，但活著的人敢於將自己最見不得人的祕密公之於眾，尤其是把「身在曹營心在王圖」的祕密說出來，是需要極大的勇氣。這意味著來鶯兒已經下定與情人王圖共赴黃泉的決心。

曹操在戰場上運籌帷幄，決勝千里；在官場左右逢源，如魚得水；在文學上亦是詩文極負盛名，然而，在他的雄才大略背後，也隱藏著極大的孤獨。

曹操對人世間的至情有著超乎常人的鑒別能力。

因此，對來鶯兒的真情表白，曹操沒有氣憤，沒有嫉妒，反而十分感動。

曹操想進一步試探來鶯兒的真情摯愛，說：「既是如此，我也不會很快處置王圖。妳來鶯兒在一個月內，為我訓練一個小型歌舞團，只要能訓練好，我就同意妳代替情人一死。等妳死了之後，妳的這些學生便能替你為我演出。」

來鶯兒坦然地接受了這一交易。

在曹操的丞相府，一個小型歌舞班開始了訓練。來鶯兒為了救王圖一命，夜以繼日，毫無保留地傳授技藝。

很快，新的歌舞侍女都取得了明顯的進步。有個叫潘巧兒的漂亮侍女，更是出類拔萃，幾乎能與來鶯兒並駕齊驅。曹操知道後十分讚賞。

一個月後，來鶯兒到了曹操的面前，請求代王圖一死，說：「有人伺候您了，我也死而無憾了。」

曹操這時非常激動——眼前的人，已經大難臨頭，還為別人著想，真是一名重情重意的奇女子也！

然而王圖呢？曹操召見王圖時，王圖卻坦率地告訴他，自己對來鶯兒，只不過逢場作戲而已，並沒有真正的愛情可言。

曹操一聽，火冒三丈，一腳踢倒王圖，之後將他逐出了丞相府。

曹操沒有把這個殘忍的真相告訴來鶯兒。若告訴她，即使能夠阻止她赴死，但要她懷抱著著個殘酷的事實勉強地活下去，一定會比去死更痛苦。

曹操拿定主意後，只對來鶯兒說：「王圖已經釋放，逐回家鄉。念妳一片真情，且訓練歌女有功，將功折罪，可以不死。現在，妳走吧！」

來鶯兒感謝曹操成全她和王圖的愛情，卻不願接受曹操饒她不死的恩惠。

來鶯兒說，只有死才能洗清自己的罪過，但曹操還是勸她走。

來鶯兒鄭重地向曹操行了跪拜大禮，之後，轉身而去。

來鶯兒去得那樣堅決，去得那樣坦然，去得那樣義無反顧。

望著來鶯兒孤獨走去的背影，不知經過多少大風大浪，不知經過多少悲歡離合，不知經過多少生生死死，不知經過多少恩恩愛愛的曹操，此時此刻，這個堅強無比的男人，也不由自主地感到一陣淒然，流下了兩行淚水。

三個月後，張既送回報告：他到西北，費了不少唇舌，說服馬騰到朝中做官了。

曹操以馬騰為衛尉，以馬騰之子馬超為偏將軍，統領馬騰的軍隊，繼續留守關中。

曹操大致解除了西北問題之後，便於西元二〇八年的七月間，親率大軍，南征劉表。

69

曹操向荀彧請教南征事宜，荀彧建議襲取荊州。「中原地區平定了，劉表應當知道他面臨打擊，會強化防務。我們大張旗鼓地發兵南進，暗中另遣精壯騎兵，從小道偷襲劉表，當可獲勝。」

誰知劉表驚恐，快速病死，他的兩個兒子——長子劉琦守江夏，次子劉琮繼承了老爹的爵位。劉琮及其親信，軟弱無能、貪生怕死，尚未開戰，即投降了曹操。

九月，曹軍已到達新野。駐紮樊城的劉備，訓練軍隊，準備迎敵。聽到劉琮投降的消息，劉備暴跳如雷：「這不是害了我嘛！怎麼能這樣辦事呢？膽小鬼，不顧朋友啊！」

劉備準備怎麼辦，軍師諸葛亮很清楚，抵禦不了曹操，只好建議向江陵撤退。同時，劉備派老二關羽，去江夏向劉琦求援。

江陵是南郡的郡治，即今湖北江陵。

江陵地處要地，劉表在這裡屯有很多軍械、糧草。曹操唯恐劉備搶先，輕軍趕到襄陽，得知劉備過去了，便率五千精騎，以一晝夜三百多里的速度追趕。

劉備退到當陽[39]，被曹操騎兵追上，打得七零八落。危急時刻，趙雲將劉備兒子劉禪塞進戰袍裡，舞槍衝出了重圍，又找到了劉備的老婆甘夫人。劉禪在趙雲的戰袍裡，可能捂的時間偏長，缺氧，導致腦子障礙，長大後「純樸無比」。此係後話。劉備謀士徐庶的母親也被曹操俘獲了。徐庶不得不歸附曹操，以保全母親的性命。

劉備、諸葛亮和張飛、趙雲等，倉皇南逃。通向江陵的道路已被曹軍截斷，劉備等一行人只好向漢水方向撤退，同由水路趕來的關羽會合，一幫子全部竄到了夏口。

曹操沒有繼續追趕劉備，而是占領了江陵。占領江陵後，曹操下令除舊布新，建設經濟。隨後，又有長沙、零陵和桂陽三郡歸降。如此一來，荊州南部四郡，全部納入曹操統治之下，只剩江夏郡還在劉琦手中。

曹操獲得荊州後，收編七、八萬人，得大小船艦一千多艘。

接著，曹操奏明漢獻帝，論功封賞。蒯越等十五個人被封為侯。

蒯越，字異度，是劉表的重要謀士。官渡戰爭的時候，他曾勸劉表歸附曹操，劉表不聽。近期，蒯越勸劉琮降曹。

曹操得到蒯越，非常高興，封他為光祿勳，並給荀彧寫信說：「得荊州無所謂，得蒯異度，我很高興！」毫不掩飾他對蒯越的重視。

39 現在的湖北省當陽縣東北。

韓嵩，荊州名士。劉表曾派韓嵩偵察曹操駐地，韓嵩回來後，光說曹操的好話，勸劉表歸附曹操，把兒子送去做人質。大怒不已的劉表將韓嵩關進了大牢。這回曹操把韓嵩放出小號，任他為大鴻臚，當成至交好友，讓他推舉人才。

文聘，字仲業，是劉表的大將。劉琮投降曹操時，文聘反對。曹操渡過漢水後，文聘見大勢已去，才來投附。

曹操對文聘說：「仲業真乃忠臣也！」任其為江夏太守，繼續統領軍隊。

其他如傅巽、鄧羲、劉先、韓暨、曹屬、裴潛、王粲、和洽、劉訥等人，在此次都有封賞或擢升。

曹操解放了荊州，威震天下，連遠在益州的劉璋也向曹操表示服從，送來軍糧和財物。

劉璋派張松押運兵餉。見到曹操表示敬意時，張松有意就歸，曹操的主簿楊修也勸曹操接納張松。曹操取得新勝，驕傲得很。張松個頭短小，其貌不揚，又不拘小節，似顯傲慢。曹操便比較冷淡，張松悻悻而返。

曹操幾乎兵不血刃地攻占了荊州，大大壯大了人力、物力和軍力。

傲氣快速滋長，曹操根本沒把狼狽逃竄的劉備放在眼裡。對於占據江東的孫權，曹操也以為大軍一到，他就會俯首聽命，即使交兵，也必定輕易取勝。

曹操說：「假如孫仲謀能歸附，這天下可就太平無事了。」

70

曹操強勢進逼，孫權與劉備只好被迫聯合，以求生存和發展。

劉表剛死時，魯肅建議孫權派他去弔喪，同時勸說劉備，讓他籠絡劉表部下，大家一心一意，共同對付曹操。

魯肅到達夏口，劉琮已經投降曹操，劉備也已逃走。

魯肅趕忙去找劉備，在當陽長阪相遇，總算拉住了這個夥伴。

在魯肅的建議下，劉備將部隊由夏口順流而下二百多里，改駐屯在樊口，以便和東吳軍就近會合。

劉備派謀士諸葛亮跟著魯肅去東吳遊說。

根據情報，曹操的大軍已做好了出戰的準備，戰爭隨時會打起來。

劉備將希望寄託在諸葛亮的身上，倘能說服孫權出兵，局勢可以逆轉。如果形勢發展不是魯肅所預料的那樣，後果就不敢想像了。

劉備每天派前哨往江中下游探查東吳軍隊的調動。

大約過了兩天，哨兵傳報，孫將軍已答應出兵，並派周公瑾率水軍逆流而上，即將到達樊口。

劉備又是絕處逢生。為表示謝意，劉備派人去迎接和慰問周瑜的船隊。

上行船很緩慢，像逆流而上的大魚，行動比較遲緩。加之船隻很多，速度和距離都要保持同一步調，速度可想而知。因此，過了兩天，劉備才盼來了周瑜的船隊。

指揮船上，掛一面很大的紅黃相間的旗幟，上有一個大大的「孫」字。一人按劍立於船頭，劉備判斷可能是周瑜。

雙方終於相見。劉備請周瑜上岸休息，周瑜說形勢緊迫，即將趕赴赤壁，邀請劉備到船上小敘。

劉備登上周瑜的指揮船，坐下之後，問：「孫將軍的抗曹力量準備得如何？」

周瑜說：「弄了三萬多人。」

劉備一聽，失望而又不安。周瑜笑了，說：「劉豫州不必擔憂，等著看我打敗曹軍吧！」

劉備問：「子敬和孔明二位先生呢，怎麼沒有隨你同來？」

周瑜說：「他倆在後面船隊裡，大約三天後可以到達。」

劉備越想越擔心，告別周瑜回到岸上的營中，暗中立即派出許多人馬，由關羽帶領，北上過漢水預作部署，以留撤退的後路。

卻說諸葛亮跟著魯肅在柴桑[40]見到了孫權。

諸葛亮說：「曹操平定了北方，南下來爭奪地盤。劉豫州本可以與曹操抗衡的，可英雄無用武之地，枉投了劉表。所以，劉豫州逃到這兒，希望你估量一下自己的力量，以應對當前的局勢。」

諸葛亮接著說：「假若將軍能與中原抗衡，不如早點同曹操斷絕來往；假若不能，為何又不投降曹操呢？如今，你表面上服從曹操，內心裡遲疑不決，大禍很快就要臨頭了。」

孫權問：「你說得挺美，那劉豫州為什麼不投降曹操？」

諸葛亮說：「劉豫州是王室後代，事業不成，是天意不到，他怎麼能投降呢！」

---

40 現在的江西省九江縣。

孫權說：「我當然也不能投降。可是又怎麼能抵抗曹操的攻勢呢？」

諸葛亮分析道：「劉豫州雖然常吃敗仗，但現在仍有上萬人。曹操遠道而來，勢必疲勞困頓，聽說為了追擊劉豫州，飯都吃不上。再說北方人，不習慣水戰。你若能與豫州統一部署，協同作戰，打敗曹操是斷然無疑的。曹操一敗，就會回到北方去。那麼荊州、東吳的勢力就強大了，三分天下的形勢就形成了。成功或失敗，在於將軍的決斷。」

孫權聽了，喜悅萬分，說：「好，開會商量。」

就在開會的時候，曹操派人給孫權下戰書來了，說：「最近我奉皇上之命，討伐有罪之人。軍旗指向南方，劉琮束手投降。現在已調集水軍八十萬人，要與將軍在東吳合作打獵。」

這封信送到柴桑，引起了孫權內部小地震。

孫權部下被震成了兩派：主降和主戰。

主降派以張昭、秦松為代表，被曹操的聲勢嚇破了膽，主張不戰而降。

主戰派以周瑜和魯肅為主。周瑜說：「曹操捨鞍馬，登戰船，是棄長就短。而且季入寒冬，曹軍給養不足，北方士兵遠涉江湖，不服水土，必然要發生疾病。這些說明曹操是自己送死來了，請將軍給我精兵三萬，進駐夏口，保證為將軍打敗曹操。」

孫權激動了，拔劍砍去案子一角，叫道：「他媽的！我跟他拼了！誰還敢說投降，就和這奏案一樣！」

孫權下決心抗擊曹操，少不了聯合劉備，於是劉備一撥人就歸孫權指揮了。

周瑜從鄱陽縣回來，孫權馬上與他共商大事，將魯肅的建議和自己的想法告訴他，想聽聽他的建議。

周瑜說：「主公占據江東，時至今日，已經擁有方圓數千里的土地，部隊武器精良，糧草充足，英雄才俊都忠於職守，各顯其能。正當蕩除污穢，威震天下，怎麼可以迎降曹操呢？」

孫權心裡踏實了，說：「我想聽聽將軍的具體策略。」

「曹操丟掉騎兵，依仗船隻，來與江東爭勝鬥強，是失策之舉。中原士兵不服水土，不習水戰，光疾病就夠他受的。將軍打敗曹操，絕好的機會來了。請允許我進駐江夏，與之決戰。」

孫權緊執周瑜的手，不知怎麼表達感激之情才好。這位足智多謀的人輔佐兄長創下江東霸業，如今國難當頭之際又為我竭忠盡職，我孫權就憑這一點也該和曹操決一雌雄，以告慰父親和英年早逝的兄長。

孫權說：「我已選好了三萬人馬，船隻、糧草和武器輜重等都已準備停當。你在前線，能夠對付，那太好了；若不能擊退曹軍，就回來同我會合，我們共同與曹賊決一高下。」

孫權命令周瑜、程普為正副統帥，率領部隊與劉備的部隊會合，一起迎戰曹操。孫權又派魯肅做贊軍校尉，協助周瑜與程普謀劃作戰策略。

此時的曹操，也是十分謹慎。

曹操命令曹仁和曹洪駐屯襄陽，負責陘陽到江陵間荊州降軍的監視工作，並保持前線軍團和後方的聯繫暢通。

樂進及滿寵，則率領袁氏降軍，一方面防止孫劉聯軍可能的進攻行動，一方面也和荊州降軍作相互制衡。

程昱、曹純、張遼及徐晃的軍團，配合荊州蔡瑁和張允的七萬水軍，由長江乘船艦順流東下，準備在水上和孫劉會戰。

曹操自己在江陵建立指揮部，把握全盤軍情，隨時準備進行必要的配合。

為什麼曹操突然放棄一向擅長的陸戰，而選擇並不熟悉的水戰呢？這個問題，就連許多曹軍將領也想不通。

程昱曾問曹操：「我們的水軍順流東下，水戰經驗缺乏，萬一東吳在水上處處布防，如何迎戰？」

曹操說：「前面有荊州水師七萬，已夠東吳難受了！」

荊州水師將領為蔡瑁和張允。程昱問：「萬一蔡瑁和張允有變，我們有何預案？」

曹操說：「蔡、張二人，親眷全在荊州，他們巴不得早日踏平東吳，帶功返回荊州呢！」

曹軍一路強占了江陵。但是，嚴峻的問題出現了——艦隊中的士兵接二連三地出現嘔吐、腹瀉，半日不到，兩萬兵士染上疾病。

事出緊急，曹操只好放棄了立刻南下的計畫，下令全軍原地休息。

接著，死亡的陰影又籠罩著艦隊，平均每天有四五十人死亡。曹操只好下令將死亡士兵的屍體趁夜色祕密投入江中水葬，以免動搖軍心。

曹操令軍醫集中一切力量對付疾病。他們買回或親自採回許多草藥，熬成藥湯，不分白天黑夜逐一送上每艘戰船，給戰士們服用。

時間長了，曹軍慢慢適應了江南水土，疾病漸漸少了。

曹操派遣使者出使東吳，勸孫權放下武器，但失敗了。曹操並不感到意外。孫權是新一代江東霸主，要蕩平東吳，絕非輕而易舉之事。想讓孫權像劉琮之輩那樣歸降，看來是沒有多大可能了。

這時忽然傳來情報，說孫劉聯軍已進駐三江口。曹操決定迎戰。

程昱認為曹軍對這一帶很不熟悉，建議水戰應暫緩進行。

曹操一改過去善於納諫的作風，說：「趁他們部署未定，奇襲可以迅速打亂其陣腳。時間拖長，他們占有了地利，又得人和，就不好收拾了。」

張允說：「將士們剛剛經過了一場瘟疫，身體尚未康復。從江陵下三江口，水勢洶湧，如此顛顛簸簸進入戰區，恐怕他們身體吃不消，難以力戰。」

曹操說：「休要多說了。你們二人若是害怕，可以守江陵，我自率軍下三江口。」

程昱和張允見曹操面色陰沉，哪裡還敢多嘴。

71

在江陵，曹操將張遼、徐晃、程昱的軍團，加上蔡瑁、張允帶領的七萬荊州水軍，編成船隊。

正如張允所說，從江陵到三江口，水勢洶湧，船隻顛簸得甚為厲害，軍士們的暈船症狀相當嚴重，每艘戰船上都有上百士兵嘔吐不止，還有不少的人休克。

曹操非常著急。這樣的狀態，簡直是不戰自潰了，怎麼能夠迎戰呢？於是，下令停止行船，休整一段時間再說。

這時，華中地區已進入冬季，強勁的西北風自上而下掠過江面。

天氣轉晴，陽光灑在江面上，沿岸十多里長的水岸，船隻整整齊齊排列，煞是壯觀。

如何解決將士們的暈船問題？曹操和賈詡、程昱等苦思對策。

突然，曹操想出了一個辦法。

曹操說：「將整個艦隊用鐵索鏈串聯起來，形成巨大的連環船。這樣，行船就平穩了，暈船現象即可克服。」

程昱說：「這辦法雖能避免船的劇烈搖晃，但萬一遇上敵人火攻，那如何得了？」

賈詡也說：「遇上火攻，我們連逃生的辦法都沒有。」

曹操說：「這個不必顧慮。你們看！」

賈詡和程昱順著曹操的手指仰望天空，但見一片澄澈，萬里無雲。

曹操說：「你們看看風向，與我們戰船順流而下的方向一致。敵軍在下游，火攻只能燒了他們自己。二位儘管放心，吩咐大家注意防守就行了。」

曹操這個時候更懷念逝去的郭嘉，他多麼希望謀士當中有誰能夠提出與自己不同的見解，並且以十分充足的理由說服自己啊！

經過一個多月的努力，三千多隻戰船串成了一個整體，整個船隊首尾相連數百里。平行的船隊每個橫面有二十四艘船，看起來如同一座水上長城，氣勢非常雄偉。數百艘小船在周圍巡邏，避免敵人偷襲。

由於規模空前龐大，光是整編便耗費了一個多月。

這一夜，曹操在軍帳中研讀兵書，忽報東吳劫營。急問情況，又報說，是東吳老將黃蓋引數隻小船前來，剛剛駛近我方巨艦，即被我神射手亂箭擊退，敗走了。

曹操聽了，說：「不是劫營，是踩點呢！哈哈，全在我預料之中。」

冬十一月十五日，天氣晴朗，風平浪靜。曹操下令當晚在大船上擺酒設樂，款待眾將。晚上，天空的月亮非常明亮，長江宛如橫飄的一條素帶。再看船上眾將，個個錦衣繡襖，好不威風。

曹操正與眾人飲酒談笑，忽聽寒鴉之聲于水上掠過，遂問左右：「這烏鴉為何夜間鳴叫？」

左右人回答：「鴉見月色明朗，以為天曉，所以離開枝頭，於夜空中鳴叫。」

這時，曹操已是有點醉意，先以酒奠長江，隨後滿飲三大杯，命人取槊來，把槊橫握在手中，講話說：「弟兄們！我自起兵以來，為國除害，掃平四海，天下太平。我執此槊，破黃巾，擒呂布，滅袁術，收袁紹，深入塞北，直達遼東，縱橫天下，頗不負大丈夫之志。在這良辰美景，我來作歌，你們跟著唱和，好不好？」

眾將士齊聲叫好。

曹操就著明月、江水，吟出了叱吒風雲的《短歌行》：

對酒當歌，人生幾何！
譬如朝露，去日苦多。
慨當以慷，憂思難忘。
何以解憂？唯有杜康。
青青子衿，悠悠我心。
但為君故，沉吟至今。
呦呦鹿鳴，食野之苹。
我有嘉賓，鼓瑟吹笙。
明明如月，何時可掇？
憂從中來，不可斷絕。
越陌度阡，枉用相存。
契闊談讌，心念舊恩。
月明星稀，烏鵲南飛。
繞樹三匝，何枝可依？

山不厭高，海不厭深。
周公吐哺，天下歸心。

直到次日，曹操還沉浸於歡樂愉悅的心情之中。
初冬的早晨，江上雲蒸霞蔚，景象萬千。一抹朝陽從東邊遠處的水面上慢慢升起，遠望如紅橙浮在水上。近處霧氣繚繞，反倒辨不清山水。
曹操在虎豹警衛隊的保護下，沿江邊漫步，舒展著筋骨。
「逝者如斯夫，不舍晝夜。」望著滾滾東逝的長江水，曹操忽然感到人生是那麼短促，五十多歲了，依然有那麼多的事需要做，何時得停歇啊！
「我老了嗎？」曹操問。這個問題，他自己也知道不是第一次提起了。
隨行的曹仁說：「丞相精神煥發，沒有衰老的跡象。」曹仁也不是第一次這麼回答。
曹操說：「人啊，說老就老了，老是不可抗拒的。」
見曹仁在傾聽，曹操接著說：「有的人，老態龍鍾，步履蹣跚；有的人，碌碌無為，不思進取。前者是生活模範，後者則是苟延殘喘。」

第14章

平定三輔西域

72

卻說周瑜的部將黃蓋，發現了曹軍鎖戰船的弱點，向周瑜建議火攻。

周瑜認為可行，立即採納實行。

為了接近曹營，周瑜同黃蓋等人商量決定，先找藉口暴打黃蓋，施苦肉計，然後由黃蓋詐降。

黃蓋當眾挨打後，給曹操寫了一封降書，派老將闞澤送往江北曹營。

闞澤是會稽山陰人，東吳元老，看不慣周瑜，他覺得周瑜為人虛假、嫉賢妒能、好大喜功、恃寵驕橫，撒手不問政事，整日閒蕩。在國難當頭之際，目睹了周瑜打黃蓋的場面，被黃蓋的耿耿忠心打動了，決定摒棄前嫌，為黃蓋，也為東吳助上一臂之力。

闞澤乘著漁船到了北岸。船上的人扯著喉嚨喊道：「我是東吳來的，送降書與曹丞相！」

「詐降！」曹操冷笑之後吩咐將來人引到帳下。

闞澤施禮，說：「我是東吳參謀闞澤，特送來黃老將軍的請降書。」

曹操哈哈大笑：「黃公覆是東吳三世老將，為何不早不遲，偏在這個時候來投我，簡直是癡人說夢。」

闞澤說：「黃老將軍愛好和平，本就反對跟丞相交戰。前些日子被丞相打敗，周瑜小兒問罪，於眾將前毒打，不勝憤恨羞辱。我與公覆交情甚好，公覆故遣我密獻降書，不知丞相肯容納否？」

曹操知道其中甚有蹊蹺，但求賢若渴的心理還是驅使他想慢慢弄個究竟：「把密信呈上來。」

闞澤不慌不忙地脫下棉襖，從夾層中撕開一個口子，取出密信，信封上還有點血跡。

曹操看看那上面的血跡，心裡冷笑，這周瑜把個詭計還設計得天衣無縫啊！

曹操拆信視之，見黃蓋寫道：「周瑜小兒自負其能，作威作福。勝敗乃兵家常事，可憐我一介老臣，於大庭廣眾之下被打得皮開肉綻，好不憤恨。反觀北方，丞相胸襟可納百川，氣量可比海水，百萬雄師縱橫天下，其勢如秋風掃落葉，統一天下指日可待。」又道：「丞相招賢納士，可謂人心所向。黃蓋願意率眾歸降，以圖建功雪恥。泣血拜告，萬勿見疑。」

曹操看畢，忽然喝道：「大膽漁翁，敢來欺詐我！這分明是周瑜用的苦肉計，給我推下去斬了！」

左右將闞澤擁下。闞澤卻面不改色，仰天大笑。

曹操說：「且慢！我已識破你的奸計，為何這般大笑？」

闞澤說：「我不是笑你，而是笑黃公覆蠢豬一頭，太不了解人了。」

「黃公覆為何不了解人？」

「要殺便殺，何必多問！」闞澤把頭一昂，反而端起架子來了。

曹操又說：「我自幼熟讀兵書，深知奸偽之道。你這條計只能瞞那些無能之輩，在我面前，簡直是魯班門前耍大斧。」

闞澤說：「請問密信中哪些事是奸計？」

曹操說：「我說出來也無妨，好讓你死個明白。既說舉兵倒戈於我，怎麼不寫明日期？」

闞澤大笑，說：「虧你還說熟讀兵書，還不如及早罷戰算了。」

曹操說：「只要你有理，我自然敬服。」

闞澤說：「背主另投，不能約定期限，只能見機行事。倘若洩露機密，則害人害己。這道理實在簡單。你卻不識真偽，實在是昏庸無能。」

闞澤這一席話，倒使曹操懷疑起自己的推斷來了。

曹操走過來拉起闞澤的手，後悔地說：「差點枉殺有識之士。你和黃老將軍能識大體，實在難得，日後破了孫權、劉備，我定要加官封爵。」

闞澤若無其事地說：「不敢奢望官爵，只要不枉殺我輩，就感恩戴德了。」

曹操信任了闞澤，命置酒以待。雙方約定黃蓋投降時，船頭插「青龍牙旗」為號，又約定了其他具體事宜。

南岸東吳，黃蓋已經準備了許多船隻，裝滿了蘆葦乾柴，灌上了魚油，上面鋪著硫黃之類的引火之物，各用青布油單遮蓋。船頭上插上了青龍牙旗，船尾拴上了易於奔跑的小船。

周瑜正緊張地調兵遣將。

甘寧舉曹軍旗號，直取烏林——曹軍囤糧基地。呂蒙領三千兵去烏林接應甘寧。太史慈領三千兵馬直奔黃州地界，斷曹操合肥之接應。淩統領兵三千，直截彝陵界首，見烏林火起，以兵接應。董襲領兵三千，從漢川殺奔曹操營寨。潘璋領兵三千，去漢陽接應董襲。

曹操接到密報：黃蓋三日後夜晚來降，以船頭青牙旗為辨認信號。

「好！」曹操手握拳頭，猛地一擊，等待了幾月之久的總決戰終於開始了。

曹操的心情久久不能平靜，夙願總算要實現了。今後呢？山河一統，百姓安居樂業，勸農桑，修學校，興水利，該幹的事情太多了。

但是，曹操忽然間又感到身心無比疲憊。

三日後，曹軍水寨熱鬧非凡。將士們做好了出征前的一切準備。擂鼓鳴金，大小戰船徐徐駛出。

小船靠前，大船居中。

大船上高高豎著一面藍黃相間的大帥旗，晨風吹來，帥旗呼啦啦飄舉，旗上的「曹」字在晨曦中赫然奪目。其餘戰船上，青紅兩色牙旗迎風直響，場面無比壯觀。

大小戰船劈開朝霧，浩浩蕩蕩，往江南進發。

曹操撫劍立於大船船頭，鬍鬚輕揚，遙望南岸。

這時是西元二〇八年，東漢建安十三年，十一月二十二日。

夕陽瞬間西沉，陣陣微風也停止了，赤壁一帶的空氣好像凝固了。天氣明顯地起了變化，江面上微風再起，逐漸轉強，竟然變成了東南風。

曹操大為不安，他下令全軍戒備，所有將領登上最前線的程昱軍指揮艦，隨時應變。又通知陸地上的軍隊緊急待命。

幾個月的等待，決戰的時刻到了。將士們充滿著興奮之情，大家都期待著即將發動的總攻擊。

73

黃蓋從南岸出發了。周瑜接到報告，立刻通知其餘軍隊行動。

在東南風中，黃蓋船隊以驚人的速度駛向上游。

在黃蓋的船隻後面遠處，是周瑜接應的龐大艦隊。

曹操瞭望臺報告：「丞相，東南角江面上出現數十艘插有青龍牙旗的快船！」

賈詡代曹操發出號令：「這是黃將軍如約倒戈，準備迎接。」

程昱忽然大叫：「丞相，有情況！」

曹操和將領們向插著青龍牙旗的快船張望，只見船身輕浮，顯然是沒有多少人乘坐的空船。

賈詡說：「前來投誠，沒有軍隊，一定有詐！」

曹操一聽，臉色大變。突然而起的東南風，投誠的空船，加上本身的鐵索連環水寨，緊接而來會發生什麼可怕的事情，已不難預測。

「箭雨阻擋！」曹操下令。第一個命令未落音，第二個命令發布了，「棄船，陸上營寨！」

千鈞一髮之際，曹操只能這樣，方能將傷亡減少到最低程度。

一時間，曹操蒼老的聲音被喧嘩聲淹沒，幾千艘連在一起的戰船靜靜停泊於江中，儼如一位感覺麻木只等死神降臨的老人。

幾十萬軍士在很短時間之內進行大規模撤退，可以想像何等艱難。

青、徐等地北方軍士以及荊州水軍，多半是被驅使著作戰的，逃生的欲望壓倒了一切，他們哭喊，他們怒罵，他們號叫，他們不顧將領的刀劍架在脖子上，不顧已經有人倒在血泊中，不顧，全然不顧，只有一個念頭：趕快逃生！

只有曹操的直屬部隊依然堅守戰船，因為他們看見自己的主帥仍然在指揮船上，指揮著弓箭發射。

曹純、程昱、于禁連聲高喊：「丞相趕快上寨！」

曹操依然穩穩站立於船頭，揮著佩劍。他的牙關緊咬，他的臉色鐵青，他的眼睛正燃燒著火焰，他的頭仍然昂起，面向滾滾大江。

黃蓋在距離曹軍艦隊兩裡處，突然看見曹軍戰船一片混亂，緊接著箭雨如注，又看見主戰船周圍的巡邏船紛紛駛向主戰船——鐵索串聯而成的龐然大物的前方，立刻判斷曹軍已料到了自己的動機。

黃蓋下令點火。頃刻，幾十隻載滿乾柴、膏油、蘆葦的快船全部著火。

風助火勢，火趁風威，一陣疾似一陣的東南風，助長了火速和快船行進速度，箭雨擋不住，二十幾艘快船燃燒著，吐著紅紅的火焰發瘋似的衝向曹軍船隊。週邊巡邏船被衝散了。

曹操幾乎是被曹純、于禁等將領拖著離開了龐大的戰船。

一眨眼工夫，曹軍龐大的連環船隊陷入火海，火光映紅了赤壁。濃煙彌漫，殺聲震天，熱氣騰騰，形成了人類戰爭史上一個慘烈的人間地獄。

曹操棄船上岸，回眸江上，已是火海一片，天宇被映照得血紅。

曹操覺得內心空蕩蕩的，好像五臟六腑被掏空了一般，什麼都沒有了。他頹然坐在帳下，好像一個從未敗過的獵人，如今正在被一群豺狼撕咬，又好像一個從未敗北的賭徒一下子輸了個精光。

陸上大本營，隨時可能陷落。如果樂進軍團後撤，烏林的屯糧區被破壞，烏林通往江陵的道路被切斷，後果不堪設想。

這時，程昱將部隊退回陸上營區，重布防線，抵擋東吳水軍可能的登陸攻擊。東吳水軍的進攻力量畢竟不足，一次又一次的進攻，都被打退了。

當然，這並不意味著曹軍擺脫了險峻局面，更大的危機已在潛滋暗長。

赤壁一帶的寬闊水域，火勢正逐漸減退，江水已經沸騰。

赤壁之下，散亂著殘損的戰船，江岸上的屍體橫七豎八地陳列著。他們將永遠頭枕青山，足濯大江，長眠於將被歲月掩埋的古戰場。

東南風漸弱，南岸山上的林濤與江水正合奏著一支雄渾而悲壯的古曲，正在講述一個驚心動魄而又慘烈的故事。

東南風，令人不可思議的東南風，把赤壁的故事捎帶得很遠很遠。

這場大戰，曹軍方面真正遭受打擊的是荊州水軍和程昱的先頭部隊，張遼和徐晃的主力軍損傷不大。

曹操帶領剩餘軍隊，向襄陽撤退。

這時，驟然下起了大雨，氣溫也陡然下降，空氣潮濕，道路泥濘不堪，車馬難行。

程昱和曹純組成臨時騎兵隊，護送曹操撤退。

坐在馬上的曹操只有一個想法：趕快到襄陽，再火速抵荊州。

曹操針對各條路上傳來的資訊，經過縝密的辨析，決定先走烏林大道。大道反而安全。聯軍不可能派強大的阻撓力量，加上程昱、曹純的保護，然後繞過華容道的幾個關口，從江陵城西北走，兩三日即可到達襄陽。

曹操最擔心的是北方的防務。如果戰敗消息傳出，北方原屬袁氏的州郡和西涼軍團趁機行動，十年的辛苦經營可能會化為泡影。因此，必須在情況尚未惡化前，迅速趕回大本營。

有人說，曹操撤退的時候走的是華容道，實際上是沒有這事。

正史不載，野史亂編。劉備人手很少，只有拜把子弟兄幾個光桿，他沒本事抽出兵力在華容道設伏。

曹操在慌忙逃遁之中，想到這次慘敗，不禁又懷念起屢建奇功的郭嘉來。

「若郭奉孝在，是不會讓我落到這樣一個地步的！」曹操悲痛極了，「悲哀啊，奉孝！痛心啊，奉孝！可惜啊，奉孝！」

曹軍敗退，孫劉聯軍可風光了，水陸並進，乘勝猛追。

赤壁之戰，是中國歷史上一個以少勝多的著名戰役。

曹操驕傲輕敵，急於求成，捨己之長，以水戰為主，使騎兵失去作用。連接戰船，給敵軍以可乘之機。又麻痺不慎，中了黃蓋詐降火攻之計。從而化優勢成劣勢，陷於失敗。

赤壁之戰的孫、劉一方，周瑜、諸葛亮等人，長期生活在長江、漢水之間，熟悉長江中下游一帶的氣象變化，在東南風出現時加以利用，也算才氣加運氣。

赤壁之戰後，曹操退回北方，一時無力南下。

周瑜出兵攻打駐守江陵的曹仁。江陵城池堅固，曹仁勇敢善戰，堅守一年多，漸覺孤軍不利，遂放棄江陵北撤，退保襄陽、樊城。

孫權取得了江陵及其以東大片土地。劉備占據了荊州江南部分。

由於劉備在赤壁之戰中的配合，並且劉備在戰後占據荊州大部，孫權不得不認可了劉備。

孫權的母親看到劉備耳朵大，認為其有福氣，把孫權的妹妹嫁給了劉備。

為了利用劉備抵禦曹操，在魯肅的建議下，孫權還同意劉備的請求，將南郡地面借給了劉備，即史上所謂「借荊州」。

74

赤壁之戰後，曹操休養了一年多，期間曾回到鄴城，舒緩受挫的情緒。

占領鄴城後，這座中原重鎮在曹操治理下，一直沒有停止建設，鄴城百姓安居，市場繁榮，加上風調雨順，郊外的農作物源源不絕地運入城裡，新生的鄴城一天一個樣。

曹操看到精力充沛的曹丕把鄴城治理得不錯，甚感欣慰。

曹丕朱冠錦袍，雄姿英發。

甄洛呢，顯然原先那沉靜的情懷被子桓撩動了起來，美得越加成熟，像一朵花，開放得更盛，更有動人心魄的美豔和風情。

儘管折戟赤壁，老英雄架子不倒，實力猶在，宏大志向絲毫不改。

羞憤漸漸淡忘的曹操，只是蜷曲一下，蓄勢以圖再起。

同往時一樣，曹操對待妻兒，永遠是一位溫柔的家長，絮絮叨叨地閒話家常，查問查問這個，又吩咐吩咐那個。

甄洛請安，把公公樂得閉不上嘴，忍不住對卞夫人說：「這孩子真不愧是我曹家的媳婦啊！」又掃一眼曹丕道，「子桓，你一定要善待洛洛，佳人難再得啊！」

曹丕和甄洛告辭時，曹操又說：「子桓，趁我在鄴城有些日子停留，你該多來，聽我說些國家政事。如果洛洛寂寞，也不妨一起來。」

「是，父親。」二人一同答應。

曹植請安總是遲到，還在半醉半醒，亢聲吟哦。

曹丕說：「子建又有點遲了。」

曹植似乎未看見曹丕，只看見了甄洛，愣一下，忽然喊聲「嫂嫂留步」，弄得甄洛不敢扭頭，也不敢答應。

到得郡衙門首，曹植方有醒悟，向陪客楊修要托詞：「昨夜大醉，至今頭昏，德祖給我想個理由吧。」

楊修湊到曹植耳邊說：「你不妨再醉得厲害些，下官自有說辭，管保曹公轉怒為喜。」

曹植見到曹操，果然醉眼迷離，語無倫次。

曹操見聰明風雅的兒子變成了這般光景，難免心中不快，正待發作，忽見旁邊的楊修，向曹植臉上一看再看。

曹操不由得詫異，問：「德祖看子建有什麼不對？」

楊修搖頭歎息，說：「子建憂國憂家，憂慮曹公軍務，數月未見，竟然憔悴到這個地步了！」

曹操這才發現兒子的氣色確實不好，便溫合地說：「子建不要自苦，其實一切都無須擔心。軍閥割據，勝敗乃兵家常事。在我眼裡，他們那些烏合之眾，到底不堪一擊。德祖，你說是也不是？」

「當然，當然。大將軍神威蓋世，正是漢家擎天一柱。」

曹植此時精神一振，醉意全消，也如往常般高談闊論起來。

曹植最擅長歌功頌德，每句話說來十分得體。

曹操說：「也不過就剩下西川和東吳了，解決了這兩處地方，天下十定八九，可以偃武修文了。

子建，我想在漳水岸邊修建樓臺，以會天下才子，你看怎樣？」

曹植拍掌笑說：「太好了，太好了。天下才子盡歸於我，何愁沒有聲色！」

隨後不久，曹操就選定鄴城西北，開挖了大池，引入漳水，又修造戰船，操練水戰。

曹操常常讓兒子們跟著他，觀看軍演、艦戰。

訓練水軍一年多光景，覺得差不多了，曹操對兒子們說：「就選定這片地方建設一處庭園吧！流水、樹林都不錯。一年多，也沒有顧上邀請文士們相聚，待庭園建成後，再來建設文學吧！」

曹氏父子成立了一個風景設計團隊，讓他們藉由流水、大池、樹林等自然美景，擴建成園，內中修建數座別墅狀建築，最大的為銅雀、金虎、冰井三組，擬定一個「五年計劃」，預備完成庭園建設。

安排了鄴郡事宜，再度征戰。

西元二一〇年七月，曹操率領新練的水軍，從渦河進入淮河，再經肥水，到達合肥。

曹操對堅守淮南的部隊進行視察和撫慰時，看到當年的烈士家屬遭受痛苦，想起了連年戰爭以及疫病，導致大批將士死亡，心中痛苦，便下了一道《存恤吏士家室令》。

近年以來，軍隊多次出征，有時遇到疫病，官兵死亡不少，家屬失去依靠，生活困難，流離失所。仁愛的人難道願意這樣嗎？是不得已啊！

凡我軍烈士，家屬沒有財產、不能養活自己的，縣政府要保障他們的口糧供應，有關部門要常對他們撫恤、慰問，以符合我的心意。

合肥是個戰略要地。曹操將揚州治所遷至合肥，留下張遼、樂進、李典三位大將統兵七千人鎮守，自己領兵離開。

離開合肥，曹操率軍到達譙縣。

這時候，曹仁在周瑜的壓力下，已從江陵退保襄陽、樊城。

從此，襄、樊就成了曹操同孫權、劉備爭鬥的戰略前沿。

曹操自知暫時還不具備吞併孫權、劉備的條件，便在穩定內部的同時，將兵鋒轉向關西地區及關中、隴右。

西元二一〇年，曹操消除了西部不安定因素。次年，決定再次對孫權用兵。

曹操令祕書阮瑀代筆寫信給孫權，告訴孫權，「我的企圖，你是清楚的。你以為我勢少力乏，不能遠征，想劃江據守，貪圖安逸嗎？絕不是這樣的。你以為憑藉水軍作戰，在長江扼守險要，王師便始終不能渡江了嗎？這也未必能做到。你如能用行動來表示歸附之意，我將長期委託你治理江南廣大地方，給你高官和顯爵。這樣，上可以免去朝廷對東方的擔心，下可以使老百姓得到平安，你可以享受榮華，我也得到好處，這豈不是很好嗎？」

孫權自然不會屈服於曹操的威脅和利誘。

曹操便於西元二一二年，漢獻帝建安十七年十月，親率大軍南征。次年正月，打了個大勝仗，俘獲了孫軍都督公孫陽。前鋒臧霸陣中立功，曹操任命其為揚武將軍。

此後，曹、孫雙方相持月餘，你來我往，互相廝殺。

曹操部將孫觀，左腳被流矢射中，流血不止，仍然不下火線，勇猛作戰。

曹操很受感動，對孫觀說：「將軍傷勢很重，還勇氣十足，同敵人奮力作戰，但是您要為國家愛惜自己的身體啊！」當即提拔孫觀為振武將軍。孫觀因傷勢加重，流血過多，壯烈犧牲。

不久，孫權乘坐一隻快船，在眾將的保護下，開到曹軍營寨前面。

曹軍將領主張迎擊，曹操不准，冷靜地說：「這是孫權親自前來觀看我軍的陣勢。」

孫權轉了一圈，從容退走，還奏起了軍樂。

曹操當然也觀察了比自己小二十七歲的孫權，見小子軍伍整肅，進退自如，不由得想起了劉表的兩個兒子劉琮和劉琦，感歎道：「生子當如孫仲謀。劉景升的兒子，跟豬兒狗兒沒區別啊。」

75

孫權的野心確實不小。他同曹操相持到二三月間，雨水轉多，寫信給曹操說：「春水方生，公宜速去。」背面又添了一句，「足下不死，孤不得安。」

曹操拿孫權的信讓諸將傳看，說：「孫權說的是實話，不是瞎話。」雨季來臨，再拖下去確實不利，曹操便下令撤軍，於四月間北歸。

五月，漢獻帝又給曹丞相升職了，加封曹操為魏公。

西元二一四年，孫權發兵侵占了皖縣，太守朱光和守城官兵都當了俘虜。這刺激得曹操又要南征。

在南征途中，曹操智囊團重要成員之一、尚書令荀攸病死。荀攸跟隨曹操二十多年，運籌帷幄，智謀深遠，常受曹操稱讚。

曹操痛哭流涕。為表對荀攸的悼念之情，曹操下了一道手令：「我與荀公達共事二十多年，他無絲毫可以指責的地方。溫、良、恭、儉、讓，五德具備，實在是一個賢人啊！」

曹操進駐合肥，觀察戰局。見孫權嚴陣以待，無隙可擊，便想揮軍向西，奪取軍閥張魯的漢中，於是在十月間快速撤離合肥。

這次離開前，曹操為了防備孫權進攻合肥，留下了一封密令，裝在一個封套裡，寫上「賊至乃啟」四個字，給護軍薛悌保管。交代他，孫權軍隊到來時，再打開看。

張魯，張道陵的孫子。

還記得那個「五斗米道」的張道陵吧！張道陵的兒子張衡承其父業，繼續收五斗米，倉庫都裝得溢出來了。

張角以「太平道」組織農民，發動黃巾起義的時候，張衡也不閒著，趕快在漢中率眾起義，攻打郡縣，與黃巾軍遙相呼應，官民皆呼其為「米賊」。

「米賊」張衡養了個兒子，就是這個張魯。

張衡死後，張魯繼續傳道，自號「君師」。

張魯比他爺爺耍得還大，起了很多神神道道的稱呼，跟著他通道的人叫「鬼卒」，通道較深的人叫「祭酒」，擔任他部隊的連長，迷信得更深的，叫「治頭大祭酒」，封給營長、團長的地位。

由於張魯不斷地收米，軍糧不成問題，因而總體上鬧得聲勢不小。

張魯居於漢中，以宗教控制民眾，挖斷所有通往外界的道路。東漢朝廷派使者去送通知，他一概殺掉。

朝廷十分頭疼，既然無力鎮壓，就招安吧，任命張魯為中郎將，兼漢寧郡太守。教派頭領，耍得過大，搖身變作地方高級幹部，成了一個封建統治者。

益州牧劉璋，碰了幾次張魯，都被張魯打敗了。

劉璋想讓劉備打張魯，劉備耍滑頭，只做樣子，不動手。結果張魯這個土皇帝越做越大。

曹操不是劉璋，也不是劉備，他收拾張魯，是非要捏住張魯的鼻子灌他喝一壺不可。

關中還有馬超和韓遂。馬超是馬騰的兒子。馬騰、韓遂曾一起反抗朝廷，後來表示歸附，接受朝廷任命，實際上心懷異志，總想稱雄割據。因此，曹操還是想徹底消滅馬超、韓遂的勢力。

由於馬超、韓遂名義上是朝廷的封官，驟然發兵攻擊他們，在輿論上對曹操不利。曹操便大張旗鼓地用兵關中，引誘不明就裡的關中軍閥舉兵反叛，再討伐他們，就出師有名了。

關中諸軍閥探知軍事情報，果然以為朝廷大軍是來襲擊自己，紛紛舉兵反叛，其中以馬超的勢力最強，態度也最堅決。

馬超與韓遂聯合關中諸將侯選、程銀、楊秋、李堪、張横、梁興、成宜、馬玩等，共十部，約有十萬人，向潼關集中。

曹操派大將曹仁率領將士西征，並吩咐他：「關西兵非常精悍，你們暫時堅守營壘，等著我前去對敵。」

76

曹操於七月間親臨西部前線指揮作戰。

曹操在潼關，與韓遂、馬超等聯軍對陣，卻暗中派徐晃、朱靈率領小股精兵，西渡黃河，直插渭北，建立營寨。

閏八月，曹操領兵由潼關北渡黃河，去與徐晃、朱靈會合。曹操讓大隊人馬先過，自己留在南岸斷後。大隊人馬剛剛過去，馬超掩殺過來，喊聲震天動地，箭如飛蝗亂竄，曹操險些受傷。許褚用馬鞍做盾，遮蔽曹操，才護他過河。

過河後，諸將紛紛請安，無不又悲又喜。

曹操笑著說：「今天差一點被小賊困住了！」

曹操與徐晃、朱靈會合後，沿河向南用大車和木頭築起了一條甬道，輸送糧食輜重，向南推進，直達渭北。

曹操避開正面，直取側翼的作戰行動，打亂了韓遂、馬超的計畫，迫使他們放棄潼關，退到渭水南岸。這讓曹操快速突襲渭南取勝。

馬超向曹操請和，願割讓黃河以西的土地。曹操的目的是徹底消滅割據勢力，自然拒絕了馬超的請和。沒多久，曹操策劃了一場渭南大捷，結果馬超、韓遂各自逃往涼州。關中地區大部分落入曹操手中。

「君師」張魯，眼看成了甕中之　。當然他不願意滅亡，調集民夫，開山採石，在各處關隘修造了大牆禦敵。

八月間，曹操率軍到達陽平關，今天陝西勉縣西北。

曹操的軍隊，都是中原子弟，不善於水上作戰，也不長於在山地作戰。曹操看到陽平關的地勢，也覺得眼暈，說：「這裡真是個妖魔鬼怪住的國度。有這個地方，跟沒這個地方，又有什麼區別啊！」但既來之，必戰之。曹操用夜間偷襲的辦法，突破了張魯修造的石頭「長城」。天塹無法抵擋，張魯害怕了，要逃走。

有人勸張魯燒掉庫存的小米和財物，不使落進敵人手中。

張魯說：「燒掉太可惜了，都是五斗五斗地積攢起來，不容易啊！」便把倉庫中的糧食和寶貨統統封好，逃往巴中去了。

曹軍進入漢中的郡治南鄭城，看到倉庫一概完好，便毫不客氣地接收了張魯的全部珍寶財物，對張魯的做法很感滿意。

南鄭，在今天的湖北南鄭的北邊，漢江北岸這個地方。

有個傳說，周朝時候，居住在今陝西華縣一帶的部分人士，為躲避犬戎侵略向南逃至漢中，而他們的另一批鄉親則逃到了河南新鄭聚居下來，為了紀念跟新鄭的親戚關係，便以「南鄭」來命名。

卻說曹操見張魯有歸附之意，派人到巴中去做說服工作。

巴中人的首領朴胡、任約等，先率其部歸服了曹操。很快地，張魯也帶領全家回到南鄭，降服曹操。

曹操任命張魯為鎮南將軍，封閬中侯，對他說：「以後別再收米度人了，他們都太窮了。好好為國家工作吧！」

張魯允諾。他的五個兒子也都被提了幹。

原先馬超、韓遂手下的將領，兵敗逃到漢中的，也來投歸曹操。曹操既往不咎，收納了他們。馬超的大將龐德也來了。曹操非常高興，命其為立義將軍，封關門亭侯。

曹操見南鄭實在太窮，百姓衣食無著，便決定把此地居民遷往山外。

遷民工作推開後，曹操去視察，走在斜谷道裡，天如一線，感歎地對部下說：「你們看看，斜谷像不像一個五百里長的石洞啊？南鄭簡直就是在天獄之中。我們讓百姓出去，是正確的。」

曹操想藉此機會把漢中的各項工作好好理順，誰知幽、冀一帶農民造反了。恐怕後方不穩，曹操留下夏侯淵和張既鎮守關中，自己率軍東歸。

曹操回到洛陽時，留守鄴城的曹丕已經將幽、冀之地的農民造反平息了。

曹操收復漢中，可謂功勞巨大。漢獻帝於建安二十一年加封曹操為魏王。

曹操上表漢獻帝，殺了尚在朝中為官的馬騰。馬超為了替父報仇，收聚羌、胡兵眾，公開起兵反曹，攻陷了冀州。

冀州以楊阜為首的老幹部們強力反抗馬超，馬超收拾不住，想去漢中投奔張魯，可張魯已經歸附曹操，沒法了，只好走小路轉向益州，投靠劉備。

夏侯淵奉曹操之命，繼續攻打西北的其他小軍閥，將隴右地區的敵對勢力全部平定。曹操取得了統一西北地方的重大勝利。

曹操取消原涼州區劃，改設雍州，以張既為雍州刺史，統轄三輔及西域。

77

當曹操收降張魯、平定漢中之際，孫權率軍十萬進攻合肥。

張遼、樂進、李典的合肥守軍，只有七千人，同敵軍相比，力量懸殊。如何抵禦孫權，成了一個嚴重問題。

護軍薛悌同三位將領一起，將曹操留下的密令啟封，密令說：若孫權軍隊來到，張遼、李典二將軍率領一部分軍隊迎戰，樂進將軍帶一部分軍隊堅守，薛護軍不要參與作戰。

原來，張遼、樂進、李典都是曹操手下的重要將領，資歷、能力和地位相差不多，因此他們之間平時並不和睦，所以曹操派護軍薛悌節制他們。

此次拒敵，曹操怕他們互不服氣，行動失諧，特意安排密令，旨在使他們協調一致，團結對敵。

對曹操這個近乎先知的部署，大家有些疑惑。本來人馬不多，既要出擊，又要守城，這怎麼能行呢？

倒是張遼最先悟出門道，說：「曹公意在指示我們趁敵人尚未合圍的時機，主動出擊，挫其銳氣，以安軍心，然後就容易守城了。」

張遼說：「成敗的關鍵在此一戰，不必疑慮。否則我願意單獨出擊。」李典為張遼勇擔重任所感動，也表態奮勇作戰。

他們連夜殺牛宰羊，供將士們享用，選拔八百名敢死隊員，準備次日同敵人拼死搏殺。

翌日，張遼與李典率領將士，猛衝敵陣。從早晨一直戰到中午，孫軍銳氣大傷。

後晌，張遼回軍，嚴守合肥。諸將對張遼的武勇謀略無不表示佩服，決心共同把合肥城守好。

孫權圍攻合肥多日無果，不想耗費更多的時間，損失更多的兵力，遂引軍撤退。

孫權撤退時，張遼乘勢追擊，勇猛無比，把孫軍打得屁滾尿流。孫權最後泅水而逃，僥倖脫險。

張遼頓足怪自己認不出孫權，否則就抓住他龜兒子了。

這時，北方的南匈奴內部分裂，三個頭領皆自稱單于，不聽從郡太守管理。曹操派遣副丞相裴潛持節出使，將南匈奴分為五部，每部置帥一人，由匈奴貴族擔任，以漢人為司馬，監督他們，這樣解決了南匈奴的問題。

北方搞定之後，曹操又於十月整軍征伐孫權。經過合肥，曹操特地視察張遼打敗孫權的戰場，讚揚張遼機智勇敢，然後給張遼增加了軍隊，讓他一同南征。

西元二一七年，東漢建安二十二年，正月，曹操統兵到達居巢[41]，打敗了孫權的軍隊。

孫權派都督徐詳為使，前來曹營求和。

當時曹軍發生了流行性感冒，不便久留，曹操便順水推舟，同意休戰，並表示要繼續同孫氏結為姻親。

說「繼續」，是曹操曾把弟弟的女兒許配給孫策的小弟孫匡，又為兒子曹彰娶了孫權堂弟孫賁的女兒為妻。

三月間，曹操率軍北還。臨行，曹操留下夏侯惇、張遼、臧霸等將軍，駐守居巢。

41　現在的安徽省巢縣東北。

居巢成了曹操同孫權較量的重要前方據點。

曹操又對有功將士進行了賞賜。

曹操特別獎給張遼一支歌舞樂隊，說：「春秋時有大功者，會領受鐘磬和鼓樂的賞賜，將軍你也有這樣的資格。」

此後，曹操同孫權便在淮南江北之間的皖縣和居巢一線，形成了軍事相對的局面。

第15章

銅雀雅景香風

78

西元二一七年的春天，曹操率軍回到鄴郡。南征北戰這麼多年，平定了大半個中國，他想暫時休息一下。

照管鄴郡及其周邊廣大地域的曹丕是個忙人，除了政務軍務，鄴城連續多年大興土木，其中重點工程便是修建西園。

西園修建期間，曹丕常常在工地上調查研究，忙得連文人們的定期聚會也顧不及了，忙得連身懷六甲的妻子甄洛也顧不及了。

唯曹植無所事事，除了每日飲酒賦詩之外，就是由一些心腹陪著，四處遊蕩，譬如丁儀、丁廙兄弟倆，便是不離曹植左右的密友。

甄洛自然曉得曹丕幹的是重要公務，也不打擾他，聽從婆婆卞夫人的勸告，平日裡由四個丫鬟陪著，在曹府裡轉悠轉悠，說是活動活動氣血，有利於生產。

也不知是平日生活營養太好，還是甄洛腹中的胎兒就是個龍種，與眾不同，發育明顯比普通胎兒大。

身材纖瘦的甄洛，有點不堪重負。一日下來，總感身心疲憊。但從胎兒的躁動中，她又感到了絲絲的幸福和安慰。

甄洛常常浪漫地遐想，希望生下來的孩子能集中曹丕和她的優點。

若是男孩，就像曹丕那樣瀟灑能幹。

若是女孩，像她這樣有一雙水靈靈的大眼睛，高翹翹的小鼻樑，精美的鼻頭，深深漾起的酒窩——讓男人心醉！

甄洛在西元二一四年為曹丕生下了兒子曹叡，長門長孫，曹丕和母親卞夫人歡喜極了。帝王之家，人的延續非常重要，那是基業相傳的保障啊！

曹叡出生的時候，西園也建成了。雙喜！

西園在鄴城西北，藉曹操訓練水軍的幾處大池，利用漳水和樹林等自然美景，擴建而成，環境幽雅，空氣新鮮，最出色的建築是數座別墅狀臺樓，曹操名之為銅雀、金虎、冰井。

中間的銅雀臺，高逾十丈，有屋一百二十餘間，遠看聳閣飛簷，飄入雲頭，俯視漳水如帶。

曹操此番回到鄴城，絕不似以往的身份了，而是丞相魏王，占有了全國最高的風光。

曹丕說：「爹，去看看吧！」

適值陽春，萬木蔥蘢，生機勃發的鄴城，在陽光中閃耀著分外美麗的光輝。鼓樂奏起，曹操身著大紅錦袍，率領眾人，緩緩登上銅雀臺。

入座後，曹操左顧右盼，樂不可支，大笑道：「中原人物看來全在這裡了，今日銅雀盛會，願與諸君一剖心曲。」

文武僚屬紛紛應和，齊聲稱頌曹操的威德，稱頌銅雀臺宴會大廳的華美。

此時的曹丞相，人生崎嶇已經走過，豐功偉業已經成就，在文武群僚的歡呼中，內心的喜悅可想而知。

曹操舉起酒爵，朗聲道：「銅雀臺，以後就是我們較武功、論文事的地方。今日首聚，文武咸集，來，為慶賀我們多年的愉快合作，乾一大觥！」

曹操飲過幾巡酒後，再也掩抑不住深藏的心事，拈著鬚髯，慷慨地演說起來。

想當年，曹操最初的心意，不過只是想在譙郡以東五十里，築一精舍，夏秋讀書，冬春射獵，以俟海晏河清。

後來國家變亂，征為典軍校尉，乃欲為國家立功討賊，身後得題「漢故征西將軍曹侯之墓」，則曹操心願已足。

董卓擅權，逼迫曹操興起義兵，然而又常常害怕兵力太多，反為禍害。

及袁紹占據河北，自問不敵，聊盡人事，幸而殲之於官渡。更南征劉表，定之；西巡關中，平之。

及今，身為宰相，人臣之貴極矣。假若天下沒有曹操，不知會有多少人稱帝，多少人稱王？

以大事小，方為天下至德。齊桓公、晉文公所以能夠稱頌今日，正是他們以其才能侍奉周室不使其墜。

然而，讓操就此釋放兵權，就身國事，勢所不可。

誠恐離開軍隊即便遭害，為國為家，當然不可慕虛名而處實禍。

諸位，此是心底之語，希望諸位理解，並能正確傳達，使更多的人知道我的心意。

曹操娓娓道來，無比實在，可把滿堂文武聽得發呆了。

79

文武官員們攀龍附鳳，期待的就是有朝一日曹氏代劉，得享尊榮富貴。曹操忙著平定天下，從來不說這些，他們就總存著越來越大的期望。今日曹丞相忽然袒露心跡，無意代漢，話語又是這樣合情合理，不容他們不相信，不容他們不失望。

曹操發覺了滿座的沮喪情緒，開始後悔了。

然而，話已出口，不能收回，他想了想，說：「子建，盛會宜有所頌，你是不是即席作一篇《銅雀臺賦》，看看可有長進？」

曹植文思敏捷，記憶力超人，十多歲時，就能背誦《詩經》及一些辭賦，文章也是妙筆生花，甚至有時曹操竟懷疑不是他自己寫的。

曹植知道，父親點名讓他作《銅雀臺賦》，當然是知道他的實力，想讓他展示一下。

曹植索取紙筆，略加沉思，便一揮而就，呈給父王，前後至多用了一盞茶工夫。

曹操抑揚頓挫地從頭念起，只覺文辭華麗，音韻鏗鏘，立即賜給曹植美酒，自己也邀請眾人共飲一大觥。事實證明，曹植文采無雙，更難得的是倚馬可待。

曹植的密友楊修及丁儀、丁廙兄弟倆大為高興，捧爵向前道：「子建文采，不僅為銅雀臺增色，而且是對丞相千秋偉業的頌贊。萬世之後，人們吟詠之，也會想見今日盛況。」

曹操高興地下令道：「有了子建的《銅雀臺賦》，文事已就。既有文事，不可不觀武功，諸位將軍乾了酒，可於臺前比較騎射。」

武將們吃悶酒，正在心躁呢，聽得丞相發話，張遼、徐晃、夏侯淵、張郃等都離席前去臺前操練。最後徐晃奪得錦袍一領，其餘優勝者各得錦緞一匹。

歡呼聲震撼銅雀臺，被簇擁的曹操，指點風景，樂不可支。

80

漢獻帝遣使臣來到鄴城，加封曹丕為副丞相，准其置府設署。

其實曹丕的權力本身已經在鄴城醞釀，漢獻帝只是順應形勢而已。詔諭頒布，大勢所趨，人心紛紛歸附。

軍政大權依舊在老爸曹操手中，曹丕知道自己參政的真正時機還沒有到來，還需要平靜處之，甚至以退為進。於是他暫時忘卻政治，每日只和文學侍臣們以詩酒相會。

劉楨、王粲、徐幹、陳琳、阮瑀、應瑒，這些人屬於國家重點作家，名為曹丕的侍臣，實際上全是他的密友，天天在副丞相府吟詠。

春日遲遲，酒興高漲，也不知由誰提起，話題轉到了甄夫人身上。

有人藉著五分酒意說：「甄夫人國色天香，又是文采出眾的人，我等唯讀到夫人的詩文，恨無一面之緣。今日盛會，極盡歡娛，可否請夫人參與一下？」說這話的人當然不是劉楨和陳琳。

劉楨是甄洛的義兄。陳琳曾經與甄洛相互搭救。不過他們希望見到甄洛的心情也許更為迫切。

曹丕這時也有些薄醉，隨口笑答道：「有什麼不可以的。她也久慕諸君文名，常常跟我提起呢！」

大家拊掌稱好，激動地說：「請夫人！請夫人！」

曹丕便命左右去請甄夫人，與諸文友相見。

女性被深藏起來，她是寂寞的，何況美絕人寰的甄洛。她毫不遲疑地答應了，開始更衣理妝，像是要去參加一場隆重的典禮。

甄夫人一筆一筆地畫眉點唇。侍女們在身後為她重整高髻，而錦繡衫裙正在熏籠上加香。好久沒有這樣著意打扮了。看看銅鏡裡的容顏，依然青春靚麗。窄窄的春衫，襯托出曼妙的軀體，產子後的身體線條更加突出，她開心地笑了。

內堂在認真打扮，外間在屏息等待，雙方都有一種緊張的期望。

終於，畫屏後有了環佩聲響。

女侍們曼妙地報告：「甄夫人出堂……」

甄洛出現，香風飄拂，裙裾如波，帶來滿堂的春天氣息。

賓客們雖說都有醉意，卻還沒有忘記禮數，不約而同地紛紛離席，俯首歡迎。

曹丕依次向夫人介紹自己的文友。每及一人，甄洛便能即時報出他們詩文的篇名，讓他們驚喜不已。

介紹到劉楨，夫人說：「這是我的義兄，戰亂中非常惦念呢！後來知道兄長回到鄴城，才放下心來。」

劉楨說：「感謝夫人。曹丞相解放鄴城，是我們的福分，是百姓的福分。」

到了陳琳，曹丕說：「孔璋不用多介紹了，歷來是河北一支筆嘛！」

甄夫人看到個個都還在低著頭，忙對曹丕說：「諸君都是詩文蓋世的名士，請大家不要太拘禮，好嗎？」

曹丕道：「夫人說得對，諸位請隨意一些吧。」

文士們一時激動，吵著請甄夫人出來相見，可甄夫人真的來到面前，卻又都緊張不已，不敢隨便平視。

唯有劉楨，目光灼灼，望著洛洛，說不出話來。

不能這樣僵持啊！於是，甄夫人盈盈一笑，道：「既然諸君依然拘謹，我就告退了。諸君請繼續討論文章吧！」

甄洛言行有度，舉止有節，實際上也只能跟大家這樣閃電般見一下面，不能久停。坐在這兒逗樂兒，成何體統？

甄洛一直惦念義兄劉楨，今得一見，卻無法表達更多，於是在臨轉身之際，又深情地望了劉楨一眼。

劉楨依然癡癡地望著甄洛。

別人也許沒有發現他們最後的對視。

甄夫人的長裾如水波，浮漾著轉過去了。香風漸漸遠了，環佩聲也漸漸去了。全堂寂然，人人膠著於原先的姿態。

曹丕咳了一聲，說：「諸君歸席吧！夫人已經走了，酒都冷了。」

大家紛紛歸位，只有劉楨還在發癡。大家都望著他，他卻渾然不覺。

「公幹，」曹丕乾笑道，「酒冷了，大家都等著呢。」

劉楨這才從夢中醒來似的「哦」了一聲，接說「是的，是的」，緩緩坐回原席，跟大家對飲。

甄夫人的美貌，由傳說變成了現實，再度轟動整個鄴城。

有的野史把劉楨平視甄夫人演繹得過度了，說曹家因此將他辦進大獄，其真實性都是無法考究的。

曹家的聲望已經走上高峰，宗廟也在這年修建起來。漢獻帝又禮聘曹操的三個女兒為貴人，小女兒年齡尚幼，仍舊留在家裡，但已經給了名分。

曹操無意間得到了皇后伏氏過去寫給她父親屯騎校尉伏完的一封密信。

伏皇后在信中說，曹操罪惡深重，希望父親暗中想辦法除掉曹操。伏完見信後，未敢貿然行動，一直「伏」著，直到「完」了。

不知怎麼弄的，伏完病死，密信卻沒有毀掉。莫非是皇后的字跡覺得太珍貴了，捨不得銷毀？

曹操查實了，認為無可饒恕，便逼迫漢獻帝廢掉伏皇后。

漢獻帝在曹操的指揮下，頒了一道詔令，數落伏皇后的罪過。

尚書令華歆領命，仗劍帶兵，徑直進了皇宮，搜捕伏皇后。

伏后得知消息，嚇得讓人緊閉宮門，自己躲進夾牆裡，渾身發抖，不敢露頭。華歆命軍士劈開宮門，拆毀夾牆，把伏皇后搜了出來。小兵們不敢動皇后，華歆就親自將伏皇后揪來見漢獻帝。

伏皇后披散著頭髮，赤著腳，走到劉協面前，流著淚對劉協說：「皇上，您不願意救我嗎？」

漢獻帝流著眼淚，無法回答，遲疑良久，低聲說道：「朕連自己的命運都不好預料啊！」

漢獻帝對身邊的御史大夫郗慮說：「郗公，天下難道一定要發生這樣的事嗎？」

郗慮沒有啥說，默不作聲。

伏皇后和她所生的兩個兒子都被殺掉了，並且株連伏皇后的兄弟及宗族，被殺者共有一百多口。

伏皇后被誅，身為貴人的曹操的三個女兒曹憲、曹節、曹華，身份依序上升。

不久，曹節晉升為皇后。

漢獻帝徹頭徹尾被控制起來，老老實實做曹家的女婿。

81

功業大成的曹操在鄴城等於休假。

曹丕和甄洛常常帶著兒子曹叡來陪伴曹操和卞夫人。有時候，曹植也帶著妻子崔罘過來，聽曹操分解天下政事。

小小的曹叡，天生的聰明伶俐，曹操對他疼愛有加，甚至超過了當年對曹丕的疼愛。由於「愛屋及烏」，曹叡母親甄洛在公公曹操的內心深處，位置也不亞于曹丕、曹植等。

曹操愛圍棋，巧的是甄洛也是個棋手，翁媳二人得閒時自然可以圍上幾局。下圍棋時，曹操往往科頭跣足，無拘無束。

甄洛先是有點憂慮和畏懼，慢慢地也神往於曹操那豪放的性格了。

曹操天生有一種吸引人的魅力，這也是他能凝聚當世人才共圖大業的原因。具備優秀人格魅力的男性，對於女性的影響更大，縱然年歲偏長，但蒼老與豪邁相加，足以讓敏感的女性為之傾倒。

甄洛對曹操的感情就是這樣一種崇拜與神往的融合。

曹操緩緩地說：「洛兒，解救妳出袁府，至今年頭不少了。人事滄桑，白駒過隙，妳還是當年模樣，而我卻垂垂老矣！」

甄洛默默地聽著，有些臉熱，有些嬌羞，不敢抬頭看公公的眼睛。聽到末了，她忽然仰起臉，急急地說：「不，您一點也沒有老！我想，凡是真的英雄，永遠都是年輕的，您尤其是。」

曹操滿懷深意地望甄洛一眼，拿起一粒白棋布下，正好組成天羅地網，圍起了她的一角黑棋。

甄洛發現被圍，嬌媚地叫起來：「啊！我完了，您圍住我了。」

曹操微笑道：「試試看，還能不能突圍？」

甄洛輕輕地說：「不行，您關住了我，您關住了我。我這麼快就陷落於您了，怎麼辦，怎麼辦呀？」

曹操得意地輕輕敲著棋盤，眼中閃耀著光輝：「幾乎沒有人能從我手中突圍的。妳說，怎麼辦呢？」

甄洛的手在微微地顫抖，手背上豐腴白皙的皮膚也泛出了紅色。為了掩飾內心的激動，她捏起一粒棋子，想胡亂地布一下，卻簡直不曉得如何應對，只是無意識地布子。

曹操笑道：「妳下錯了。洛兒，妳自己在送給我吃啊。」

「哦。」甄洛半掩著眼簾，覺得臉頰熱得發燙，「我現在頭昏，不能再下了。」

「我扶妳到榻上靠一下好了。我常在上面午睡，很舒服的。」老英雄的臉上露出哄孩子似的笑容，「洛兒，休息好了，我們繼續圍棋。」

這日，曹操在府中閒話，扯到舊交故友，忽然想起一個人來，就是死於董卓之難的大文豪蔡邕。

蔡邕乃東漢末年一代大儒，素與曹操相善，甚至可稱得上莫逆之交。

原為議郎的蔡邕曾經給漢靈帝劉宏解釋「異象」，遭宦官迫害，削掉了職務。接著，蔡邕又受到小人誣害，說他誹謗朝廷。他只好離家逃命，浪跡江湖，歷時十二年。

蔡邕在文學、音樂諸方面均有較高造詣。董卓占據洛陽時，老想藉助蔡邕的盛名和才氣，便特別徵召他進洛陽任官。

蔡邕本已恐懼政治，董卓擅權，朝政尤其黑暗，便婉言拒絕。

董卓威脅蔡邕說：「若不從命，誅殺全族，跑不掉的。」

蔡邕恐懼了，只好回到洛陽。

董卓迎到蔡邕，哈哈大笑，說：「這就對了嘛！拜為朝官，效命社稷，有什麼不好的！」

董卓任命他為祭酒，接著連續擢升，三天之內，歷遍「三臺」，官至宮廷隨從官，人謂「蔡中郎」。

董卓死後，蔡邕身披麻衣為董卓哭靈。

王允不解蔡邕何意，詳細詢問之下，蔡邕才徐徐言道：「冒死為他哭一番，是報他知遇之恩也。」

蔡邕也知自己犯了大罪，求王允饒命，願以有生之年，續完《漢史》。

太傅馬日等人憐惜蔡邕之才，勸王允饒了他。

王允不聽，命軍士推出蔡邕，囚於獄中，很快又殺了。

馬日深感惋惜，背後對眾官歎道：「像蔡邕這樣站錯隊的人，應該免去他的罪，使人盡其才，讓他續完《漢史》，也是利國利民的一件大事。連這樣的人都不願放過，恐怕難以長久啊！」

果如馬日所言，不久後董卓的部下李傕、郭汜率兵造反，殺了王允。

蔡邕有一女兒蔡琰，字文姬，自小博學多才，長於詩歌，精於音律。

六歲時，小姑娘躺在床上，聽父親在外屋彈琴。忽然琴弦斷了一根，她馬上說：「是第二根弦斷了。」

蔡邕又故意撥斷一根弦，她立即判斷：「這是第四根弦斷了。」

小文姬說得都對。蔡邕極是高興，從此刻意培養女兒文學與音樂素養。

蔡琰十六歲那年，由父母之命，媒妁之言，嫁給了衛仲道。衛家當時是河東世族，衛仲道也是個出色的大才子。

蔡琰和衛仲道，小夫妻非常恩愛。可惜好景不長，結婚不到一年，衛仲道因咯血而死去。

蔡琰不曾生下一兒半女，衛仲道就死了，衛家的人懷疑是蔡琰命硬，克死了兒子，常常惡言惡語對待她。

才高氣傲的蔡琰，如何忍受得了公婆這樣對待？一氣之下，不顧父親蔡邕的反對，毅然回到了娘家。

蔡邕被王充判了死罪那年，二十三歲的蔡琰又在戰亂中被匈奴擄去。

蔡琰在匈奴一待就是十二年。這十二年她生活得究竟如何，誰也不清楚。只傳說蔡琰被掠到匈奴後，被匈奴左賢王納為王妃，並生有二子，其餘的事，就不得而知了。

在說話中，曹操忍不住為蔡琰歎息。

曹操歎曰：「文姬這姑娘，自幼命運多舛，婚後又迭遭不幸，至今寄身蠻荒，怎不讓人揪心！」聽到這裡，在座無不為蔡琰的遭遇深感同情，卞夫人更是熱淚漣漣。文姬小時候，她是見過的，極是聰明伶俐，沒想到這丫頭的命竟是這麼苦。

曹操越想越感到心酸，立即派周信為特使，攜玉璧四雙、黃金百鎰，赴匈奴去贖回蔡琰。

周信領了丞相令，率領二十餘人組成的迎歸隊，去南匈奴迎接蔡琰歸漢。

第16章

胡笳意重情長

82

卻說周信帶領外交使團，經過幾個月的跋涉和艱難磋商，最終說服南匈奴左賢王，同意放還蔡琰。

蔡琰久處遠荒僻地，已經很少有人知道她了。不過對於她的父親蔡邕，大家卻是有所了解的，知道他死於董卓之難，是曹丞相的故友摯交。

曹操接蔡琰歸漢，一則念故交之誼，不忍看著他唯一的骨肉長期流落於匈奴手中，遭受寒風沙塵之苦；二則他知道文姬自小博聞強記，文才過人，且妙解音律，是女中罕見的文學家和音樂家。接文姬回來，好使她完成其父蔡邕未盡心願，繼續完成《漢史》。

鄴城人皆翹首以盼，希望早日得睹蔡琰的絕世風采。人們傳說，痛苦的歲月和漠北的風沙並未減少她的美麗，三十有六的她，依然風姿綽約，芳華未逝。

蔡琰的歸來，給鄴郡帶來不小的震動。不僅家喻戶曉，街談巷議，而且酒樓茶肆，幾乎所有人談論的話題，都圍繞著她的歸漢。

蔡琰走進曹丞相府。曹操專門為她舉辦歡迎儀式。這場儀式盛大而隆重，聚集了國內著名的文臣雅士，當然建安的文學才子一個也沒少。

曹操以空前盛大的歡迎宴會，為遠道歸來的蔡琰接風洗塵。蔡琰非常感動。

蔡琰在宴會上親自彈奏和演唱了自己精心創作的敘事長詩《胡笳十八拍》。

《胡笳十八拍》分上下兩闋，加上中間節，共十九節，以幽婉的琴聲和如泣如訴的歌聲敘述了她屈辱與痛苦的人生歷程，令人唏噓沾襟。

隨著蔡文姬如泣如訴的彈唱，我們彷彿看到漢末之亂給中原普通百姓帶來的極大災難，彷彿看到青春年華的蔡文姬，正在匈奴士兵的脅迫下，離鄉背井，遠涉沙漠。

毫無人性的匈奴士兵，對那些行走不動的人非打即罵。聽著百姓們的痛苦哀號，匈奴士兵不僅沒有一絲同情，反而像一群泯滅人性的野獸，對著他們的獵物肆意地踐踏，之後發出一陣陣得意的大笑。

匈奴地僻遙遠，中間又有大沙漠阻隔，所以無論晴天還是陰雨，朔風怒號，飛沙走石，路途之艱，超出常人想像。長期生活在中原的嬌弱女子，如何經歷過這般痛苦？

在匈奴士兵的長鞭驅趕之下，人們只能一步步邁向那永遠也走不完的大沙漠。沙漠那邊是什麼樣子，他們不知道。思念故土，思念遠隔千里的親人，他們的淚只能往肚裡吞。

舉首望天，蒼天默默不語；俯首望地，大地默默無聲。

只有漠漠的黃沙，冷冷的朔風。

蒼天啊，祢就不能俯首看一下祢的眾百姓？是你生養了他們，哺育了他們，但祢為什麼讓他們身受如此不堪之苦？為何不能對他們一掬同情的淚水呢？

大地啊，難道祢睡著了，才看不見發生的一切？還是祢聾了，聽不見我們發出的哀號？還是祢故意掩面，視而不見，或是裝聾作啞，任憑他們胡作非為？

胡笳本自出胡中，曲雖終，餘音嫋嫋，歷久不絕。全座之人無不悚然動容，唏噓涕下。

曹操站起身來，太息道：「文姬啊，我的侄女，妳的年齡雖不大，卻飽受人間痛苦。今幸大難不死，看來蒼天還是對妳不薄。妳的歸來，也是我漢室大幸。我會讓你繼承老友蔡邕未盡之志，繼續完成《漢史》，為國留名。」

說到此處，曹操話題一轉：「但女人不可一日無家。今老友不在了，我願代他為女兒擇一佳偶。」

曹操喚過董祀，說：「小董啊，我知你二十有六，尚未婚配，今將侄女文姬賜予你為妻，另擇吉日為你們完婚，希你善待於她，不得有誤！」

既然是丞相做主，董祀和蔡琰無法發表不同意見，只能唯唯應下。

83

銅雀園，亦即西園，樹林豐茂，水池環繞，是文人雅士們的最佳去處。曹家父子對文學的熱衷和參與，也為銅雀園、銅雀臺增添了活力。他們經常來到此處，飲酒聽樂，吟詩作賦。

曹丕的《芙蓉池作》就描述了芙蓉池畔的優美夜景和遊客的怡悅心情。

乘輦夜行游，逍遙步西園。
雙渠相溉灌，嘉木繞通川。
卑枝拂羽蓋，修條摩蒼天。
驚風扶輪轂，飛鳥翔我前。
丹霞夾明月，華星出雲間。
上天垂光采，五色一何鮮。
壽命非松喬，誰能得神仙。
遨遊快心意，保己終百年。

開篇即點明游池的時間和地點，「夜」間「逍遙步西園」，乃是統治階級奢華生活的寫照。

因為是逍遙之遊，景物才是那樣賞心悅目，令人陶醉。這兩句突出了濃厚的遊興，也奠定了後文的基點。

兩條水渠相連，嘉木遍布河川，茂密蔥蘢的樹木環渠而生，相互掩映襯托。上者遮天蔽日，直達雲端；下者枝葉橫生，遮途塞路。

一切有生命和無生命的似乎都在爭獻殷勤，清風吹拂，鳥兒飛翔，悠閒自得的心情，躍然字裡行間。

夜空之美，尤為動人。萬紫千紅的晚霞之中，鑲嵌著一輪皎潔的明月。滿天晶瑩的繁星，於雲層間時隱時現，含情眨眼，構成了色彩絢麗的畫面。

在這美如畫的景色之中，曹丕和朋友們簡直像是置身於仙境，不自覺地感慨：上天垂光彩，五色一何鮮。

遠古神仙赤松子和周靈王太子晉都是得道成仙的奇人，他們的事蹟實難考證。芙蓉池的夜景，光怪陸離。在這如畫的景色之中遊樂，身心愉悅，自然可以長壽。

曹丕不愧是建安詩壇的二把手，雖說立意、詩風比不上他爹，但《芙蓉池作》辭藻的華麗、景象的壯觀，卻極少有人能夠企及。

總之，曹家給大家帶來了浪漫生活氣息，鄴中文人都是感激的。

西園，也是一處獵苑。

曹操到西園打獵時，往往帶著曹丕、曹植和一些文人，讓他們身臨其境，體驗騎射生活，即興吟詩作賦。

除曹丕、曹植的《登臺賦》之外，王粲的《羽獵賦》、應瑒的《西狩賦》、劉楨的《大閱》、陳琳的《武獵》，都是對遊狩的記述，都非常有名。其中以王粲的《羽獵》為最好。

文武全才的曹操，喜歡圍狩，也喜歡悠然的音樂。

其實，曹操是精通音律的，否則他的詩歌不會寫得那麼鏗鏘，富有魄力。

曹操喜歡的音樂，不是陰沉而僵死的雅樂。雅樂自周朝流傳下來，是朝會郊祀用的貴族之音，主旋律，缺少變化。

曹操喜愛的是俗樂，即流行音樂。當時的俗樂，主要以弦管樂器演奏，聲音富有變化，清新悅耳，為朝野士庶所普遍喜愛。

洛陽人杜夔，音樂很在行，絲竹八音，無所不能。漢靈帝時當過雅樂郎。天下亂起來的時候，杜夔依附了荊州牧劉表。劉表的兒子劉琮投降曹操後，杜夔也被帶過來了。曹操的政策是人盡其用，讓杜夔做軍謀祭酒，主管音樂。

有一個鑄鐘匠叫柴玉，心靈手巧，所鑄的鐘為達官貴人所喜愛，很是聞名。

杜夔讓柴玉給公家鑄口鐘。鑄成了，杜夔聽聽音，覺得「聲均清濁多不如法」，令他重鑄。重鑄，還是不行。如是者數次，柴玉惱火地說：「你杜夔簡直就是個外行，外行領導內行，只有壞事罷了。」

杜夔和柴玉都把狀告到了曹操那裡。曹操說：「用這口鐘演奏演奏，我聽聽。」

曹操經過反覆測聽，裁判杜夔是正確的，問題在於鑄匠柴玉，罰他當馬伕去了。

由於曹操不僅喜歡音樂，而且精通音律，所以他創作的詩篇都是聲律和諧，音韻鏗鏘，磅　恢宏，適於演唱。

曹操的書法造詣同樣出眾，草書、隸書均為人樂道。

唐代書畫理論家張懷瓘有評鑒著作《書斷》，在其書中，有「神、妙、能」三品之說。曹操的草書被列入「妙品」。

曹操也留意網羅書法人才，主動跟書法家交朋友，譬如蔡邕、鐘繇等人。當時的大書法家梁鵠更為曹操所器重，派任其為軍中假司馬，做為親信。曹操把梁鵠的書法作品懸掛在軍帳中，作戰間隙，品味玩賞。

當然，曹操最為重視的，還是文學。他從南匈奴贖回蔡琰，就曾詢問蔡邕原來的藏書流落何處。戰亂頻繁，早已無跡可尋。但是蔡琰說，她背誦過的還可以回憶起來。

蔡琰稟告曹操，家父蔡邕的藏書，只能搶救到十分之一。「父親生前，留給文姬的書有四千多卷，但是幾經遭難，散失已盡，一卷也沒有留下來。好在當年我都讀過，至今能夠記誦的，計有四百多篇。」

曹操深為珍貴書籍的散失感到可惜，聽蔡琰說還能背誦出四百多篇，遂轉憂為喜地說：「好，等妳的生活安頓好了，我派十個文吏，幫助妳把能夠背誦的內容都抄記下來，傳諸後世，妳看怎麼樣？」

蔡琰說：「文姬在匈奴多年，自己未廢文字，按照記憶抄寫出來，於文姬也不難，只需一些紙筆，文姬自己便能記錄。」

曹操同意了，說：「好的。我一定能解決妳的後顧之憂，好讓妳安下心來回憶、記錄，整理出那些重要的文獻。」

84

卻說董祀聽從曹操的吩咐，把蔡文姬領回家，等待丞相另擇吉日為他們完婚。董祀心裡像打翻了五味瓶，不知如何形容是好。

董祀家庭富有，本人少年英俊，而且很有文才，平日自恃極高，在曹丞相府任文職官員。雖然董祀年已二十有六，尚未婚配，但是蔡文姬已三十有六，大了董祀十歲，年齡上總是讓他覺得不快。

蔡文姬在匈奴做左賢王的老婆，屬於上層統治者的夫人，也算養尊處優，三十六歲，風韻仍在。但不管怎麼說，文姬總屬徐娘半老，而且在匈奴還留有兩個孩子，讓她牽腸掛肚，愁苦最易老啊！蔡大姐的才華，董祀那是佩服得五體投地。尤其是她那首《胡笳十八拍》，董祀更是感喟不已。十八拍，十八章，情景交融，感人肺腑，字字血淚，催人泣下。董祀幾乎每聽一章，都要為蔡文姬流下同情的淚水。

妙解音律的蔡文姬，竟能把胡笳之音融入漢琴，融入騷體詩歌，這是一個大膽的嘗試，更是空前絕後的創造。若沒有高深的音樂造詣，是絕難做到這一步的。即使別人能夠做到，也無法達到蔡文姬的高深與完美。

所以，董祀感慨：蔡文姬姿色動人，命運感人，文學超拔，已屬不易！但他萬萬沒有想到，曹丞相竟做出決定，把蔡文姬嫁給自己為妻。

可以欣賞蔡大姐的姿色，可以感歎蔡大姐的命運，可以讚賞蔡大姐高深的文學藝術水準，但，出乎意料地娶她回家，是不是……有點……蒼天不公啊？

這個大媒是曹丞相做的，當著天下文人雅士的面，一再叮囑自己要善待文姬，不得有誤。丞相雖然和顏悅色，但董祀聽得出，在他的溫言婉語下潛藏著深重的壓力，他小董就是有一千個一萬個不滿意，哪敢去忤逆丞相的美意呢？

六日後，曹操派人往董祀家裡送去了為蔡文姬準備的豐厚嫁妝。

第七日，結婚。從丞相府到董祀家，張燈結綵，一路喜慶。吉時降臨，新人拜了天地。婚後，夫妻二人結伴往曹府，向曹操拜謝賜婚之恩。

董祀和蔡琰過日子，倒也還行。誰知在查辦一個犯罪集團時牽涉到董祀，他被抓了起來，定為死罪。

董祀到底犯了什麼律條，史載不詳，以至於有人說是曹操為了蔡琰所使的計謀。這個揣測很有故事，但可能性微乎其微，甚至沒有。

蔡琰不顧一切跑到曹操那裡，為董祀求情。

曹操正在舉辦宴會，公卿名士，雲集一堂。聽說蔡琰求見，曹操趕忙放下酒觥，說：「文姬侄女啊，請她進來好了。」

蔡琰臉色蒼白，身體瘦弱，披頭散髮，還光著雙腳，進來就叩頭請罪。眾賓客見頗有姿色的人成了這般模樣，莫不大感驚訝。

曹操聽完文姬的申訴，點了點頭說：「妳的申訴有一定情理，可是法院已經把判罪的文書下達了，怎麼辦呢？」

蔡琰見曹操的態度有了轉變，便哀求說：「何必可惜一匹快馬而不派急使去救一條將死人的命呢？」

曹操一聽說：「是啊！」

曹操立即寫下赦免手諭，派人飛馬撤銷判決。

隨後，讓人取來頭巾和鞋襪，送給文姬穿戴。

董祀不久回到家裡，職務也恢復了。

驚懼過後，董祀對緊急關頭文姬冒險救他感恩不已，對文姬的愛自然提升到更高境界。

文姬默寫文獻的速度也更快了，沒過多久就完成了幾百篇文獻，字跡工整清爽，送給曹操。

曹操毫無遺漏地細細看了四百來篇重要文獻，十分滿意，將文獻藏入國家圖書館。後世能夠看到的漢魏以前的重量級文獻，有數百篇是蔡琰女士耗費心血背寫下來的。

當然蔡琰的聰明過人、博學多才，也體現在她的文學及音樂創作上。除了《胡笳十八拍》，這位著名的建安女詩人的代表作是《悲憤詩》。

蔡琰的《悲憤詩》，敘述了遭禍被擄的緣由和被擄入關途中的苦楚，還有在南匈奴的生活和聽到被贖消息悲喜交集，以及和骨肉別離時的慘痛，也敘述了歸途情景和到家後所見所感，凝聚著辛酸的血淚。

曹操把蔡琰從匈奴那裡贖回來，「文姬歸漢」傳為美談。後來「文姬歸漢」被載入書籍，搬上舞臺，廣為流傳。

第17章

以德才定後嗣

85

話說曹操當上魏王以後，勢大權重，年歲也大了，難免變得昏庸起來。

有個叫楊訓的人上表稱頌曹操的功業。

一些人說楊訓虛偽。楊訓是中尉崔琰介紹做官的，崔琰也被人指責「舉薦不當」。

崔琰找來楊訓的表文底稿，看過後給楊訓寫信說：「我閱覽了，不過是魏王的事蹟太好罷了。時代呀，該會有變化的時候。」

崔琰的信玩弄辭藻，含混不清。好事者便向曹操告密，說崔琰怨謗領導。

曹操看過信後，覺得「罷了」及「會有變化的時候」都不是好話，於是下令對崔琰處以髡刑——剃個頭，然後送他去服苦役。

服刑中的崔琰並不屈服，說話時直瞪著眼睛，還抖動起像蛇一樣的鬍鬚，貌似嗔怒。

曹操聽到管理人員的彙報，遂下令讓崔琰自殺。

崔琰沒想到曹操會如此對待自己，得知曹操給他留下十天的時間，他立即憤恨無比地自殺了。

尚書僕射毛玠認為崔琰無辜，嘟噥了幾句，順便說老天久不下雨是因為刑法有問題。

毛玠很早就隨曹操幹了，曾建議曹操「奉天子以令不臣，修耕植以蓄軍資」，不簡單哩！

曹操知道了毛玠嘟噥的話，大怒，立即逮捕了毛玠。

大理官——最高法院幹部是鐘繇。他審理毛玠案時，毛玠說「從沒有說過刑法有問題的話，是受人誣陷了」，請求同告發人進行對質。鐘繇不同意。

侍中桓階、和洽兩人到曹操面前為毛玠說情，要求核實情況。他們認為「毛玠以往特別受大王的恩寵，歷來剛直不阿，忠心為公，以情理推斷，他不會胡亂說話。人心莫測，還是應當認真審查核實，以使曲直分明。」

曹操說：「我之所以不想細查，是想保全毛玠，又想保全檢舉人。」

和洽說：「毛玠若真的說了誹謗的話，就應當在大街上斬首示眾；若毛玠沒有說過那樣的話，是檢舉者誣陷大臣，以誤主聽，也應該嚴肅處理。不進行審核，臣私下裡感到不安。」

曹操說：「眼看又要打仗了，哪能為了一兩句話就興師動眾去核實一番呢？不治其罪算了。」

曹操沒有治毛玠的罪，只是將毛玠罷了官。他所謂「想保全毛玠，又想保全檢舉人」，其實只是保全了告密的小人。

86

西元二一八年，東漢建安二十三年，曹操徹底安撫了北方。曹操藉助迎蔡文姬歸漢使團的外交努力，將南匈奴分成了左、右、前、後、中五部，各自確立了頭領。

南匈奴左、右、前、後、中五部，都有匈奴人為帥，不見得就能保證長治久安，於是曹操向各部配派了漢人司馬，協同工作，進行監管。

北方安寧了，匈奴的幹部們都來拜賀魏王曹操。

凡是來祝賀的匈奴高級官員，曹操都以禮相待；低級官員，由有關部門接待，陪著吃喝就是了。

曹操因此聲威遠播。漢獻帝聽說了，派出欽差大員，命曹操設置旌旗。

旌旗是天子禮儀，只有皇帝才有資格享用。只要旌旗出現，所有行人都須迴避。

旌旗還不算，過了個把月，漢獻帝再一次厚待老丈人，命曹操像天子那樣，頭戴懸垂有十二根玉串的朝帽，冕旒冠，乘坐特製的六駕金銀車。

六匹馬拉的車，那是「天子駕六」啊！

如此一來，曹操名義上是魏王，實際上已經是帝王了。他無法再向上升了，位已極矣。

曹操還有什麼事情需要操心呢？那就是決定繼承人，立嗣。

曹操特別重視後繼人的問題，態度非常慎重，別出心裁地考察、比較、辨析、確定。

曹操共有二十五個兒子，是眾多妻妾共同努力的結果。

結髮妻子丁夫人沒有生兒子。長子曹昂的媽媽姓劉，劉夫人早亡，丁夫人很慈愛地撫養大了曹昂。曹丕是老二，與其弟曹彰、曹植、曹熊，都是卞夫人生的。其他老婆生了曹沖、曹據、曹宇等。

依據封建宗法原則，太子人選應按曹昂、曹丕、曹彰的次序排列。

曹昂當年在攻打張繡的戰爭中英勇犧牲了。曹彰對太子之位沒興趣，看來革命重擔要落在曹丕肩上了。

曹操對封建宗法嗤之以鼻，所謂先嫡後庶、先長後幼，在他眼裡都屬扯淡。

曹操看重的是才能和德行，故而他長期觀察諸子，從中物色繼承人，一視同仁的對待每個兒子，並沒有考慮什麼年齡。

曹操說，孩子們雖然小時候都被自己喜愛，但長大後德才兼備的突出人才，我必定重用。自己對屬下不偏私，對孩子們也不想有所偏愛。

曹操生活的年代，是真正的戰爭年代。因此，他要孩子們既習文，又練武，文武兼備，全面發展。有的兒子喜歡文，曹操就要他們練武。他曾將一批百煉寶刀發給諸子中「不好武而好文」者，曹丕和曹植就各得了一把，可見曹操的良苦用心。

曹彰體量大，膂力強，從小喜歡騎馬射箭，敢於同猛獸格鬥。

曹操對曹彰說：「你不讀詩書，不念文章，而喜好騎馬擊劍，這不過是赳赳武夫的本事，有什麼值得看重的？你得給我讀書。」

曹彰不讀書，說：「自己要像衛青、霍去病那樣，率領騎兵，馳騁沙漠，驅逐戎狄，建立功勳，怎麼能去做博士呢？」

曹操要曹彰具體一點說說，如何當個好的將軍。

曹彰回答說：「身披堅甲，手執銳器，身先士卒，奮不顧身。部下有功勞的一定要獎賞，有罪過的一定要懲罰。」

曹操聽後哈哈大笑，說：「你既如此熱衷武藝，也就不勉強你了。」

立嗣，曹操先是看中了年歲比較小的曹沖，這孩子五六歲時就聰慧過人。

孫權送給曹操一頭大象，北方人從沒見過這樣的大傢伙，都很驚奇。曹操想知道它有多重，無法稱量。

在大家苦惱時，小曹沖說：「把大象牽上空船，在船的吃水線刻個記號。把大象拉下來，拿石塊裝船，當達到與載象的吃水線相同時，把船上的石塊稱稱重量，全部加起來就是象的重量。」

果然是個妙辦法。人們很快稱出了大象的體重。

曹操知道「曹沖稱象」的方法後，為兒子高興。

曹沖不但聰明智慧、知識淵博，並且為人寬厚、心地善良，曾經設法救了看守倉庫犯錯的小吏，使之免於受到重罪的懲罰。

曹操特別喜歡曹沖，曾多次在官員中稱讚曹沖聰明仁愛，表示將來要傳位給他。

不幸的是，曹沖十三歲因病醫治無效，死了。

曹操非常悲痛。曹丕前來勸慰時，他說：「他死了是我的不幸，卻是你們的幸運啊！」

曹操也曾傾向於立曹植為嗣子。他曾有意安排曹植守鄴城一次，顯然是給曹植鍛鍊的機會，對他進行考驗。

西元二一一年，曹操封曹植為平原侯，曹丕則被任命為五官中郎將，後成為副丞相。曹操私下觀察他們兄弟倆，看哪一個是最為德才兼備的。

曹操用心良苦，動機和做法寓含深意，卻引起了曹植、曹丕之間的矛盾和爭鬥，互使心計。曹操領兵出征之際，諸侯百官送行，曹植對老爸歌功頌德，詞語華美，條理清楚，得到在場人的贊許，曹操也很受用。曹丕卻悵然若失。

曹丕的親信吳質趕緊耳語獻策說：「只要流淚哭泣就可以了。」曹丕照著做，扶著老爹的馬鐙，抱著老爹的腿，只哭著說「父親保重，保重」。曹操很感動，覺得曹丕實在。

曹操要考查一下曹植和曹丕的實際才能，讓他倆分別出鄴城去辦事，並事先祕密下令守門人不得放行，看他倆如何處理。

曹丕走到城門口，守門人不讓出去，他就返回來了。

曹植事先得到了密友楊修的提示：「奉魏王之命出城，假如守門人阻擋，就把他殺掉。」曹植照辦，殺人，出城。

最後，曹操對曹植皺起了眉頭。

曹植好酒，好醉。西元二一七年春天，有一次酒後乘車在城內橫衝直撞，並逼門官打開王宮的司馬門，一直衝奔到裡面的金門。

曹植如此無視禁令，讓曹操極是不快。

曹操一怒之下，下令處死了門官，說：「我認為子建是兒子中最能成大業的，錯了。」

在選立太子的過程中，曹操先後分別徵求過賈詡、崔琰等大臣的意見，他們幾乎都傾向於曹丕，促使曹操最後下了立曹丕為太子的決心。

這年十月，曹操下了一道「立太子令」：

你們都已封侯，可是只有子桓不封，任五官中郎將，立他為太子可想而知了。

87

話說曹丕被曹操立為太子，曹植不高興了。

曹操怕曹植就此消沉，於西元二一九年關羽圍攻襄陽和樊城時，以曹植為中郎將兼征虜將軍去前線援救曹仁。

誰知軍令到時，曹植這廝喝得酩酊大醉，無法起身，致使曹操對這個兒子更加失望。

曹植的密友楊修，不斷為曹植出一些狗屎主意，挑撥與曹丕的不和。曹操擔心自己死後楊修繼續像這樣幹出不利於曹丕的事情，或是破壞曹植兄弟團結，便藉故把楊修殺了。

楊修他爹楊彪是個太尉，甚有名望。為了緩解與楊彪的矛盾，曹操給楊彪寫了封信，對殺掉楊修一事進行了解釋。

楊彪只好給曹操回信表示感激，對兒子的死仍然既悲且懼。

西元二一九年，曹操立曹丕生母卞氏為王后，說：「夫人無私地撫養子女，有做母親的德行。現在晉封她為王后，太子、諸侯兄弟以及陪同的群卿前往祝賀，國內所有罪囚減刑一等。」

其實，曹操代漢稱帝的各種條件早已齊備，但他還是不願意把皇帝的名號戴在自己頭上。

同年，金秋季節，曹操住在洛陽，策劃城市建設，尤其是宮殿的修建。

在洛陽，曹操拉攏江東孫權，殺掉了漢中劉備的二弟關羽。

關羽圍攻襄陽和樊城時，曹操的禦敵大將是于禁。當時連日大雨，漢水暴漲，于禁所率領的七軍都被大水淹沒，將士紛紛往高處避水，而關羽則乘坐大船，耀武揚威，進行攻擊，史稱「水淹七軍」。

于禁沒辦法，向關羽投降。

其後，關羽進一步圍困曹軍大將曹仁于樊城，並派遣軍隊包圍襄陽。

曹操委派的荊州刺史胡修、南鄉郡太守傅方都投降了關羽。

孫權因為盟友劉備耍小聰明，不斷地背棄，十分惱恨，命呂蒙為主帥偷襲荊州，次第攻陷關羽守衛的江陵等地。

曹操派遣大將徐晃救援樊城，徐晃認為很難與關羽抗衡，有點猶豫。曹操便又先後派遣徐商、呂建等將領以及殷署、朱蓋等十二營兵馬增援徐晃。於是徐晃最終擊敗了圍困樊城的關羽軍隊。

關羽軍隊的家屬多在江陵，得知江陵失陷于孫權，士卒漸漸潰散，退至麥城。

呂蒙料知失敗的關羽要逃走必然走麥城西邊的小道，於是事先派兵埋伏。

孫權派使者到麥城勸關羽投降。關羽提出了個條件，讓吳軍退兵十里，然後在南門相見。

呂蒙果然退兵十裡，等候關羽。

哪裡知道關羽及其長子關平趁機帶著十幾個騎兵，偷偷地溜出北門，向西逃竄了。

關羽詐降緩兵之計，實際在呂蒙的部署之內。在逃竄的路上，關羽被預先埋伏的吳軍將士活捉。

關羽被綁起來，押著去見孫權。

孫權再度勸降，關羽硬著脖子，根本不屑於投降，最後與其子關平一併被殺。

孫權便派人把關羽的腦袋送到洛陽，呈給曹操。

孫權是做戲給劉備欣賞的，寓意是：殺關羽主謀乃曹操也。

孫權的做法讓曹操作嘔。曹操冷笑一聲，說：「罷了，給雲長的那顆頭配個檀木身子，以諸侯之禮葬了吧。」

曹操遂將關羽葬於洛陽。

關羽的葬地今天叫關林或關帝廟，前面有幾重院落，後面有個大土丘，是謂前院後塚布局。

關羽的性格，在當時就頗受爭議。江東陸遜說關羽：「羽矜其驍氣，淩轢於人。」陳壽評論關羽「羽剛而自矜」。

關羽的驕傲有著人之常情的一面，也有著不利於他交際的一面。把他的驕傲定論為失敗的全部原因，這太過分了。驕傲的性格，只是一個輔助因素，是火上澆油的那瓢油。

荊州悲劇，原因很多，關羽只是眾多責任人之一，不能全部算在他一個人的頭上。劉備、孫權、諸葛亮、魯肅、周瑜、呂蒙、張飛等，都脫不了干係，只不過關羽是直接責任人罷了。

關羽缺乏外交觀念，也缺乏政治理念，這是真的。

關羽的自尊心過強，《三國志・蜀書》中的《黃忠傳》記載，關羽聽到黃忠與他一同被授予將軍銜，老大不服氣，無法容忍黃忠這個「老卒」與他這個「大丈夫」同列，最後還得依靠費詩的一番安撫方才甘休。

這當然是關羽對自己的期望值過高所造成的。

將相不和，是常有的事，像廉頗那樣的大將軍也不能例外。廉頗妒忌藺相如，想要和對方拚命，最後因認識到自己的不是，才得以化解矛盾。

關羽如果能夠與黃忠見上一面，或許就不會是這樣了。

關羽不服黃忠，是因為他不了解黃忠。關羽了解張飛，所以對張飛就不這樣。

黃忠在與曹魏交戰贏得勝利後，諸葛亮曾對劉備說：「馬、張在近，親見其功，可尚喻指；羽遙聞之，恐必不悅。」

然而，就是這樣一位「二軍閥」，由生前一位將領、侯爵，死後逐步晉封為公、王、帝君、聖人，直到登峰造極作為「武廟」主神，與孔子「文廟」並祀，受到後人的萬分尊崇。

人們不禁要問，本是一介武夫的關羽，論德，遠不能「配天地」；論能，只會打打殺殺；論績，只限于劉備一小嘍囉；論才，是被殺了頭的敗將，他是怎樣變成神的？他又怎能被神化到了如此程度？

這是《三國演義》的「功勞」。

《三國演義》的作者，充分「神化」了關羽，把關某人虛造成了一個勇猛忠義的大英雄。

88

英雄崇拜，說明了人與生俱來的軟弱，需要英雄的強悍支援。關羽的生平被後人附加的東西，正是人們缺少和期盼的。

在人類社會歷史發展進程中，當科學不發達，人無法克服自然力，解決社會矛盾時，人們必然會有所寄託，於是，便製造了「神」，作為精神的支撐和安慰。

每一個民族都可以而且有理由擁有自己崇拜的英雄形象。如果沒有，這個民族勢必要製造一個英雄形象。

一般而言，一個民族推出的英雄形象，在各個方面都是比較完美的，因而才能具有強烈的親和力、感召力和示範效應。

中國古代社會，民間盛行繁雜的鬼神崇拜。

中國民間對任何生前有影響的人物，無論其功過是非，死後都可能受到奉祀或崇拜。范陽一帶祀安祿山、史思明為「二聖」，蔡州則有吳元濟祠。此三位在唐朝是有影響的人物，但皆唐室叛臣。奇怪的是，直至北宋，他們尚廟食一方。

關羽信仰和關羽崇拜，正是區域信仰和崇拜的氾濫。情況最初出現在其死難地荊州，繼而流布各地。

古代民間祭祀的戰神，本是蚩尤，但關羽一步步取而代之。

關羽被歷代統治者無限抬高，祠廟遍佈各地，為中國神明中祠廟最多的一位。

就官方的祭祀而言，唐初開始便有武廟，主祀神是周朝名將姜子牙，關羽為從祀。但到了宋朝末年，民間供奉關羽的廟宇已經遍地開花。

各朝皇帝，都以關羽為忠義的化身，教育百姓忠君愛國，號召黎民學習關羽好榜樣。

各級官吏，都不是選舉的，而是被「上邊」提拔的，唯「上邊」馬首是瞻，於是，紛紛熱烈響應統治者的教化。上有好之，下必過之，過而又過之。

中國所謂「文以載道」，載的也全是統治者之道。

中國戲劇中相當數量的「三國戲」和「關公戲」，其關公形象，都是完美的英雄，面如重棗，長髯飄拂，形象威武。即使在《走麥城》裡，老關竟也照樣。

隨著關羽地位變得顯赫，關羽更被尊稱為「武王」「武聖人」，與魯國的私學教師孔子並肩而立——也算般配啊。

正因為關羽變得顯赫了，除了軍人、武師奉他為行業神崇拜外，連雜貨業、旅店業、房地產業等不相干的行業，也推崇關羽，將他變成武財神。

關羽正是這樣一步步被推上神壇的。

當然，人們在關帝廟見到的關公，通常非正史裡的關羽，而是按照後世人們的心理需求和理想觀念，重新塑造和組合的關公。

西方社會的早期英雄形象，大多是從古希臘神話中拉出來的；我們中國人歷來「不語怪力亂神」，故罕見神話人物，英雄形象只能在現實中找，然後加以主觀改造。

這樣一來，一些歷史人物不得不「走樣」，甚至面目全非。所謂武聖關公，就是如此。

毫無疑問，關羽作為「二軍閥」，歷史牛人，牽涉關羽的各種野史、話本、戲劇、傳說等鋪天蓋地，官方、民間都極為推崇，唯有出生在洛陽夾馬營小街的趙匡胤不以為然。

趙匡胤是個自信而直率的人，有事情喜歡擺在桌面上說。

趙匡胤有名的「杯酒釋兵權」，不用漢高祖和明太祖的伎倆去屠殺，也達到了較好的目的。

宋朝不殺文化人的規矩，就是趙匡胤定下來的。

關羽在這方面實在比較差勁，經常犯目中無人的毛病。在蜀漢陣營裡，關羽沒有朋友，尤其與文化人搞不好關係。這樣胸懷狹窄、過分自信的人，自然不會得到趙匡胤的青眼。

關羽在軍事上也無突出建樹，沒有什麼韜略，起碼在趙匡胤的意識裡是這樣認為的。

關羽號稱「萬人敵」，實際上沒打過像樣的勝仗，連荊州也守不住，毀了劉備的根本。

趙匡胤就不同了，他武藝高強，騎馬射箭是一流高手，做皇帝前曾以大將的身份親自參加戰鬥，收復了不少北方失地。

有關關羽陣中投降和打仗爭妾的污點，《三國志》有記載，本書前面也提到了。

趙匡胤自然希望手下的兄弟不要學關羽的樣子。

不管是真投降還是假投降，總之，關羽投降就得挨罵。

戰爭中爭別人的老婆就更不好了。所謂天涯何處無芳草，男子漢大丈夫，找個女人有何難哉？用得著向曹操「預訂」秦宜祿的小妾杜氏嗎？

趙匡胤褒貶歷史人物，愛推己及人。他認為關羽的人生並不成功，而「功業始終無瑕」的人，才有資格進入武王廟。這也是他自己一生為之奮鬥的宗旨，雖然他並不稀罕自己進入。

其實，歷史上有沒有「功業無瑕」的朝代，有沒有「功業無瑕」的人物，還不一定呢！

趙匡胤自己就不見得功業始終無瑕。按照這個標準來評價古人，那些以悲劇結束的英雄就要吐血了，何況關羽最後還敗走麥城，掉了腦袋瓜子。

到了明清時期，隨著《三國演義》的傳播，關羽後來居上，最終取代了姜太公，把武廟變成了自家的私地。趙匡胤地下有知，也只好無奈了。

第18章

借文武成雄傑

89

卻說孫權把關羽腦袋送給曹操的時候，還上書稱「順應天道，希望曹操當皇帝，自己願意老老實實地稱臣聽命。」

曹操把孫權的信給大臣看後說：「孫權這小子，想把我放在爐火上烤啊！」

不管孫權請曹操當皇帝是不是出於真心，曹操的臣下可全是實實在在想讓曹操當皇帝的。

前將軍夏侯惇說：「自古以來，能夠為民除害，使百姓歸附的，就應該成為人民的主人。殿下戎馬征討三十多年，功德著於黎民百姓，為天下所依歸。既應天命，又順民心，當皇帝還有什麼可猶疑的呢？」

侍中陳群說：「天下人都知道漢朝的氣數已經盡了，一個新的朝代已經興起了。殿下十分天下而有其九，遠近臣服。應期知命，沒什麼值得謙讓的！」

曹操聽了群臣的發言，對大家道：「只要掌握了政治實權，能對天下進行管理，何必一定要皇帝這個虛名呢？」反正曹操就是鐵了心不當皇帝。究其原因，大概與其健康狀況有關。

曹操年輕時身體健壯，好踢足球，中年身體也不錯，甚至花甲之年仍然親自領兵南征西討。不過曹操得了一種頭痛病，就是神經痛，多次治療也不見效。曹操也許認為，自己整天頭痛，再親自幹皇帝，會受不了的。

曹操的病情確實重了，不光是失眠、驚夢，又加上了難以忍受的頭腦疼痛，久治不癒，百官憂愁無奈。

時任御史大夫的華歆進諫說：「讓華佗來診治，也許可以治癒。」

華佗，字元化，也是譙郡人。他的醫術出神入化，世間罕有。一般患者，華佗或者用藥，或者用針，隨手便能治癒。

病在五臟六腑之內，藥、針難以奏效的，先讓他喝下麻沸散，就像醉死過去一般，接著用尖刀剖開他的胸、腹，以藥湯清洗臟器，病人感覺不到疼痛，洗完了用藥線縫合刀口，再敷上藥膏，一個月之後，刀口平復，病也好了。

華佗的醫術神妙到這種程度，就請他來診治神經痛吧。曹操每次發病，華佗就給他扎針，也能止點疼痛，就是斷不了根。

曹操問華佗如何才能斷根，膽大包天的華佗說：「大王腦袋痛，是中了風邪。風邪不除，再服湯藥也是枉然。我有一個治法：先服下麻沸散，然後用利斧砍開腦殼，取出風邪，也就除掉病根了。」

真是個憨大膽兒啊！他的所謂「腦中風邪」，不知長什麼樣兒？

曹操聽了，說：「你要殺我嗎？」

華佗說：「大王不想如此治療便也罷了，怎麼會如此害怕、如此疑人呢？」華佗說著，臉上分明有些嘲笑的神色。

曹操不悅地說：「頭痛難道可以隨便用利斧劈開腦袋嗎？」不僅曹操接受不了華佗的治法，在座文武百官也無不瞠目結舌。

曹操猜疑華佗是受仇人指使，但找不到更多的線索和跡象。不過他還是希望華佗住在府中，隨時為自己治病。

華佗說老婆有病，得回去服侍，請假不來。

曹操派人去了解，發現華佗在撒謊，老婆沒病，於是大怒，將華佗逮捕入獄，打算把他處死。

荀彧勸說：「華佗到處行醫，名聲很大，建議從輕發落。」

曹操氣鼓鼓地說：「此等鼠輩，有什麼殺不得的？難道天下就再沒有醫生了嗎？」遂派人把華佗囚禁起來。

華佗不能忍受，就向獄中小吏聲稱曹操的病是絕症，任何人也治不了。

這話傳到曹操耳中，他一動怒，遂下令處死華佗。

華佗無辜而死，曹操身邊的人大驚失色，都為華佗的死感到惋惜。

曹操事後也後悔不迭，謊稱自己頭痛時失了理智，誤殺華佗，並且大哭，叫人厚葬，親自殮棺。

有人說，曹操因為殺了華佗，所以沒有人能醫治他的頭痛，所以最後才會病死。其實不見得是這樣，不過曹操的休息不夠，所以偏頭痛確實老是發作。

西元二二〇年的冬天，一日，巡視洛陽城建工作之後，曹操的頭疼病再次發作，加上勞累過度，不堪重負，終於病倒。

西北風肆無忌憚地刮著中原大地，鵝毛大雪在凜冽而雄勁的風中淩空飛舞。

曹操臥在裘毛被中，醫生忙忙碌碌，侍嬪有的在熬藥，有的在為炕床添柴加炭。

賈詡、劉曄、曹洪等人坐於一側，皆面呈焦慮之色。

曹操昏迷著，額頭上的汗水涔涔。這些汗水不是由於炕床溫度高，而是頭痛冒出的冷汗。

賈詡建議道：「我們請道士給他做個道場吧！祛邪避怪，好讓他早日恢復健康。」

劉曄不贊成，說：「魏王歷來不信鬼神，他絕不會贊同的。」

等了許久，曹操終於醒來。

這一次醒來，曹操頭腦還清醒，說做夢了，做了個長長的夢，幾乎把一生的故事都重播了一遍。

曹操回憶著夢中的情景，耷拉著沉甸甸的、痛如刀割的頭，感到生命的悲哀。他嘶啞著嗓子說：「唉，諸位，我可能行將就木，告別大家了！」

曹操的話令人垂淚，曹洪痛哭流涕，向曹操說道：「大王不要如此傷感，你吉人天相，不會有災的。」

曹操精神有些好轉，聽了曹洪的話，安慰他道：「人生幾何？如同朝露一樣。我如今告別諸位，實是天命。」

眾人聽之，唏嘘流淚。

丞相府祕書陳群止住淚，對曹操說：「大王不要說不吉利的話，只要好好將息，過幾天就會好的。」

曹操勉強一笑，說：「唉，人不能長生不老呀。」

90

曹操病重，頒下遺令，交代曹丕和所有臣下，死後薄葬即可。

古之葬者，必居瘠薄之地。因此，可以在高地上建立墳陵地基，但不用封固，也不必種樹。我有頭疼病，很早就戴上了頭巾，就戴著吧。我死後，穿平時的禮服，不要用金玉珍寶陪葬。安葬之後，文武百官要脫掉喪服；駐防各地的將士，都不要離開駐地；官吏們都要各守職位。特別不允許占有良田、破壞生產的葬俗，切記！切記！

我在軍中依法辦事是正確的，至於小的憤怒，大的過失，不應當效法。

我的婢妾及歌伎，一向勤儉艱苦，讓她們住在銅雀臺上，並且妥善地安排她們的生活。可以在銅雀臺堂上安置一個六尺臺，施彩帳，早晨擺上果脯、肉類等祭品，每月初一及十五，從早上到中午，讓她們向帳中奏樂弔唁我。

曹操在遺令中特別強調節儉，不是害怕盜墓賊惦記，這是和他一生的做事風格相一致。

曹操所用的器物，講究實際，不追求華美，不塗彩色油漆。壞了就加以修理或者縫補，從不輕易更換。

曹操規定家人不得用朱紅、紫、金黃幾個顏色做刺繡衣服，不得穿絲織的鞋子。只有一次，他得自江陵的一批戰利品中，有各種花色的絲鞋，為免銷毀浪費，才分給家人穿了。當時約定，穿完這些鞋子，不准仿做。

曹操在遺令中，針對他的女人們交代：餘香可分與諸夫人，不命祭。諸舍中無所為，可學作組履賣也。

隨侍曹操身邊的女人，地位有高有低，但總不會低至婢女一流。在主人逝世之後，她們分到的不是金銀首飾、綾羅綢緞，竟然只是一些神香加上一個「學做鞋」以維持生計的臨終指示。

曹操交代完後事，於正月二十三日病逝，終年六十六歲。

曹操病逝後，曹丕繼承曹操為魏王、丞相。這年十月，漢獻帝退位，硬把寶座讓給曹丕。

漢獻帝讓群臣擬寫了禪國詔書，又命符寶郎取出玉璽，將詔書和玉璽交給華歆捧著，率領文武百官來到魏王宮殿禪位。

賈詡對曹丕說：「不能這樣輕易接受，雖然詔書說得清楚，玉璽也送了來，殿下還是得上表推辭一番，免除邊遠逆臣作亂的藉口，便於穩定海內，大治天下。」

曹丕聽從了建議，命令王朗寫表章，說仁德菲薄，不敢領命，請皇上另求大賢，以傳承天位。

華歆建議漢獻帝再下一次詔書，以使魏王允從。

漢獻帝命再擬詔書，遣使持節奉璽再度送進魏王宮中。

曹丕看到這二度詔書，心中高興，但又思忖，這樣就得到天下未免太過簡單、太過草率了，連一點威儀也沒有，朝野怎麼看待？日後如何治理？

曹丕將心事說給了賈詡。

賈詡說：「好辦。再讓使者把璽綬拿回去，告訴華歆，讓漢獻帝築一座高臺，叫作受禪臺。臺築好了，選擇吉日良辰，集中大小公卿都到臺下，讓漢獻帝親手捧著璽綬，把天下禪讓給大王，不就鄭重其事、名正言順了？」

漢獻帝聽從諫議，選擇位址，築起了三層高臺，定下吉期，請曹丕登臺受禪。臺下站著朝廷大小幹部四百多人，御林禁軍超過三萬。

漢獻帝親手捧著玉璽，在近臣陪護下，一步一步走上高臺，又宣讀了一份新的禪位詔書。曹丕從漢獻帝手中接過玉璽，登基為君。

魏文帝曹丕，在洛陽正式建國，定號為大魏，紀年為黃初，隨即傳令大赦天下，廣施皇恩。

漢獻帝劉協被魏文帝曹丕封為山陽公。

東漢王朝歷經十四個皇帝，存在了一百九十五年，至此徹底滅亡。

漢獻帝劉協的晚年，是亡國之君當中最輕鬆愉快的，也算得上是東漢歷代皇帝中享壽較高的一位。劉協「退位」之後，移居山陽城，與他的妻子，也是曹操的女兒、曹丕的妹妹曹節，以及曹節生的幾個兒子共同生活。

劉協所丟掉的，只是皇帝的名義，至於皇帝的生活待遇，並未因此改變。曹丕給予劉協的，飲食起居、住房裝修甚至交通用車，都仍然保持著皇帝的規格，他的政治地位，在法律上比曹家的宗室還要略高一點。

劉協離休，反而甩掉了傀儡的負擔，不必擔心某一天被人推翻、殺掉，心裡輕鬆了，於是從此幸福地生活，天天散步、鍛鍊，又活了十四年，終年五十四歲，僅次於他祖先漢光武帝劉秀的六十三歲。

91

西元二二〇年，十一月，曹丕追尊曹操為魏武皇帝。

曹操自己沒有當皇帝，但他已經在實質上控制了漢獻帝，並為他的兒子登基創造了條件。過去在舊小說、舊戲劇的渲染下，往往把曹操當成奸臣而加以否定。其實，曹操是一個英雄，至少是一個很有本事的軍事奇才，他的天下是靠自己赤手空拳打出來的。

曹操將中原為核心的廣大地區統一了起來，結束了群雄割據的局面，對人民生活、社會的發展是有正面功效的；他在社會經濟的政績也造福了人民。

曹操控制朝政，實行開明政策，滿足了社會發展的需求和人民的期望，和劉家漢朝末年的腐朽統治相比，是明顯的躍進。

曹操，這一位傑出的政治家，被陳壽稱讚為「非常之人，超世之傑」。

後記

大約在一九九七年之後的幾年，我寫了一批所謂的小長篇，主角全是女性，各個朝代都有，東漢末期有貂蟬、甄洛、蔡琰、來鶯兒等。

我的妻子娟娟，喜歡聽故事，傍晚偕她到洛浦公園散步，總是請我「講古」。這些歷史上的佳人故事，是這樣每天講過之後以鍵盤記下來的。曾擬總書名為《胭脂鏈》，可惜一直沒有達到足夠的文字量。

二〇〇七年，我寫出了一批古代帝王、德賢、文聖的傳記作品，側重於他們的情感歷程，如《深情光武》、《魏武時代》、《劉禹錫傳》、《白居易傳》等等。《魏武時代》中就有貂蟬、甄洛、蔡琰、來鶯兒等佳人的事蹟。當然，以帝王、德賢、文聖為傳主，這些人物的形象較為厚重的，因此他們的故事肯定超越了以女性為主角的內容。

這本書得到河南文藝出版社的關注與關照，該社李輝先生數次提出寶貴建議，甚是感謝。修訂之後，內容充實了許多。寫曹操的書籍很多，佳作數量眾多，我無意爭鋒，只是傳達自己的所知，與讀者進行交流而已。

親愛的讀者，在此請允許我表達個人椎心刺骨的悲痛。為我親愛的妻子娟娟——喚了我三十多年「見哥」的湘西苗家女兒李玉娟的猝然離去。

無論是兩人場合，還是在大庭廣眾，無論在長輩身邊，還是在晚生眼前，無論在斗室之內，還是在九都路街邊朝著六樓之上，她總是聲聲呼喚我「見哥」，一音一句蘊深情。親愛的人兒，三十多年如一日，不稱「見哥」不說話。甚至兒子在小時候也跟著媽媽一起喊，盲目地認為爸爸的名字就是「見哥」。

娟娟是個優秀教師。她的優質課程、她的論文多次獲獎。她的美麗、善良和樂於助人為鄰里社區稱道。我是個生活粗疏的人，總在遺忘事情中度日，所有的生活瑣事靠娟娟惦記和打理，即使在她病中，也承擔得那樣具體、那樣細膩。她猝然去了，我卻只會在淚影裡一聲一聲地呼喚她。

正是有娟娟一如既往的無私付出，輕微如任見者才能在國內外多家報紙雜誌開設專欄，發表大量作品，才能在中外多家出版社出版數十種書籍，才能有總數三千多萬字的著作。

娟娟從來不求絲毫名望；論及功績，她是作家背後最有資格領受的人。然而她沒有，二〇一四年八月二十三日七時四十分，極不應該地，我的娟娟猝然離去了。

草木含悲，蒼天凝淚，斯人駕鶴，留者心碎。柔美的聲音，永在；賢慧的笑貌，永存；正直、善良、友好、高雅，永留人間。小鳥依人三十多年「見哥」聲聲肺腑暖，大愛感天百千餘載，涓涓無盡恩情深。

親愛的人！

讀者朋友，寫出了建安英雄曹操的人，沉落在情感的囹圄，悲哀不能釋於晝夜流逝，目光不能出於眼前三尺，祈請您的理解。

任見

二〇一四年九月二十三日

國家圖書館出版品預行編目(CIP)資料

三國很有本事的一個人：曹操 / 任見著．——初版——新北市：晶冠，2018.05
面；公分．——（新觀點；10）
ISBN 978-986-5852-99-3（平裝）

857.7　　　　107005730

本著作物經廈門墨客智慧財產權代理有限公司代理，由河南文藝出版社有限公司授權晶冠出版有限公司出版、發行中文繁體字版版權。

新觀點　10

三國很有本事的一個人：曹操

作　　者　任見
副總編輯　林美玲
特約編輯　李美麗
封面設計　fusionlab｜斐類設計工作室
出版發行　晶冠出版有限公司
電　　話　02-7731-5558
傳　　真　02-2245-1479
E-mail　ace.reading@gmail.com
部 落 格　http://acereading.pixnet.net/blog
總 代 理　旭昇圖書有限公司
電　　話　02-2245-1480（代表號）
傳　　真　02-2245-1479
郵政劃撥　12935041 旭昇圖書有限公司
地　　址　新北市中和區中山路二段352號2樓
E-mail　s1686688@ms31.hinet.net
旭昇悅讀網　http://ubooks.tw/
印　　製　福霖印刷有限公司
定　　價　新台幣380元
出版日期　2018年06月 初版一刷
ISBN-13　978-986-5852-99-3